Nora Luttmer

DER LETZTE TIGER

atb aufbau taschenbuch

Nora Luttmer, Jahrgang 1973, lebt in Hamburg und arbeitet als Autorin und freie Journalistin. Sie hat Südostasienkunde mit dem Schwerpunkt Vietnam in Passau, Hanoi und Paris studiert. Seit Mitte der 1990er Jahre ist sie immer wieder in Hanoi und spricht unter anderem Vietnamesisch.

Als Aufbau Taschenbuch erschien von ihr bisher ein Roman um den Ermittler Ly: »Schwarze Schiffe«.

»Regisseure, hier ist euer Stoff. ›Schwarze Schiffe‹ ist das großartige Krimidebüt der Hamburger Autorin.«

Stern

Es ist Ende Oktober, die Monsunzeit hätte längst ein Ende gefunden haben sollen, doch es regnet immer noch. Truong, ein Freund von Kommissar Ly und Tierpfleger im Zoo von Hanoi, wird tot in seiner Wohnung aufgefunden. Sein Kühlschrank hat unter tödlicher Spannung gestanden. Doch Ly glaubt nicht an einen Unfall. Noch kurz vor seinem Tod hat Truong ihn dringend sprechen wollen. Ly beginnt privat zu ermitteln. Bis ihm ein anderer Fall übertragen wird. Ein gewisser Nam ist an den Folgen eines Tigerangriffes gestorben. Und das mitten in Hanoi. Er hatte den Tiger auf dem Rücksitz seines Wagens transportiert. Offenbar gehörte der Tote zu einer Bande, die Schmuggel mit wilden Tieren betreibt. Ly kommt ein Verdacht. Hat Truongs Tod auch etwas mit illegalem Tierhandel zu tun? Gehören beide Fälle vielleicht sogar zusammen?

NORA LUTTMER

DER LETZTE TIGER

KOMMISSAR LY ERMITTELT IN HANOI

KRIMINALROMAN

atb aufbau taschenbuch

FSC
www.fsc.org
MIX
Papier aus verantwortungsvollen Quellen
FSC® C083411

ISBN 978-3-7466-2961-2

Aufbau Taschenbuch ist eine Marke
der Aufbau Verlag GmbH & Co. KG

1. Auflage 2013

Umschlaggestaltung capa/Anke Fesel
unter Verwendung eines Motivs von André Lützen
Satz LVD GmbH, Berlin
Druck und Binden CPI – Clausen & Bosse, Leck
Printed in Germany

www.aufbau-verlag.de

»Rừng là vàng, nếu mình biết bảo vệ, xây dựng thì rừng rất quý«
Wald ist Gold, wenn wir ihn schützen und pflegen, ist er sehr wertvoll.

Ho Chi Minh, 1963*

* aus einer Rede Ho Chi Minhs anlässlich einer Konferenz zur Bewusstseinsbildung des Volkes in den Bergregionen (Hội nghị Tuyên giáo miền núi), 31. 8. 1963; entnommen der Webseite der vietnamesischen Volksarmee (www.qdnd.vn).

Der Norden Vietnams

Es war Ende Oktober, und die Monsunzeit hätte längst zu Ende sein sollen. Doch es regnete stärker als die ganzen Wochen zuvor. Nach über einer Woche Dauerregen stand das Wasser teilweise mehr als einen Meter hoch in Hanois Straßen. 58 Menschen waren bislang ums Leben gekommen. Die meisten waren ertrunken oder infolge defekter Stromleitungen getötet worden. Misstrauisch betrachtete Kommissar Pham Van Ly die dicken Bündel schwarzer Kabel, die dicht über seinem Kopf über dem Gehweg hingen. Die Hosenbeine hochgekrempelt, watete er durch das grauschwarze Wasser. Hier in der Altstadt, die etwas höher lag als die übrigen Stadtteile, reichte es ihm nur bis zu den Knien. Trotz des Regens war es warm, und Kinder tobten mit Styroporplatten durchs Wasser. Die Nichtschwimmer unter ihnen hatten leere Plastikflaschen um Bauch und Arme gebunden. Ly sah, wie sie lachten, hörte sie aber nicht. Zu laut war der Regen. Sein dünnes Plastikcape klebte unangenehm an seinem Körper. Mit zusammengekniffenen Augen und gebeugtem Rücken kämpfte er sich bis zur Lan-Ong-Gasse durch.

Erst vor wenigen Wochen war der Arzt Doktor Song aus seinem winzigen Praxiskabuff in einem Hinterhof der Thuoc-Bac-Gasse, der »Gasse der Nördlichen Medizin«, in dieses zur Straße hin gelegene Ladengeschäft in der Lan-Ong gezogen. Er war einer der Letzten gewesen, der sich von den Schlossern aus der »Gasse der Nördlichen

Medizin« hierher hatte verdrängen lassen. Doch da in der Altstadt das Prinzip »eine Gasse – eine Ware« galt, musste er dahin übersiedeln, wo nunmehr alle seine Kollegen praktizierten.

Doktor Song hatte die Ladengitter aufgezogen. Gestapelte Sandsäcke schützten vor dem Hochwasser. Ly stieg über die Barrikade.

»Ah, Kommissar«, rief Doktor Song und kam mit ausgebreiteten Armen hinter dem langen Tresen hervor. Mit seinen Anfang vierzig war er etwas jünger als Ly. Er lächelte. Feine Falten legten sich um seine Mundwinkel. Er hatte weiche, fast feminine Gesichtszüge.

Ly zog das Regencape aus und sah sich um. »Schicker Laden«, sagte er.

Apothekerschränke aus dunkel lackiertem Holz standen vor beiden Längswänden. An Schnüren unter der Decke hingen getrocknete Geckos und Wurzeln. Auf dem Boden standen Kisten mit tellergroßen *linh chi*-Pilzen und Ginsengwurzeln, Eimer mit Baumrinden und anderen für Ly undefinierbaren Heilpflanzen. Obwohl der Laden um ein Vielfaches größer war als der alte, war er schon genauso vollgepackt und hatte denselben vertrauten Geruch nach Pilzen, Zimt, Anis und abgebrannten Räucherstäbchen. Ly fand das beruhigend.

»Die Geschäfte laufen gut«, sagte Doktor Song mit einem Lächeln und goss zwei Tassen Artischockentee für Ly und sich ein. Er murmelte ein *moi uong* – »Lade zum Trinken« – und fragte, wie er Ly helfen könne.

»Meine Mutter – ihr Rheuma macht ihr wieder zu schaffen«, sagte Ly.

»Kein Wunder. Bei diesem Wetter.«

»Sie braucht etwas gegen die Schmerzen.«

»Es wird ja nicht besser mit Ihrer Mutter«, sagte der Arzt. »Sie sollten wirklich mal über Tigerknochenpaste nachdenken. Die würde nicht nur gegen die Schmerzen helfen, sondern auch die Krankheit etwas ausbremsen.«

Ly konnte sich nicht vorstellen, wie Paste aus eingekochten Tigerknochen helfen sollte. Aber es war ein uraltes Rezept, und Ly vertraute auf seinen Arzt. Er hatte viele Jahre Erfahrung. Ly erinnerte sich, dass er schon als ganz junger Mann in der Praxis seines Vaters, des alten Doktor Hung, mitgearbeitet hatte, bevor er sie dann nach dessen Tod übernommen hatte.

»Was kostet die Paste?«, fragte Ly.

»Leider.« Doktor Song gab einen langgezogenen Seufzer von sich. »Sie ist verboten. Ein echtes Problem für unsere Medizin. Es sind ja nicht nur die Tiger. Wir dürfen kaum noch Tiere verarbeiten. Auch Bären, Warane und Königskobras, sogar Seepferdchen stehen unter Schutz. Als ob die Gesundheit der Menschen nicht vorgeht.« Er hob resigniert die Arme.

»Aber Sie können die Paste doch sicher besorgen?« Sie wäre teuer, das war es doch, worauf er letztendlich hinauswollte, dachte Ly.

Der Arzt presste die Lippen aufeinander und schüttelte den Kopf.

»Aber bitte«, sagte Ly. »Sie haben es selbst vorgeschlagen.« Es ging ihm um die Gesundheit seiner Mutter, nicht um irgendwelche Tierschutzgesetze. »Ich bin bei der Mordkommission, nicht bei der Umweltpolizei.« Ly konnte nicht ganz verbergen, dass dieses Gespräch ihn zu nerven begann.

Der Arzt sah Ly eine Weile schweigend an und wiegte den Kopf hin und her. Schließlich sagte er: »Ich könnte mich umhören. Der Preis liegt bei etwa zwanzig Millionen Dong für hundert Gramm. Minimum.«

Ly schluckte. Das waren fast tausend Dollar. Von dem Geld konnten sie zwei Monate gut leben. Inklusive der hohen Schulgebühren für die beiden Kinder. Und mit hundert Gramm wäre es ja wohl auch kaum getan.

»Alles, was billiger verkauft wird, ist eine Fälschung«, fügte Doktor Song hinzu.

Ly fuhr sich mit der Hand über das Gesicht. Das konnten sie sich momentan wirklich nicht leisten. Von seinem Staatsgehalt sowieso nicht, aber auch nicht von dem besseren Einkommen, das seine Frau Thuy als Reiseleiterin verdiente. »Das … ich werde darüber nachdenken«, sagte Ly ausweichend.

Doktor Song nickte. »Dann würde ich Ihnen erst mal wieder etwas Pflanzliches mischen.« Er trat an den Apothekerschrank hinter seinem Tresen und zog mehrere Schubladen heraus. Mit einer kleinen Schaufel fuhr er in die Kistchen und häufte verschiedene Kräuter und Pulver auf eine Tafelwaage. Dann kippte er alles auf ein Blatt Zeitungspapier, faltete es zu einem Päckchen und verschnürte es fest. »Das soll Ihre Mutter in klaren Reisschnaps einlegen und mindestens drei Wochen ziehen lassen.« Doktor Song schrieb die Anweisung zusätzlich auf einen Zettel, den er an das Päckchen heftete. Unter dem Tresen holte er noch eine kleine Flasche mit einer braunen Flüssigkeit hervor. »Bis dahin soll sie diesen Medizinschnaps hier trinken. Jeden Tag ein kleines Glas.« Und mit einem Lachen schob er hinterher: »Und nicht mehr! Richten Sie ihr das mit bestem Gruß von mir aus.«

☆

Auf dem Weg von Doktor Song ins Präsidium ging Ly zu Hause vorbei, um seiner Mutter die Medizin zu bringen und sich trockene Kleidung zu holen. Er hatte gleich ein *mit tinh* im Präsidium und wollte nicht so durchnässt, wie er war, in der Sitzung auftauchen. Und das alte Stadthaus, in dem sie wohnten, lag sowieso auf dem Weg. Er schob das Ladengitter zur Seite und stieg über die Sandsäcke, die auch hier seit Tagen lagen. Seine Mutter saß vor dem Ahnenaltar unten im Erdgeschoss. Die Räucherstäbchen glimmten. Jeden Tag zündete sie welche an, und Ly wusste, dass sie dabei in Gedanken bei seinem ältesten Bruder war. Er war 1979 im Krieg gegen die Chinesen gefallen, mit gerade einmal neunzehn Jahren, von einem Granattreffer im Unterstand verschüttet und erstickt.

Ly betrachtete seine Mutter. Ihre wässrigen Augen waren auf den aufsteigenden Rauch gerichtet. Sie war alt geworden. Es würde nicht mehr lange dauern, und auch sie wäre Ahne. Er schämte sich, nicht die Tigerknochenpaste für sie bestellt zu haben, und legte das Päckchen mit der Kräutermischung und die kleine Flasche auf ihr Bett. Er würde ihr später die Anweisungen des Arztes erklären. Jetzt ließ er sie mit ihren Erinnerungen alleine.

Fünf Minuten später trat er wieder auf die Straße. Trockene Wechselkleidung hatte er in eine Plastiktüte gestopft und ging in Richtung Präsidium. Der Regen hatte noch immer nicht nachgelassen. Als sein Handy klingelte, rannte er in eine der Hallen der Quoc-Su-Pagode, an der er gerade vorbeiging, und stellte sich unter.

»Hallo?«

»Truong hier.«

»Hey, was ist denn in dich gefahren, dass du mich mal anrufst?«, fragte Ly. Sonst war er es doch immer, der sich bei Truong meldete. Er konnte sich nicht erinnern, dass es je anders gewesen wäre. Sie kannten sich bereits seit der Grundschulzeit, und Truong war immer schon ein Eigenbrötler gewesen. Trotzdem hatte sich über all die Jahre, die sie sich nun kannten, eine Freundschaft entwickelt, die Ly wichtig war, und es störte ihn nicht weiter, dass sein Freund sich nie von sich aus meldete. Umso mehr wunderte er sich allerdings jetzt über seinen Anruf. »Ist etwas passiert?«

»Können wir uns sehen?«, fragte Truong.

»Sicher. Wie wär's morgen zum Mittagessen?«

»Hm, geht's nicht heute noch?«

»Worum geht's denn?«, fragte Ly.

»Ich … das erklär ich dir, wenn wir uns sehen. Nicht am Telefon.«

Truong klang nervös, und Ly hätte sich jetzt gerne sofort mit ihm getroffen. Aber er konnte nicht schon wieder eine Sitzung ausfallen lassen. Sein Chef hatte ihn bereits verwarnt. »Ich muss noch in ein *mit tinh*. Danach komme ich bei dir vorbei.«

»Ruf mich an, wenn du fertig bist. Dann komme ich lieber zu euch rüber. Meine Wohnung steht voll Wasser.« Truong wohnte im Erdgeschoss in einem der baufälligen sozialistischen Wohnblocks, die schon bei weniger Regen voll Wasser liefen.

»Außerdem ist der Strom abgestellt«, fügte Truong noch hinzu. »Ich könnte dir nicht mal einen Tee kochen.«

»Bier tät's auch.«

»Das ist warm.« Truong lachte. »Also, du rufst später durch, okay?« Dann legte er auf.

Ly trat wieder in den Regen, um die letzten Meter bis zum Präsidium zu gehen.

☆

Das *mit tinh* verlief genau so, wie Ly es befürchtet hatte: Parteikommissar Bui Van Hung, der ranghöchste und älteste Kommissar im Präsidium und Lys direkter Vorgesetzter, hielt einen Vortrag über die Errungenschaften des Sozialismus und ging dann nahtlos dazu über, neueste Verordnungen des Volkskomitees zu erläutern. Diesmal ging es dabei insbesondere darum, dass kleine und zu dickbäuchige Polizisten vom Dienst auf der Straße abgezogen würden. Stattdessen sollten dort mehr hübsche junge Frauen eingesetzt werden, um das Ansehen der Polizei zu verbessern. Ly konnte darüber nur noch lachen. Erst im letzten Jahr hatte man ihnen verboten, im Dienst Sonnenbrillen zu tragen. Als ob solche Maßnahmen irgendetwas ändern würden.

Es war bereits dunkel, als er endlich aus dem Konferenzraum kam. Er rief bei Truong an, erreichte ihn aber nicht und ging nach Hause.

Duc, sein sechsjähriger Sohn, lag auf dem Bett, den Kopf auf die Hände gestützt, und schaute »Tom und Jerry«. Sein Hamster kletterte auf seinem Rücken herum.

»Hallo, Duc. Alles okay?«, fragte Ly.

Ohne den Blick vom Bildschirm abzuwenden, sagte Duc: »Ich hab Hunger.«

Ly schaute auf die Uhr. Es war kurz nach sieben. Vor neun würde Thuy nicht nach Hause kommen. Sie begleitete ihre Reisegruppen meist noch zum Abendessen.

»Wo ist deine Schwester?«

»Weg.«

»Das sehe ich. Hat sie gesagt, wo sie hin ist?«

Duc schüttelte den Kopf. Ly seufzte. Huong könnte sich ruhig auch mal um ihren kleinen Bruder kümmern. Stattdessen war sie dauernd unterwegs. Sie kam nur noch zum Schlafen nach Hause.

»Was willst du essen?«, fragte Ly.

»Pizza.«

Dieses Pappzeugs, dachte Ly. Aber gut. Zum Kochen hatte er jetzt keine Lust mehr. Bevor er loslief, um die Pizza zu holen, rief er noch einmal bei Truong an. Doch der nahm auch diesmal nicht ab. Sicher würde er später einfach vor der Tür stehen. Das würde zu ihm passen. Ly fragte sich, was er wohl mit ihm besprechen wollte, hatte aber keine Idee.

Als Ly mit der Pizza für Duc und Frühlingsrollen für sich selbst zurückkam, war er zum x-ten Mal an diesem Tag bis auf die Haut durchnässt. Er zog sich um und versuchte noch einmal, bei Truong anzurufen. Langsam ärgerte er sich. Erst war es Truong so wichtig, ihn zu sprechen, und jetzt war er nicht erreichbar.

Sie aßen vor dem Fernseher. Duc legte seinen Kopf auf Lys Bauch und verschmierte sein Hemd mit Tomatensoße. Aber das war Ly egal. Es war gemütlich, und er genoss es. Duc schlief ein. Und auch Ly döste weg. Er hörte Thuy noch, als sie nach Hause kam, doch er öffnete seine Augen nicht mehr.

☆

Am nächsten Tag brach die Sonne endlich durch den trübgrauen Himmel. Der Regen hatte aufgehört, und innerhalb von Stunden war das Wasser aus den Straßen abgeflossen.

Ly saß bei seinem Freund Minh in dessen *bia hoi*, einem Straßenlokal in der Altstadt. Er klopfte eine *Vinataba* aus der Packung und zündete sie an. Seine Hände zitterten.

»Mensch, Ly, hilf mir doch endlich mal.« Minh schnaufte und zerrte einen der Sandsäcke, mit denen er die Küche seines *bia hoi* vor dem Wasser geschützt hatte, auf die Straße. Heute war der erste Tag, an dem er sein Lokal wieder öffnen konnte. Mehrere Gäste saßen bereits draußen auf dem Gehweg unter dem alten Mandelbaum.

Ly blieb sitzen. Er atmete den Rauch seiner Zigarette tief ein und hielt ihn lange in den Lungen. Er konnte es einfach nicht glauben. Truong war tot.

Der Rechtsmediziner Dr. Quang hatte Ly vorhin angerufen. Truong habe einen Stromschlag erlitten, vermutlich als er seinen Kühlschrank angefasst hat. Dr. Quangs Berechnung zufolge sei er gestern zwischen vier und sieben Uhr gestorben. Die Hauswartin, die regelmäßig bei Truong putzte, hatte ihn am Morgen auf dem Boden in seiner Küche gefunden.

»Und ich hab mich noch über Truong geärgert, weil er nicht mehr erreichbar war«, sagte Ly. »Wenn ich doch nur gleich hingefahren wäre, als er mich angerufen hat. Vielleicht hätte ich ihn …«

»Hör auf. Es ist nicht deine Schuld«, unterbrach Minh ihn und trat gegen einen Sandsack, bis er über die Eingangsstufe auf die Straße fiel. »Hast du Truongs Schwester schon angerufen?«

Ly nickte. Truong hatte weder Frau noch Kinder gehabt. Seine Schwester, die in der Nähe von Saigon lebte, war die einzige Verwandte. »Gleich nachdem ich's erfahren habe«, sagte er. »Ich wollte nicht, dass es ihr irgend so ein Typ aus der Verwaltung sagt.« Tränen traten Ly in die Augen, und er stützte die Stirn auf seine geballte Faust, so dass Minh es nicht sehen konnte. Er rief sich sein letztes Telefonat mit Truong ins Gedächtnis. Worüber hatte Truong bloß mit ihm sprechen wollen? Es musste wichtig gewesen sein, sonst hätte er ihn doch nicht angerufen. Hätte er doch nur dieses verfluchte *mit tinh* ausfallen lassen.

Minh stellte Ly ein Bier auf den Tisch. Mit dem Hemdsärmel trocknete Ly seine Augen, hob den Kopf und trank das Glas in einem Zug aus. »Irgendwas stimmt da nicht«, sagte er. »Er hat mir selbst noch gesagt, dass er keinen Strom in der Wohnung hat.«

»Vielleicht hat er ihn wieder angestellt?«, sagte Minh und versuchte, den nächsten Sandsack hochzuhieven. Voll Wasser gesogen, war er sogar für einen kräftigen Mann wie Minh zu schwer.

»Blödsinn«, sagte Ly. »Er hat im Erdgeschoss gewohnt. Mit Wasser in der Wohnung stellt er doch nicht den Strom an.«

Minh gab nur ein Brummen von sich.

»Verdammt, das war kein Unfall«, sagte Ly so laut, dass die anderen Gäste sich nach ihm umdrehten.

»Mann, Ly«, fuhr Minh ihn an und ließ den Sandsack mit einem Ächzen fallen. »Es reicht. Nicht jeder Tod ist gleich ein Mordfall.«

Dieser vielleicht schon, dachte Ly, trat seine *Vinataba* aus und zerknüllte die Packung mitsamt den Zigaretten. Sie schmeckten bitter und kratzten im Hals. Er hatte mal wieder eine dieser chinesischen Fälschungen erwischt. Man munkelte, sie würden impotent machen. Irgendwann würden die Chinesen sie noch alle ausrotten.

Minhs Frau kam die Treppe herunter. Auf ihren Unterarmen balancierte sie geschickt mehrere Teller. Bis im Erdgeschoss aufgeräumt war, kochte sie oben in der Wohnung.

»Hallo, Ly, du hast sicher Hunger«, sagte sie mit einem Lächeln und stellte die Teller vor ihn auf den Tisch. In Reismehl panierte Rippchen, Rinderhackspieße mit Zitronengras und in Knoblauch gedünsteten Pak-Choi-Kohl. Aber Ly konnte jetzt beim besten Willen nichts essen. Sobald Minhs Frau wieder die Treppe hinauf verschwunden war, schüttelte er entschuldigend den Kopf und sagte: »Ich hätte lieber noch ein Bier.«

»Warte.« Minh verschwand in der Küche. Ly hörte, wie er Kisten verschob. Irgendetwas fiel scheppernd auf den Boden. Als er schließlich zurückkam, hielt er eine bauchige Schnapsflasche in der Hand. In der bernsteinfarbenen Flüssigkeit lag eine aufgerollte Kobra zusammen mit einer Ginsengwurzel und kleinen roten Bocksdorn-Beeren. »Die trinken wir jetzt. Auf Truong.«

☆

Am Morgen wurde Ly von einem schrillen Fiepen aus dem Stadtteilradio geweckt. Er zog sich die Decke über die Ohren, konnte aber die blechern klingende Stimme, die auf das Fiepen folgte, trotzdem noch hören. »… ab zwölf Uhr wird wegen Bauarbeiten das Wasser in folgenden Straßen abgestellt: Au-Trieu, Phu-Doan …« Nach der Durchsage lief ein altes revolutionäres Lied. Sicherlich war es von Kassette abgespielt, so wie es leierte. Ly schwor sich, bald auf den Laternenmast vor dem Haus zu klettern und diesen verfluchten kommunalen Lautsprecher zu zerstören. Anderenorts hatten entnervte Anwohner das längst getan.

Er hielt noch eine Weile die Augen geschlossen, bis er sich schließlich aus dem Bett quälte. Sein Kopf schmerzte, und er war froh, dass Thuy und die Kinder schon weg waren. Er warf den Wasserkocher an und kippte doppelt so viel Kaffeepulver in den Aluminiumfilter wie sonst. So richtig half auch das nicht.

Er wollte sich gerade einen zweiten Kaffee kochen, als ein Notruf von der Zentrale bei ihm einging. Er solle sofort zum Literaturtempel fahren, auf die Seite der Nguyen-Thai-Hoc-Straße. Es gäbe einen Toten.

☆

Der Himmel war blau, und die Sonne brannte auf seinem Kopf. Mindestens ein Dutzend Mal musste Ly den Kickstarter seiner alten roten Vespa treten, bis der Motor endlich aufheulte. Der Schweiß lief ihm den Rücken hinunter.

Er nahm den Weg durch die Altstadt. Keine gute Entscheidung, wie er schnell merkte. In der Hang-Gai musste er Slalom um ganze Busladungen von Touristen fahren, die wie verschreckte Hühner über die Straße liefen. Er versuchte es mit Hupen. Doch das machte es nur noch schlimmer. In der Dien-Bien-Phu waren die Rollschranken vor die Bahngleise geschoben, die hier die Straße kreuzten. Noch war kein Zug zu hören, aber der Verkehr staute sich bereits über mehrere hundert Meter.

Als er endlich am Literaturtempel ankam, schob er sich schlechtgelaunt durch die Schaulustigen. Sie redeten leise miteinander. Ly hörte mehrmals das Wort Tiger heraus, konnte sich aber keinen Reim darauf machen. Zwei Verkehrspolizisten, die Ly den Rücken zugekehrt hatten, hielten Absperrbänder um einen alten Nissan, der frontal in die Mauer hinter dem Literaturtempel gekracht war. Die Kühlerhaube war bis zur Frontscheibe eingedrückt. Die Lichter waren zersplittert. Kopf und Brust des Fahrers lagen auf dem Lenkrad. Die Arme hingen schlaff herunter. Dr. Quang, der Rechtsmediziner, kniete zwischen Lenkrad und Leiche im Wageninneren und redete leise mit sich selbst, wie immer, wenn er konzentriert arbeitete. Ly ging um den Wagen herum. Er hatte lange kein so ungepflegtes Auto gesehen. Die Kotflügel waren verbeult, und das, so wie es aussah, nicht erst seit heute. Rost hatte sich in die Dellen gefressen, und getrockneter Schlamm klebte auf dem, was noch von dem stumpfen Lack übrig war. Die Polster der Vordersitze waren aufgerissen, weiße Füllung quoll hervor. Rücksitze gab es keine mehr. Ly beugte sich vor, um besser ins Wageninnere sehen zu können, und fuhr zurück. Adrenalin schoss heiß durch seinen Körper. Die Luft blieb ihm weg.

Auf der Fläche hinter den Vordersitzen lag ein Tiger.

Seine Augen waren geschlossen. Ly war sich aber nicht sicher, ob er tot war oder sein Brustkorb sich nicht noch leicht auf und ab bewegte.

»Der Arme, er war vollkommen in Panik«, sagte eine Stimme neben Ly. Ein Mann war zu ihm getreten. In der Hand hielt er ein Gewehr, das aussah wie eine aufgemotzte Schrotflinte. Er war Ly eben schon aufgefallen. Er hatte neben einem der beiden Verkehrspolizisten gestanden. Wie ein Polizist sah er allerdings nicht aus. Er hatte kinnlange fettige Haare. Auf seinen Hals war ein Stern tätowiert. Seine Jeans war an den Knien durchlöchert.

Ly deutete auf die Waffe. »Haben Sie den Tiger erschossen?«

»Sind Sie wahnsinnig?« Der Mann warf Ly einen entsetzten Blick zu. »Betäubt habe ich ihn. Was glauben Sie denn?«

»Was ist mit dem Fahrer?«, fragte Ly.

»Geht mich nichts an. Ich bin nur wegen des Tigers hier.«

Was für ein Idiot, dachte Ly. Er ging zur Fahrertür zurück, beugte sich vor und rief Dr. Quang zu: »Und, wie sieht's aus?«

»Hallo, Ly! Der Tote hat nur ein paar Kratzwunden im Nacken«, rief der Rechtsmediziner mit dem ironischen Unterton, der in fast allem, was er sagte, mitschwang. Rückwärts kroch er aus dem Wagen heraus. An seinem weißen Hemd klebte Blut. »Aber immerhin ist noch kein Fleisch von den Knochen geknabbert«, fügte er mit einem Grinsen hinzu. Dieser makabre Humor seines Kollegen irritierte Ly immer wieder.

Dr. Quang zog sich die Handschuhe aus und schob Ly

ein Stück vom Wagen weg. »Ich muss dich enttäuschen. Dein Fall ist das nicht.«

»Das heißt?«, fragte Ly leicht gereizt. Er mochte es nicht, bevormundet zu werden, auch nicht von Dr. Quang, den er sehr respektierte.

»Es war kein Mord. Ich denke, der Tiger ist einfach etwas zu früh aus seiner Narkose erwacht«, sagte Dr. Quang. »Der Mann hat sich erschrocken und – rums – den Wagen gegen die Wand gesetzt. Genickbruch. Dumm gelaufen. Der arme Tiger sieht aber auch ganz schön mitgenommen aus.« Der Rechtsmediziner unterstrich seine Worte mit ausschweifenden Handbewegungen.

»Was musste der Mann auch mit einem lebenden Tiger spazieren fahren!«, sagte Ly und fragte sich gleichzeitig, wieso hier alle Mitleid mit dem Tiger hatten und nicht mit dem Fahrer.

»Die wollten das Tier sicher noch ein bisschen mästen«, sagte Dr. Quang. »Umso größer der Tiger, desto schwerer die Knochen. Und umso mehr Geld gibt's. In dieser Knochenpaste steckt ein Vermögen. Und das ist es ja wohl, worum es hier geht, oder was meinst du?«

»Wahrscheinlich«, sagte Ly mit dem Anflug eines schlechten Gewissens, hatte er doch selbst gerade erst diese Paste kaufen wollen. Er wandte sich ab, dann doch froh, dass das hier kein Fall für die Mordkommission war. Im Kopf versuchte er hochzurechnen, wie viel Tigerknochenpaste man wohl aus so einem Tier herausholen könnte.

Aus dem Augenwinkel sah er, wie Nguyen Manh Tu am Unfallort eintraf. Tu war der neue Leiter der Abteilung für Umweltschutz, die jüngst bei der Hanoier Polizei eingerichtet worden war, um den illegalen Handel mit Tieren und Pflanzen einzudämmen. Oder zumindest, wie Ly vermutete, um den guten Willen dazu vorzutäuschen.

Die Hände in den Hosentaschen stieg Tu über das Absperrband und ging auf Dr. Quang zu. Ly kannte Tu nur aus *mit tinh*s, hatte jedoch noch nie mehr mit ihm zu tun gehabt. Aber ihn störte dessen offensichtliche Arroganz. Tu war einer dieser jungen Städter aus besserem Haus. Um die dreißig, sehr ehrgeizig, gut ausgebildet, Auslandsstudium in Australien. Er trug tief sitzende Jeans mit breiten Gürteln und T-Shirts mit irgendwelchen englischen Sprüchen, die Ly nicht verstand. Die kurzen Haare hatte er zu Stacheln gegelt. Seine Zähne waren makellos. Keine Spur von zu viel grünem Tee oder Zigaretten.

Ly drängte sich durch die Menge der Schaulustigen und ging zurück zu seiner Vespa, die er unter den Bäumen auf der anderen Straßenseite abgestellt hatte. Er tastete seine Hosentaschen nach dem Schlüssel ab, bis er sah, dass er noch steckte. Wieder startete die Vespa nicht sofort, und der Kickstarter haute Ly in die Achillessehne. Er fluchte. Er würde das alte Teil doch noch mal verschrotten oder es an einen Ausländer verhökern, der Lust hatte, es von Grund auf zu restaurieren.

☆

Eine halbe Stunde später grüßte Ly den alten Pförtner, der vor dem Eingang zum Präsidium stand, einem ockergelben Bau aus der französischen Kolonialzeit mit bodentiefen Fenstern und grünen Lamellenjalousien.

Mit schweren Schritten stieg Ly die Treppe in den zweiten Stock hinauf und ging durch den langen kahlen Gang.

Seine Schritte hallten hohl auf dem Steinboden. Die Tür zum Büro seiner Assistentin stand offen.

»Hallo, Ly, so spät?«, rief Lan ihm zu, schob sich die langen Haare hinter die Ohren und kickte ihre Pumps, die sie abgestreift hatte, unter den Schreibtisch. »Kaffee?«

Ly mochte den Kaffee aus Lans Filtermaschine nicht besonders, trotzdem nahm er dankend an. Solange Koffein drin war, war ihm heute alles recht.

»Irgendetwas Neues bei dir?«, fragte er.

»Ich schreibe noch die Berichte für den Fall draußen in Gia Lam fertig. Ansonsten gibt es nicht viel zu tun.« Sie sah ihn mit hochgezogenen Brauen an. »Und bei dir? Du siehst nicht gut aus.«

Ly erzählte Lan vom Tod seines Freundes Truong und dass er in dem Fall ermitteln wollte. Lan hatte Tränen in den Augen, während sie zuhörte. Ly fragte sich, wieso. Sie hatte Truong doch gar nicht persönlich gekannt.

Ly schenkte sich Kaffee nach und ging über den Gang in sein Büro hinüber. Er streute Trockenfutter ins Aquarium und sah zu, wie die blau-rot gestreiften Zwergfadenfische, die er gerade neu gekauft hatte, mit weit aufgerissenen Mäulern an die Wasseroberfläche stieben. Seine Fische waren das einzig Persönliche im Raum. Der Rest gehörte zur Standardausstattung. Sofa und Sessel aus schwarzem Kunstleder, Beistelltisch, Aktenschrank, Schreibtisch, Holzstühle. Die kahlen Wände waren türkisgrün getüncht wie die Wände in allen öffentlichen Gebäuden des Landes.

Ly ließ sich in einen der Sessel sinken und rief Dr. Quang an, der immer noch draußen am Literaturtempel beschäftigt war. Eigentlich hätte er ihn gleich vorhin noch mal auf Truong ansprechen sollen. Aber da hatte sein Kopf noch zu sehr gedröhnt, und dieser Tiger hatte ihn völlig durcheinandergebracht.

»Bist du wirklich sicher, dass Truongs Tod ein Unfall war?«, fragte Ly.

»Es war ein Stromschlag. Wie er zustande kam, kann ich nicht sagen.«

»Du meinst also, es könnte auch Mord gewesen sein?«

»Möglich ist alles. Und …«

»Und was?«, fragte Ly.

»Bei dem Regen fällt ein tödlicher Stromschlag mehr oder weniger nicht auf.«

Dr. Quang hatte recht, dachte Ly. Strom war bei diesem Wetter vermutlich wirklich die beste Art, jemanden unauffällig zu beseitigen.

Er holte sich noch einen Kaffee, wobei er Lans Kanne leer machte, und rief Do Van Dang an, den Leiter der Spurensicherung. »Ly hier. Ich brauche den Bericht zu Le Ngoc Truong.«

»Le Ngoc Truong?« Dang schien einen Moment zu überlegen. »Nein. Da haben wir nichts.«

»Gestern. Ngo-Quyen-Straße. Ein Stromschlag.«

»Bei Unfällen werden wir nicht gerufen«, sagte Dang.

»Woher willst du wissen, dass es ein Unfall war?«

»Stromschläge sind bei so einem Hochwasser wie dem letzten an der Tagesordnung.«

»Na bestens, dann verpasse ich meiner nervigen Nachbarin einen Stromschlag, und keiner untersucht's? Toll. Gut zu wissen.«

Dang seufzte leise. »Ly, bitte, weißt du, wie viele Stromtote es alleine bei dem letzten Hochwasser gab?«

»Ja, 59. Truong mitgezählt.«

»Die können wir nicht alle untersuchen«, sagte Dang in ruhigem Tonfall, was Ly umso mehr ärgerte. Dang mochte ein guter Kriminaltechniker sein, aber manchmal machte er Ly mit seiner Art wahnsinnig.

»Mach eine Ausnahme«, sagte Ly. »Schick ein Team in Truongs Wohnung.«

Als Dang nicht sofort antwortete, dachte Ly, er würde seiner Bitte nachkommen. Doch dann sagte Dang: »Nicht ohne Anweisung des Parteikommissars.«

Ly fluchte. Verdammter Bürokrat.

☆

Parteikommissar Bui Van Hung saß an seinem großen Schreibtisch aus schwerem Holz. Hinter ihm an der Wand hing ein in Öl gemaltes Porträt von Ho Chi Minh. Der breite goldfarbene Rahmen passte perfekt zur Stuckdecke. »Genosse Ly, wie kann ich Ihnen helfen?« Der Parteikommissar drückte sich aus seinem Stuhl hoch und kam auf Ly zu. Sein Gang war schleppend, mit einer Hand stützte er sich am Schreibtisch ab. Er hatte gerade seinen achtzigsten Geburtstag gefeiert, und das Laufen fiel ihm schwer.

»Es geht um den Fall Le Ngoc Truong«, sagte Ly.

»Ich habe davon gehört. Auch dass er ein Freund von Ihnen war.«

»Ein enger Freund.«

»Mein aufrichtiges Beileid.«

»Ich möchte in dem Fall ermitteln«, sagte Ly.

Der Parteikommissar musterte Ly durch seine dicken

Brillengläser. »Warum? Soweit mir berichtet wurde, war es ein Unfall.«

»Es gibt Unstimmigkeiten. Ich habe kurz vor seinem Tod noch mit ihm gesprochen. Er war nervös, er wollte unbedingt mit mir reden.«

»Worüber?«

»Ich … wir kamen nicht mehr dazu.« Ly stockte. Was sollte er sagen? Er hatte nichts in der Hand, um zu beweisen, dass es kein Unfall war.

Parteikommissar Hung legte Ly seine Hand auf den Arm. Eine Geste, die Ly unangenehm war.

»Genosse Ly«, sagte der Parteikommissar leise, aber mit Nachdruck.

»Bitte«, sagte Ly. »Ich brauche eine Vollmacht für die Spurensicherung.«

Der Parteikommissar drückte Lys Arm und deutete ein Kopfschütteln an. »Genosse Ly, ich verstehe, dass es schmerzt, wenn ein Freund so plötzlich aus dem Leben gerissen wird. Aber nicht jeder Tod ist ein Mordfall.«

☆

Ly rief noch einmal bei der Spurensicherung an. Doch Dang ließ sich nicht überreden, ohne offizielle Anweisung seine Leute in Truongs Wohnung zu schicken. Ly legte grußlos auf. Dann würde er sich eben selbst in der Wohnung umsehen.

☆

Der Wohnblock in der Ngo-Quyen-Straße, in dem Truong gewohnt hatte, war ein Plattenbau aus den siebziger Jahren, der u-förmig um einen Hof gebaut war. Zwischen den Bodenplatten spross Unkraut. Im hinteren Teil des Platzes parkten Motorräder und Fahrräder. Unter einem Baum gab es einen Teestand und eine große Vitrine, in der die Volkszeitung sowie Mitteilungen des Nachbarschaftskomitees angeschlagen waren. Ly fand einen Zweizeiler zu Truongs Tod und die Wohnungsnummer der Hauswartin.

Die Wohnung lag im zweiten Stock. Die Hauswartin war eine alte Frau. Sie erzählte Ly, dass sie normalerweise öfter bei Truong geputzt hatte, aber wegen des Wassers länger nicht in seiner Wohnung gewesen sei. Erst gestern, nachdem das Wasser aus den Erdgeschosswohnungen abgelaufen war, war sie wieder rübergegangen. Da habe sie ihn gefunden.

Ly konnte die Hauswartin schnell überreden, ihm Truongs Zweitschlüssel zu überlassen. Sie gehörte noch einer Generation an, die gelernt hatte, der Obrigkeit zu gehorchen.

Das Wasser war wirklich aus Truongs Einzimmerwohnung verschwunden. Trotzdem stieg Ly der pilzige Geruch, der feuchten Räumen eigen war, in die Nase. Er drückte den Lichtschalter. Der Strom war aus. Er fragte sich, wer ihn nach Truongs Tod wieder abgeschaltet hatte. Vielleicht die Leute von der Polizei, die Truong abgeholt hatten. Der Stromkasten hing hoch über der Eingangstür. Die alte Hauswartin wäre dort oben nicht einmal angelangt, wenn sie auf einen Stuhl gestiegen wäre.

Gleich im Eingangsbereich befand sich die Küche. Der

Kühlschrank war ein uraltes russisches Modell. Er stand offen und war bis auf eine Dose Red Bull leer. Ly bückte sich, um sich das Kabel anzusehen. Es sah brüchig aus und war an mehreren Stellen mit Isolierband umklebt. Er konnte allerdings nicht sagen, ob da jemand etwas manipuliert hatte, und verfluchte Dang, dass er sein Team nicht herschickte.

Die Wohnung sah in etwa so aus, wie Ly sie in Erinnerung hatte, auch wenn er seit Jahren nicht hier gewesen war. Ein Bett, ein Regal, eine Matte auf dem Boden. Alles wies auf Truongs zurückgezogenes Leben hin. Ly fand keine Fotos, keine kleinen Andenken, wie sie sonst in Regalen herumstanden, und auch keine Briefe. Er nahm die Bücher herunter, die auf einem der Regalbretter standen, und blätterte eines nach dem anderen durch. Sie waren zerlesen und rochen muffig, was bei der Luftfeuchtigkeit nicht ausblieb.

Die Bücher behandelten alle die Tierwelt Vietnams. Tiere waren immer Truongs Leidenschaft gewesen. Das war schon während der Schulzeit so gewesen. Ly erinnerte sich, wie Truong früher manchmal tagelang von zu Hause verschwunden war. Anfangs hatte seine Tante, bei der er und seine Schwester aufwuchsen, ihn noch gesucht, bald ließ sie es aber sein. Sie wusste, dass er wieder auftauchen würde. Mal mit einer Kiste Waldschildkröten, dann wieder mit bunten Schmetterlingen, schillernden Käfern, Loris-Äffchen oder Eidechsen. Auf dem Flachdach des Hauses, in dem sie damals wohnten, baute er kleine Käfige, in denen er die Tiere eine Weile hielt. Dann saß er tagelang da oben und war für kein Fußballspiel zu haben. Er sagte immer, er müsse erst seine Tiere »verstehen«. Bis auf eine einzige Schildkröte, die er noch Jahre später hatte, hat er, soweit Ly wusste, immer alle Tiere wieder frei gelassen.

Während Ly seinen Gedanken nachhing, fiel ihm ein braunes Papier ins Auge, das hinter dem Regal hervorschaute. Er zog daran. Es war ein Umschlag mit einer Landkarte und mehreren Fotos. Die Landkarte war eine veraltete Karte vom Norden Vietnams. Hanoi war noch in seinen alten Grenzen eingezeichnet. Mittlerweile war die Stadtfläche dreimal so groß. Truong hatte einige Orte mit rotem Marker eingekreist: Hai Phong, die Hafenstadt östlich von Hanoi. Mong Cai, eine Stadt oben an der chinesischen Grenze. Und mehrere kleine Orte in den Bergregionen, die Ly aber alle nichts sagten.

Er blätterte die Fotos durch. Auf allen waren Tiere zu sehen: Zibetkatzen, Stachelschweine, Binturongs, Makaken, Gibbons, Schuppentiere, ein Bär. Sie waren durch Gitterstäbe fotografiert. Vielleicht waren sie im Hanoier Zoo aufgenommen, dachte Ly. Truong hatte dort gearbeitet. Anfangs als Tierpfleger, später war er in der Hierarchie aufgestiegen. Was genau er zuletzt gemacht hatte, wusste Ly allerdings nicht, was ihn, wenn er jetzt darüber nachdachte, selbst überraschte.

Er setzte sich auf die Bettkante und klickte das Handy durch, das er in der Nachttischschublade gefunden hatte. Außer Telefonnummern war darin nichts gespeichert. Die letzte Nummer, die Truong angerufen hatte, war Lys gewesen.

Irgendwann stand er auf, verließ die Wohnung und setzte sich an den Teestand im Hof. Die Verkäuferin hatte die

Kannen mit den Tees in einen dick mit Kissen ausgestopften Holzkasten gestellt, so dass sie warm blieben.

»Einen Jasmin-Tee«, sagte Ly. »Und *Vinataba*.«

»*Vinataba* habe ich nicht. Die will doch keiner mehr.« Die Frau stand auf und griff nach einer der Tüten, die an Nägeln hinter ihr am Baum hingen. »*Thang Long* können Sie haben.« Sie zog eine kanariengelbe Packung mit dem Flaggenturm der Hanoier Zitadelle aus der Tüte. Ly mochte die *Thang Long* nicht besonders, aber sie waren doch besser als diese chinesischen Kopien der *Vinataba*, die er sonst so oft erwischte.

»Sie waren in Truongs Wohnung?«, fragte die Frau. In ihrem Gesichtsausdruck mischten sich Neugier und Misstrauen.

»Kannten Sie ihn?«, fragte Ly.

»Ich wohne hier. Ich kenne jeden.«

Ly nickte. Natürlich. In diesen alten sozialistischen Wohnblocks funktionierte die gegenseitige Überwachung noch.

»Es ist furchtbar, was passiert ist«, sagte sie und reichte Ly den Tee. »Dass die Stadt dieses Stromnetz nicht einmal erneuert. Und überhaupt, was tun die schon für uns …« Sie begann über die Regierung zu schimpfen, die Korruption und den neuen Reichtum, von dem sie wie so viele nichts abbekam. Ly hörte nur mit einem Ohr zu. Ein pummeliges Mädchen von etwa acht Jahren hüpfte auf einem Bein auf den Teestand zu.

»Großmutter Ba«, rief das Mädchen, »ich hab fünfhundert Dong, bekomm ich dafür einen Kaugummi?«

Die Frau griff wieder nach einer der Tüten am Baum und holte ein Glas mit bunten Kaugummikugeln heraus.

»Nimm dir zwei.« Sie strich dem Mädchen zärtlich über die Wange, und in ihren Augen lag jetzt ein weicher Ausdruck.

»Wissen Sie, ob Truong in den letzten Tagen Besuch hatte?«, fragte Ly. »Haben Sie irgendjemanden gesehen?«

»Sie sind von der Polizei, oder?«

»Ich war ein Freund von Truong«, sagte Ly.

Sie gab ein ungläubiges Murren von sich.

»War jemand da?«, wiederholte Ly.

»Truong hatte nie Besuch. Es kam höchstens mal der Pizzadienst.«

»Pizzadienst?«

Einen Moment war die Frau damit beschäftigt, die Kissen enger an die Teekannen zu drücken. Dann sagte sie: »Wenn Sie so fragen. An seinem Todestag war auch jemand da. Ich hab mich noch gewundert. Sonst kommen die Lieferanten immer mit diesen Pizzamopeds. Sie wissen schon, mit den Kisten hinten drauf. Der am Todestag war aber zu Fuß. Und in Gummistiefeln. Ich dachte noch, es ist wegen des Regens.«

»Können Sie ihn beschreiben?« Vielleicht war das endlich eine Spur.

»Nein. Einer dieser jungen Burschen eben.«

»Und der Pizzadienst? Haben Sie sich den Namen gemerkt?«

Die Frau schob die Lippen vor und deutete ein Kopfschütteln an. »Mit solchem Zeugs kenn ich mich nicht aus. Aber er hatte eine rot-weiße Uniform an.«

Ly rief Lan an. Sie sollte überprüfen, ob eine der Pizzerien, deren Mitarbeiter rot-weiße Uniformen trugen, in den letzten Tagen eine Bestellung von Truong angenommen hatte.

☆

Von Truongs Wohnung aus fuhr Ly zum Zoo. Er wollte sich an Truongs Arbeitsplatz umsehen. Er parkte, kaufte ein Ticket und folgte dem Weg entlang des Thu-Le-Sees, an den der Zoo grenzte. Tretboote in Schwanenform dümpelten auf dem Wasser. In Käfigen hockten Makaken auf kahlen Ästen, kleine Eulen hielten ihre Köpfe im Gefieder versteckt. In einem Raubtiergehege mit vielen kleinen abgeschlossenen Einheiten dösten Tiger und Bären. Unter den dicht gewachsenen Bäumen des Parks stand die Luft. Es waren kaum Besucher da, trotzdem drehten sich alle Karusselle, die zwischen den Käfigen aufgebaut waren. Eine Achterbahn ratterte laut über ihre Schienen. Es gab ein Spiegellabyrinth, eine Go-Kart-Anlage, eine Rollschuhbahn. Laute Musik schallte aus Dutzenden Lautsprechern. Jeder Lautsprecher ein anderes Lied. Mit handgemalten Plakaten warb der zooeigene Zirkus für seine Vorstellung mit fahrradfahrenden Bären und tanzenden Affen. Ein Schwarm winziger Mücken folgte Ly. Erfolglos versuchte er, die lästigen Insekten mit der Hand wegzuschlagen.

An einer Grillstation kaufte Ly eine Bratwurst, die wie ein Eis auf einem Holzstab steckte. Die Wurst schmeckte so trocken, als hätte sie gestern schon einmal auf dem Rost gelegen. Ly überlegte, mit einem Bier nachzuspülen, ließ es aber bleiben. Er hatte gestern wirklich schon genug getrunken. Und wahrscheinlich wäre das Bier hier sowieso schal.

Das Verwaltungsgebäude, über dessen Eingang die vietnamesische Flagge hing, lag am äußersten Rand des Zoogeländes. Der Gang zu den Büros im Erdgeschoss war weiß gefliest. Es roch nach Scheuermittel und frischer Farbe. Ly klopfte an der Tür mit dem Schild »Nguyen Thu Nga, Zoodirektorin«.

Es war kühl im Raum. Eine Klimaanlage ratterte laut. Die Zoodirektorin, die Ly schon auf Fotos in der Zeitung gesehen hatte, saß hinter ihrem Schreibtisch, stand aber auf, als Ly eintrat und sich als Kommissar der Hanoier Polizei vorstellte. Sie war eine große kräftige Frau um die fünfzig, mit sehr kurz geschnittenen Haaren und dunklen, fast schwarzen Augen.

»Bitte, setzen Sie sich«, sagte sie und wies auf einen freien Stuhl, unter dem ein Terrier lag und schlief. Ly fiel ihre Stimme auf, sie war ungewöhnlich tief, und es klang etwas Herrisches in ihr mit.

»Der Hund tut nichts«, schob sie nach.

Ly verzichtete trotzdem darauf, sich zu setzen. Das Tier blinzelte nicht einmal, aber für ihn waren Hunde, mit denen man sich ein Zimmer teilte, eine Mode, an die er sich noch nicht recht hatte gewöhnen können. »Ich komme wegen eines Ihrer Mitarbeiter«, sagte er. »Es geht um Le Ngoc Truong.«

»Tragisch«, sagte Nguyen Thu Nga. »Aber wieso sind Sie hier? Man sagte mir, es war ein Unfall.«

»Es ist reine Routine.«

Die Frau nickte, sah aber nicht besonders überzeugt aus.

»Was genau hat Le Ngoc Truong im Zoo gemacht?«, fragte Ly.

»Er war so eine Art Bestandsverwalter. Er hat die Bücher über die Tiere geführt. Er musste neue Tiere aufnehmen und verstorbene austragen. Er hat die Tiere natürlich auch alle untersucht.«

»Machen das nicht Ärzte?«

»Truong hatte eine Zusatzausbildung als Tierarzt.«

»Das hat er mir nie erzählt«, sagte Ly.

Sie sah ihn irritiert an. »Sie kannten ihn?«

Ly nickte, fragte sich jetzt aber, wie gut er Truong wirklich gekannt hatte. Nachdem sich in der Oberschule ihre Wege getrennt hatten, hatten sie zwar nie den Kontakt verloren, aber Ly bekam gerade den Eindruck, dass er trotzdem nicht viel von Truongs Leben mitbekommen hatte. »Welche Aufgaben hatte er sonst noch?«

»Er hatte genug zu tun, glauben Sie mir. Als Zoo sind wir auch eine Anlaufstelle für Tiere, die aus dem illegalen Handel beschlagnahmt werden. Die Auffangstelle draußen in Soc Son hat kaum noch Kapazitäten. Deshalb liefern Ihre Kollegen von dieser neuen Umweltpolizei die Tiere jetzt auch fleißig bei uns ab. Wir wissen kaum noch, wohin mit ihnen. Manchmal kommen zehn Bären auf einmal oder hundert Schildkröten.«

»Wann haben Sie Le Ngoc Truong zuletzt gesehen?«

Sie überlegte kurz. »Das muss vor etwa einer Woche gewesen sein. Er hatte ein paar Tage Urlaub genommen, um in die Berge zu fahren.«

»In die Berge?« Ly dachte an die Karte, die er bei Truong gefunden hatte. »Wissen Sie, wo er war?«

»Warum wollen Sie das so genau wissen?«, fragte sie und sah ihn jetzt durchdringend an.

»Bitte, denken Sie nach. Wo war Truong?«, fragte Ly, ohne weiter auf Ihre Frage einzugehen.

»Hm. Ich denke, in der Provinz Son La, irgendwo in

der Gegend von Moc Chau. Ich habe ihn nicht gesehen, aber er muss nach seiner Reise noch mal im Zoo gewesen sein. Er hat uns Tee aus Moc Chau hingestellt und diese Milchbonbons, die sie da oben herstellen.«

Ly holte die Landkarte heraus, die er aus Truongs Wohnung mitgenommen hatte. Er hatte sie zusammen mit den Fotos und einiger der Bücher in eine Tüte gepackt. Moc Chau war eine Kleinstadt, knapp zweihundert Kilometer westlich von Hanoi. Truong hatte nur einen Ort in dieser Region markiert: Na Cai. Von Na Cai nach Hanoi hätte Truong auf jeden Fall durch Moc Chau fahren müssen. Ly fragte die Zoodirektorin, ob ihr dieses Na Cai irgendetwas sagte.

»Ist das nicht ein Grenzort zu Laos?«

Ly schaute noch mal auf die Karte. »Ein Grenzübergang ist nicht eingezeichnet. Aber bis Laos können es nur wenige Kilometer sein.«

»Doch, doch«, sagte die Frau. »Ich meine, da ist vor ein paar Jahren ein neuer Grenzübergang eröffnet worden.«

Das konnte natürlich sein, dachte Ly. Truongs Karte war nicht die neueste. »Hat Truong den Ort je erwähnt?«

»Nicht dass ich mich daran erinnern könnte«, sagte die Zoodirektorin.

Ly zeigte ihr die Ausdrucke der Tierfotos, die er bei Truong gefunden hatte. Sie schaute die Fotos durch. Auf ihrer Stirn bildete sich eine steile Falte, und Ly fragte sich, ob das die Konzentration war oder irgendetwas an den Fotos, das ihr nicht gefiel.

»Hier im Zoo sind die nicht aufgenommen worden«, sagte sie.

»Sind Sie sich ganz sicher?«

»Ich kenne doch unsere Tiere.«

»Wo kann das sonst sein?«, fragte Ly.

Sie ging die Fotos noch einmal aufmerksam durch. »Die Vegetation.« Sie zeigte auf eines der Bilder. »Das könnte in einem Botanischen Garten sein oder im Wald. Die Käfige sind rostig und sehr eng. Viel zu eng. Bei uns ist das ganz sicher nicht fotografiert worden.«

Ly nahm die Fotos wieder an sich und ließ sich Truongs Arbeitsplatz zeigen. Das Büro lag nur zwei Zimmer weiter. Im Regal standen Bücher über Tiere. Der Schreibtisch war frei geräumt. Ly zog die Schreibtischschubladen heraus, eine nach der anderen. Bis auf Taschentücher und Pfefferminzbonbons waren sie leer.

»Wo ist Truongs Computer?«, fragte Ly die Zoodirektorin, die in der Tür stehen geblieben war.

Ein amüsiertes Lächeln zuckte um ihren Mund. »Ob Sie es glauben oder nicht. Seine Buchführung hat er noch mit der Hand geschrieben. Natürlich hatte er auch einen Laptop, aber den hat er immer mit nach Hause genommen.«

Einen Computer, dachte Ly, hatte er in Truongs Wohnung nicht gefunden.

☆

Zu Hause waren die Gittertüren zur Straße hin weit aufgezogen. Die Abendsonne drang durch die Blätter der Flammenbäume vor dem Haus und warf goldene Flecken auf den Boden. Unter einer aufgebockten alten BMW im vorderen Erdgeschossraum lag Lys jüngerer Bruder Hieu. Er war Mechaniker und betrieb hier seine Motorradwerkstatt. Früher hatte er damit ganz gut verdient. Bis vor ein paar

Jahren fuhren die Hanoier noch alte russische Minsk und ostdeutsche Simson oder MZ, die ständig repariert werden mussten. Mittlerweile allerdings hatten die Städter genug Geld für neue Fahrzeuge, die sie in den großen Vertragswerkstätten reparieren ließen. Viel Geschäft fiel da nicht mehr ab für Hieu. Zudem trank er zu viel, was auch seine letzten Aufträge in Gefahr brachte.

Zwischen Motorenteilen und einer Druckluftmaschine hatte Lys Mutter ihren Verkaufstisch aufgestellt. Kaugummipäckchen hatte sie zu kleinen Türmen gestapelt, die mit Schnaps gefüllten Wasserflaschen in gerader Linie aufgereiht. Zigaretten verkaufte sie einzeln, den Zug aus der Bambuswasserpfeife auch. Den Reisschnaps bezog sie von einem befreundeten Schnapsbrenner im Heimatdorf von Lys Frau und gab ihn zu kaum mehr als dem Einstandspreis weiter. Hinter ihr an der Wand hing ein Kalender, den seit Mai niemand mehr umgeblättert hatte, und die Ehrenurkunde, die ihr das Nachbarschaftskomitee zum achtzigsten Geburtstag überreicht hatte. Rotes Papier mit erhabenen, goldfarbenen Lettern in einem dunklen Holzrahmen.

Als Ly seine Vespa ins Haus schob, saß ein kleiner dürrer Mann bei seiner Mutter. Auf seinem Handgelenk war eine Knastnummer tätowiert. Die Nägel seiner beiden kleinen Finger waren lang genug, um sich tief im Ohr zu kratzen – ein Zeichen, dass er nicht mehr körperlich arbeiten musste. Ly verstand nicht, wie seine Mutter es mit diesen Kerlen aushielt, die an ihrem Kiosk die Zeit vertrödelten.

»Mutter, geht es dir besser?«, fragte er und setzte sich auf einen der angebrochenen Plastikhocker.

Sie deutete ein Kopfschütteln an, schenkte bronzefarben schimmernden Kräuterschnaps in ein Glas und schob es Ly über den Tisch zu. Der Schnaps war stark, aber die Kräuter gaben ihm einen weichen Geschmack.

»Soll ich dir nicht doch ein paar Schmerztabletten holen?«

Seine Mutter machte eine wegwischende Handbewegung. »Neumodischer Blödsinn«, sagte sie.

Lys Bruder stand auf und trat an den Werkzeugschrank, der seitlich neben dem Kiosktisch stand.

»Ich muss ein paar Tage weg«, sagte Ly. »In die Provinz Son La.« Ly wollte sich dieses Na Cai anschauen, das Truong auf seiner Karte markiert hatte. Es war momentan sein einziger Anhaltspunkt.

»In die Berge?« Seine Mutter beugte sich vor und griff nach seiner Hand. »Ly, mein Junge, pass bloß auf. Du hast ja keine Ahnung. Böse Geister durchstreifen die Berge. Sie bringen Krankheit und Tod.«

Der Mann mit der Knastnummer legte einen passenden Dong-Schein auf den Tisch, stand auf und ging grußlos.

»Mutter, ich pass schon auf.«

»Und die Hmong erst.« Seine Mutter flüsterte jetzt. »Sie haben schon wieder Waffen von den Amerikanern bekommen.«

Ly schüttelte innerlich den Kopf. Die Hmong, eine ethnische Minderheit, lebten weit verstreut oben in den Bergen. Das Gerücht, die CIA unterstütze sie noch wie zu Zeiten des Krieges, hielt sich hartnäckig. Nicht nur bei seiner Mutter. Damals, zu Kriegszeiten, hatten sich die Hmong von den Amerikanern mehr Autonomie erhofft, genauso wie vorher von den Franzosen. Aber heute? Die Amerikaner hatten es doch gar nicht mehr nötig, den sozialistischen vietnamesischen Staat zu unterwandern. Wenn wir so weitermachen wie in den letzten Jahren, dachte Ly, schaffen wir das auch selbst.

»Gestern erst lief da diese Warnung im Radio«, flüsterte Lys Mutter.

»Gestern?« Ly versuchte sich zu erinnern, wann bei seiner Mutter das letzte Mal das Radio gelaufen war. Es musste Jahre her sein. Zärtlich tätschelte er ihren Arm.

Der Gedanke, wie alt seine Mutter geworden war, schmerzte ihn. Eine Weile saßen sie einfach so da. Er lauschte den Geräuschen von der Straße. Mopeds hupten. Ein Bus bremste scharf. Der Hund der Nachbarn kläffte hysterisch. Vögel zwitscherten.

Ly drehte sich erst um, als hinter ihm ein Geländemotorrad mit aufheulendem Motor über den hohen Kantstein fuhr und vor ihrem Haus hielt. Der Fahrer hatte lange Haare und ein Piercing in der Lippe. Ly fragte sich, wieso sich jemand freiwillig so ein Metallstück durch das Fleisch bohren ließ. Der junge Mann drehte sich zu seiner Beifahrerin um, die an ihn geschmiegt auf dem Sozius saß. Ly hatte sie bislang nicht beachtet. Jetzt erst erkannte er, dass es seine Tochter war. Huong trug einen roten Helm, ein enges rotes Top und eine kurze Jeans-Latzhose, die er an ihr noch nie gesehen hatte.

»Danke fürs Bringen und bis morgen, Lam«, sagte sie mit heller, fröhlicher Stimme, legte ihren Arm etwas linkisch um den Fahrer und drückte ihn kurz. Als sie sich umdrehte und ihren Vater sah, schoss ihr das Blut in den Kopf.

»Hallo, Papa«, sagte sie leise und lächelte verlegen.

Ly war aufgesprungen, packte sie am Handgelenk und zog sie mit sich ins Haus.

»Wer war das?«

Sie zerrte an ihrem Arm. »Lass das.«

»Du kannst nicht einfach mit irgendwelchen Typen rumfahren.«

»Papa!«

»Nach der Sache mit diesem Son. Das solltest du doch gelernt haben.« Es war erst einige Monate her, dass Huong in eine von Lys Ermittlungen hineingezogen worden war. Ein Junge namens Son hatte sie damals an den Tay-Ho-Tempel oben am Westsee gelockt, genau dorthin, wo kurz zuvor eine junge Frau ermordet worden war. Das war eine Drohung gewesen, die Ly gegolten, aber auch Huong in Panik versetzt hatte.

»Das war ja nicht meine Schuld.«

»Du bist erst sechzehn, verdammt noch mal.« Ly schrie jetzt.

»Ich bin siebzehn.« Huong hatte ihren Arm aus seinem Griff befreit, drehte sich mit einem Ruck um und stapfte weg. Sie sah ihn über die Schulter noch einmal mit funkelnden Augen an, verschwand in der Wohnung von Lys Bruder, die von dem Gang im Erdgeschoss abging, und knallte die Tür laut hinter sich zu.

Ly atmete schwer. Wütend stieg er die Metallstiege zu ihrer eigenen kleinen Wohnung hinauf. Thuy stand am Herd in der winzigen Küche, in der Hand ein großes Messer. Einzelne Haarsträhnen klebten ihr auf der Stirn.

»Was war das für ein Geschrei?«, fragte sie.

»Huong«, stieß Ly hervor. »Sie macht nur noch, was sie will.«

Thuy lächelte. »Was erwartest du? Sie ist deine Tochter.«

Ly schnaubte. »So ein Typ hat sie nach Hause gebracht.«

»Wer?«, fragte Thuy weiter.

»Lam.«

Thuy legte das Messer weg und wusch einen großen frischen Tintenfisch unter dem Wasserhahn. In der Pfanne über dem Gas duftete Knoblauch in Öl. »Du bist doch nicht eifersüchtig?«

»Sag mal.« Ihre Frage stachelte seinen Ärger nur weiter an. »Der ist viel zu alt für sie. Und überhaupt. Du hast ihn nicht gesehen.«

Thuy strich sich die Haarsträhnen aus dem Gesicht. Wie hübsch sie dabei aussah, genau wie Huong, dachte Ly.

»Lam ist nur zwei Jahre älter als Huong. Und er ist in Ordnung. Die beiden arbeiten zusammen«, sagte Thuy, während sie den Tintenfisch in schmale Streifen schnitt.

»Arbeiten?« Jetzt war Ly vollkommen verwirrt.

»Sicher. Sie hilft doch neben der Schule bei dieser Tierschutzorganisation aus«, sagte sie und warf die Tintenfischstreifen in das siedende Öl. »Hat sie dir das nicht erzählt?«

☆

Ly ärgerte sich – mehr noch über seine Frau als über seine Tochter. Thuy hätte ihm das mit Huongs Job erzählen müssen.

Nach einem schweigsamen Abendessen fuhr Ly zu Minh ins *bia hoi*, wo er den Rest des Abends verbrachte. Er trank zu viel und begann, sich jetzt vor allem über sich selbst zu ärgern. Huong war fast volljährig, er konnte sie nicht mehr wie ein kleines Mädchen behandeln. Und mit Thuy hätte es ein schöner Abend werden können, sie hatte für ihn gekocht, was selten genug vorkam. Stattdessen saß er jetzt alleine im *bia hoi*. Nicht mal Minh gesellte sich zu ihm. Zwei seiner Bedienungen waren krank, und er musste für sie einspringen.

☆

Am nächsten Morgen musste Ly sich seinen Antrag auf Urlaub noch von Parteikommissar Hung absegnen lassen. Drei Tage gewährte er ihm. Nicht viel, aber immerhin mehr, als Ly überhaupt noch zustand. Seine fünfzehn Tage Jahresurlaub hatte er schon genommen. Er war im Sommer mit seinen Kindern in Nha Trang am Meer gewesen. Thuy hatte da unten eine Reisegruppe betreut.

Vom Präsidium fuhr Ly noch einmal nach Hause. Bevor er in die Berge aufbrach, wollte er sich mit seiner Tochter versöhnen. Er hatte sie seit ihrem Streit gestern nicht mehr gesehen. Zum Abendessen war sie nicht gekommen, und übernachtet hatte sie unten im Haus bei ihrer Cousine.

Da heute einer dieser Tage war, an dem sie erst nachmittags Unterricht hatte, lagen die beiden Mädchen noch immer im Bett und hörten Musik.

Ly wartete kurz, bis seine Nichte aus dem Zimmer geschlurft war, und entschuldigte sich bei Huong. Er sah ein, dass er überreagiert hatte. Trotzdem fiel es ihm schwer, die Worte auszusprechen. Huong sah ihn kurz mit trotzigem Blick an, dann grinste sie und in ihren Wangen bildeten sich die Grübchen, die Ly so mochte. Er spürte, wie dieses Glücksgefühl, das er nur bei seinen Kindern empfand, ihm durch den Körper fuhr.

Ly lud Huong zu *bun bo nam bo* in die Hang-Dieu-Gasse ein. Die Reisnudeln mit dünnem Rindfleisch, Erdnüssen, Salat und einer süßen und gleichzeitig leicht scharfen Soße waren eines von Huongs Lieblingsgerichten.

Der Laden, der sich über zwei Etagen erstreckte, war voll, wie zu fast jeder Tageszeit. Was für eine Goldgrube, dachte Ly. Sie fanden einen freien Tisch ganz vorne neben dem großen Wok, in dem über einem Feuer das Rindfleisch briet. Es roch nach heißem Öl, gerösteten Zwiebeln und karamellisiertem Palmzucker.

»Dieser Junge«, sagte Ly und räusperte sich. »Magst du ihn?«

»Papa«, sagte Huong in einem drohenden Tonfall. »Ich arbeite mit ihm. Sonst nichts.«

Ly hob entschuldigend die Hände. »Ich höre schon auf. Aber du hättest mir zumindest erzählen können, dass du jetzt arbeitest.«

»Du und Tierschutz.« Huong lachte. »Das hättest du sowieso nicht verstanden.«

»Meinst du, ja?«

»Dich interessieren Tiere doch nur, wenn sie auf dem Teller liegen oder im Schnaps schwimmen«.

Ly biss sich auf die Unterlippe. Was sollte er darauf erwidern? Er dachte an all die Schlangenschnäpse, die er in seinem Leben getrunken hatte. Dann warf er einen demonstrativen Blick in Huongs Schüssel mit dem Rindfleisch

»Rind ist was anderes«, sagte Huong und sah ihn mit hochgezogenen Brauen an.

Ly fiel auf, dass sie fein gezupft waren. Sein kleines Mädchen wurde wirklich erwachsen.

»Wieso was anderes?«, fragte er.

»Uns geht es um wilde Tiere, die vom Aussterben bedroht sind. Zibetkatzen, Bären und so. Um Wildtiere eben.«

»Die wurden bei uns immer schon gegessen. Und für die Medizin sind sie auch wichtig«, sagte Ly.

»Ja, ja. Bärengalle gegen Lebererkrankungen, Schildkrötenblut für mehr Kraft. Und die Wurst aus Wildkatzen für die Potenz.« Sie verzog ihr Gesicht.

»Das gehört zu unserer Kultur«, sagte Ly.

»Früher konnte sich der König gebratene Bärentatze leisten oder Tigerknochenpaste gegen sein Rheuma. Nicht das halbe Volk.«

»Man könnte die Tiere doch züchten. Dann müsste man keine wilden Tiere mehr jagen.«

Huong schüttelte heftig den Kopf. »Dann hätten die es noch leichter, wilde Tiere in den Markt einzuschleusen. Die würden dann einfach sagen, es seien Zuchttiere. Das kann kein Mensch nachweisen. Und ein Tier aus dem Wald kostet nur eine Falle. Oder eine Patrone. Züchtest du eines, musst du es lange füttern, bis es groß ist.«

»Solange das Angebot aber da ist ... glaubst du wirklich, ihr könnt den Handel stoppen?«

Huong stützte ihre Ellenbogen auf den Tisch und legte das Kinn in die Hände. »Andersrum«, sagte sie.

»Wie andersrum?«

»Es ist die Nachfrage, die das Angebot bestimmt. Solange du die Tiere kaufst, werden sie weiter geschossen. Haben wir in Wirtschaft gelernt.«

»Wirtschaft, ja? Ich dachte, ihr lernt vernünftigen Marxismus-Leninismus.«

»Papa, echt.« Huong verdrehte die Augen. »Seit es uns besser geht, boomt die Nachfrage. Weißt du eigentlich, wie viele Wildtiere bei uns jährlich dran glauben müssen? Eine Million. Mindestens. Einfach aufgefressen oder zu irgendeiner Paste verkocht. Da ist bald nichts mehr übrig. Das kannst du mir glauben.«

Ly sah Huong an. Zuerst hatte er gedacht, bei diesem Job ginge es ihr darum, dass soziales Engagement im Lebenslauf gut aussah. Aber ihr schien dieser Tierschutz wirklich wichtig zu sein.

»Das Bewusstsein der Leute muss sich ändern«, sagte Huong und zog ihr Smartphone aus der Tasche. Mit dem Zeigefinger glitt sie über das Display. »Hier, gerade fertig geworden.« Sie hielt Ly das Gerät hin und drückte auf den Startpfeil.

Das Bild blieb schwarz. Aber es waren Schreie zu hören. Schmerzerfüllte, verzweifelte Schreie. Wie von einem gequälten Menschen. Ly spürte, wie sich in ihm etwas zusammenzog, und er atmete auf, als die Schreie endlich verstummten. Das Bild eines Mannes erschien. Er hielt ein Glas in der Hand und prostete dem Zuschauer lachend zu. Darunter die Worte »Frischer Gallensaft vom Bär«.

Huong sah Ly neugierig an. Ihren Stolz konnte sie nicht verbergen. »Der Clip soll im Fernsehen gesendet werden. Wie findest du ihn?«

»Das hast du gedreht?«, fragte Ly.

»Nicht alleine. Aber ich war dabei. Wir haben es heimlich auf einer dieser Bärenfarmen aufgenommen. Die haben dem Bären ewig mit einer Kanüle im Fleisch rumgepuhlt, bis sie die Gallenblase gefunden haben.«

Ly schluckte. Natürlich wusste er, wie den Bären der

Gallensaft, der besonders gut gegen Rückenschmerzen und Prellungen wirken sollte, abgezapft wurde. Aber so bildlich hatte er sich das noch nie vorgestellt.

☆

Es war Mittag, als Ly losfuhr. Die Ausfallstraße Nummer 6 aus der Stadt heraus war eine einzige Baustelle. Über lange Strecken war der Asphalt aufgerissen, zusätzliche Spuren wurden gegossen, und die Fundamentarbeiten für die Pfeiler des neuen Sky Trains waren im Gange. Mit Sand und Kies beladene Laster donnerten an Ly vorbei. Der aufwirbelnde Staub brannte in seinen Augen. Die meisten der Motorradfahrer, die unterwegs waren, hatten Tücher um ihre Münder gebunden und große Sonnenbrillen vor die Augen geschoben. Mitfahrenden Kindern hingen kleinmaschige Fliegennetze über den Gesichtern. Ly war froh, ausnahmsweise einmal seinen Helm mit dem Visier aufgesetzt zu haben, das zumindest den gröbsten Dreck von seinen Augen fernhielt.

Er fuhr schnell. Trotzdem tauchten erst nach eineinhalb Stunden Fahrt die ersten Berge am Horizont auf, und es begann, ländlich zu werden. Zuckerrohr und Mais standen hoch. In den abgeernteten Reisfeldern suhlten sich Wasserbüffel. Bauern boten am Straßenrand frisch geerntetes Zuckerrohr und Orangen feil. Er klappte das Visier hoch. Die Luft war nun klar, und er hatte das Gefühl, wieder durchatmen zu können. Er genoss den Fahrtwind im Gesicht.

Er fuhr an Fischteichen vorbei, an Heldendenkmälern in Flammenform und an einem Golfplatz. Reisbauern wurden für solche Plätze enteignet – mit dem Argument, nur mit ihnen könnten zahlungskräftige Touristen angelockt werden. Ly konnte allerdings nicht einen einzigen Spieler entdecken.

In Hoa Binh tankte er noch einmal, bevor er die Straße in die Berge hoch nahm. Der Wald reichte jetzt streckenweise bis an die Straße heran, die ab hier nur noch zweispurig war und sich in Serpentinen die Hänge hinaufschlängelte. Hin und wieder öffnete sich die Landschaft in Hochplateaus, auf denen über weite Flächen niedrige Pflanzen mit lilafarbenen Blüten wuchsen. Vereinzelt gab es terrassierte Reisfelder und Teeplantagen: dunkelgrüne Sträucher, ordentlich in Reihen angepflanzt.

Je länger er unterwegs war, desto kühler wurde es. Er hatte mittlerweile zwei Pullover und eine Jacke übergezogen und fror immer noch. Vom langen Fahren war sein Nacken vollkommen steif und schmerzte.

Einmal musste er an einer Straßensperre warten. Am Hang war gesprengt worden, und Bagger stürzten Felsbrocken von weit oben herunter, wobei einige der großen Steine direkt auf die Fahrbahn fielen. Diejenigen, die an der Sperre warteten, sahen gebannt zu, wie die Fahrzeuge am Berg hingen, während Frauen der Muong- und Thai-Minderheiten ihnen Bier, Maiskolben und Klebreis anboten. Den Mais kochten sie in großen Aluminiumtöpfen über offenen Feuerstellen auf der angrenzenden Wiese.

Eine Frau, die einen Arbeitsoverall trug, bereitete etwas abseits das Abendessen für die Bauarbeiter vor. Ly sah ihr zu, wie sie eine Handvoll Chili und ein wenig Salz in einen Topf warf, Reis dazu schaufelte und den Topf mit Wasser aus einem Bambusgefäß auffüllte.

Zwei Jungs wollten Ly Orchideen verkaufen, die sie mitsamt ihren Wurzeln von den Bäumen im Wald geholt hatten. Ly lehnte ab und nahm lieber von dem Klebreis, der zusammen mit Kokosraspeln und Kokosmilch in Bambusrohren über einem Feuer geröstet worden war. Er schmeckte köstlich.

Es war spät, als er endlich weiterfuhr. Im Abendlicht wechselte der Himmel seine Farbe von Golden über Rot zu Violett, und die Baumwipfel, die jetzt bläulich schimmerten, bogen sich im Wind, der mit der Dämmerung aufkam.

Als Ly schließlich die Abzweigung in einen unasphaltierten Weg nahm, war es dunkel. Wolken waren aufgezogen, was bedeutete, dass es pechschwarz war. Und bis auf das Zirpen der Insekten und das Motorgeräusch seines Rollers war es vollkommen still. Er hoffte, dass er sich nicht verfahren hatte. Eigentlich müsste er bald in Na Cai sein. Von weitem hörte er einen Motor. Ein knatterndes Geräusch wie von einem alten Trecker, das immer lauter wurde. Er vermutete das Fahrzeug irgendwo neben sich im Feld. Doch plötzlich blendeten Scheinwerfer direkt vor ihm auf. Er bremste und versuchte gleichzeitig, dem Fahrzeug auszuweichen. Etwas streifte seinen Arm, und ein stechender Schmerz fuhr ihm durch den Körper. Er stürzte. Um ihn herum wurde es kalt und nass. Er hörte Stimmen und dann ein Motorengeräusch, das sich entfernte.

☆

Als Ly wieder zu sich kam, lag er auf einem Bett. Es roch nach Holz und Rauch. Sein linker Arm war mit einem gelben Schal verbunden und hing in einer Stoffschlinge, die quer über seine Schulter gebunden war. Ly wollte sich aufsetzen, doch ein Schmerz wie ein Stromschlag schoss durch seinen Körper. Er ließ sich sofort zurücksinken.

Der Raum, in dem er sich befand, hatte keine Fenster. Nur durch die offene Haustür und die Ritzen in der aus groben Holzlatten gezimmerten Hauswand fiel etwas Licht. Es musste später Nachmittag sein, das Licht schimmerte rötlich. Unter der Decke über Ly hingen vier tote Wildtauben. Vor einem Altar stand ein kleiner schmaler Mann mit dem Rücken zu Ly und bewegte seinen Oberkörper rhythmisch vor und zurück. Er trug eine weite dunkle Hose, eine kurze Jacke mit engen, bunt bestickten Ärmeln und um den Bauch eine orangefarbene Schärpe. Die typische Tracht der Hmong in dieser Gegend. An seinen Handgelenken klirrten kleine Glöckchen. Der Altar war mit weißem Papier beklebt, in das Muster geschnitten waren. Von dem Altar aus verliefen dünne Fäden bis unter die Decke. Ly hatte so etwas noch nie gesehen. Der Mann sang leise. Ly lauschte seiner tiefen Stimme. Die Worte verstand er nicht, aber sie beruhigten ihn. Er gab seiner Müdigkeit nach und dämmerte allmählich wieder weg.

Als er die Augen wieder aufschlug, stand der Mann stumm neben seinem Bett und schaute auf ihn herab. Es war jetzt fast dunkel. Schatten lagen auf seinem Gesicht. Trotzdem konnte Ly erkennen, dass seine Haut zerfurcht war und die Augen ungewöhnlich tief in ihren Höhlen lagen. Ly hätte nicht schätzen können, ob er fünfzig oder siebzig Jahre alt war.

»Geht besser?«, fragte der Mann. Sein Vietnamesisch war brüchig. »Bald gut. Ihre Seelen nicht alle angekommen. Hab sie gerufen.«

Ly hatte keine Ahnung, wovon der Mann sprach.

»Pao mein Name.«

»Pham Van Ly.«

»Weiß.« Pao zeigte auf einen Holzblock neben dem Bett. Dort lag neben Lys Mobiltelefon sein Polizeiausweis. Der Mann musste beides aus seiner Hemdtasche herausgenommen haben. Ly suchte in den Augen des Hmong nach dem Misstrauen, das die meisten einem Polizeibeamten entgegenbrachten. Doch da war nichts. Oder er konnte den Blick einfach nicht deuten.

»Ich muss zu Hause anrufen«, sagte Ly und streckte vorsichtig seinen gesunden Arm nach dem Telefon aus.

»Leer«, sagte Pao.

»Kann ich es aufladen?«

»Kein Strom hier.«

Kein Strom – in was für einer abgelegenen Berghütte war er bloß gelandet?, fragte Ly sich. Sein Blick schweifte durch den Raum und blieb an einem Gewehr hängen, das an einem Nagel neben der Tür hing. Ein Vorderlader. Der Lauf war krumm. Nicht gerade das, was nach einer neuen Lieferung der CIA aussah, dachte Ly. Neben dem Gewehr hing, an einem Rehgeweih, ein Motorradhelm. In der Tür, die immer noch geöffnet war und durch die das wenige letzte Abendlicht fiel, stand jetzt ein vielleicht achtjähriges Mädchen mit von Dreck verschmiertem Gesicht und wild zerzausten Haaren. Rotz lief ihr aus der Nase. Sie trug einen fast bodenlangen weiten Rock und ein löchriges T-Shirt. Das Baby auf ihrem Arm war nackt. Sie stand einfach da und sah Ly an, bis Pao eine knappe Bewegung mit seiner Hand machte und sie wegrannte. Ly hörte, wie sich das Trappeln ihrer nackten Füße auf dem Boden entfernte.

»Ist mein Arm gebrochen?«, fragte Ly.

»Nein. Blau. Die Brust auch«, sagte Pao. Er legte Ly den Arm um die Schulter und zog ihn ein Stück hoch. Der Schmerz trieb Ly die Tränen in die Augen.

Pao setzte sich neben Ly auf die Bettkante. Er tastete Lys Arm ab. Dann öffnete er ihm sein Hemd und legte seine Hände flach auf die Rippen. Ly merkte, wie sein Atem ruhiger wurde.

»Mein Sohn Xang Sie gefunden. Sonst …« Pao verzog sein Gesicht zu einer Grimasse, die nichts Gutes verhieß.

»Hallo«, hörte Ly leise jemanden sagen. Ly hatte den Jungen bislang nicht bemerkt.

Xang stand etwas versteckt hinter einer der beiden Holzsäulen, die den Dachstuhl trugen. Er war ein Teenager mit einem rundlichen Gesicht, was ihn sehr kindlich aussehen ließ.

»Sie lagen im Reisfeld. Das Gesicht im Wasser«, sagte der Junge. Sein Vietnamesisch war besser als das seines Vaters.

»Da war ein Trecker«, sagte Ly. »Er fuhr ohne Licht.« An mehr konnte er sich nicht erinnern.

Pao, der Lys schmerzende Rippen mit einer lilafarbenen Paste einrieb, bis die Haut glühte, zog bei Lys Worten die Luft durch seine zusammengebissenen Zähne.

»Holzfäller. Die sind im Dunkeln unterwegs«, sagte Xang leise.

»Ohne Licht?«, fragte Ly.

»Es ist verboten, das Holz aus dem Wald zu holen. Rosenholz und so«, sagte Xang.

Pao reichte Ly ein Glas mit einer klebrigen Masse, fast wie Honig. Ly trank es. »Bald besser«, hörte er Pao noch sagen, dann war er auf sein Kissen gesunken und eingeschlafen.

☆

Als Ly aufwachte, drang von draußen kein Licht mehr herein. Pao, Xang und ein weiterer Mann saßen auf Matten um eine offene Feuerstelle in der Raummitte. Sie redeten leise. Unter der Decke hing eine brennende Petroleumlampe. Sie verströmte einen beißenden Geruch, der sich mit dem des Holzfeuers mischte. Die Luft war so rauchig, dass es in Lys Kehle und in seinen Augen brannte. Soweit er sehen konnte, gab es keinen Abzug. Er hustete.

»Hunger?«, fragte Pao, der sich auf Lys Husten hin sofort zu ihm umgedreht hatte.

»Großen Hunger«, sagte Ly.

Xang kam zu ihm hinüber und half ihm hoch. Ly biss die Zähne zusammen. Vorsichtig stellte er die nackten Füße auf den gestampften Lehmboden, der eiskalt war. Auch sonst war es kühl im Raum. Durch die Ritzen in der Wand zog es. Gestützt von dem Jungen, ging Ly zum Feuer hinüber, in dessen Nähe es wohltuend warm war.

Auf einem Metallgestell über dem Feuer standen ein rußgeschwärzter Topf und eine Teekanne. Darüber hing an Ketten von der Decke ein runder Grillrost, auf dem Fleisch räucherte. Ly konnte Büffelhufe erkennen, eine ziemlich große, schon tiefschwarz geräucherte Leber und andere Fleischstücke.

Er setzte sich zu den Männern auf die Matte. Im Licht des Feuers schimmerten ihre Gesichter rötlich.

»Ich bin Khai«, sagte der fremde Mann. Sein Gesicht war ebenso wettergegerbt wie das von Pao, und seine Wangen waren eingefallen. Die Augen wirkten zu groß für sein schmales Gesicht, was ihn ängstlich aussehen ließ. Oder ein bisschen verrückt. Er musste jünger sein als Pao. Ly hatte vorhin gehört, wie er den Hmong mit *anh* – älterer Bruder – angesprochen hatte. Er trug ein T-Shirt und eine billige Militärhose, durch deren Schlaufen er als Gürtelersatz eine Kordel gezogen hatte.

»Wie geht es Ihnen?«, fragte Khai. Seine Worte waren unprononciert, und Ly dachte, er sei betrunken. Doch dann sah er, dass ihm beide Schneidezähne fehlten.

»Besser?«, fragte Pao.

»Etwas besser«, sagte Ly.

Pao nickte zufrieden und stellte ein rundes Aluminiumtablett mit dem Abendessen auf die Matte. Es gab Maniokbrei, eine klare Brühe mit Bambus und ein furchtbar bitteres Wurzelgemüse, das Ly hinunterwürgte. Er hoffte, sein Gastgeber bemerkte es nicht.

Aus einem Büffelhorn schenkte Pao drei Wassergläser randvoll mit Schnaps ein.

»Passen Sie auf, das Zeugs kann Elefanten umhauen«, sagte Khai und lachte.

»*Haul Chouz.*« Pao hob sein Glas.

»*Haul Chouz*«, rief Khai.

»Ich danke Euch für meine Rettung«, sagte Ly und nickte erst Pao und seinem Sohn, dann Khai zu und trank von dem Schnaps. Er schmeckte weich und leicht süßlich.

Ly vermutete, *Haul Chouz* war ein Hmong Trinkspruch. »Sind Sie auch Hmong?«, fragte er Khai leicht irritiert, da er ihn eben mit Pao Vietnamesisch hatte sprechen hören.

»Nein, bin ich nicht«, sagte Khai. »Nur ein Freund. Ich

bin Ranger hier.« Khai erzählte, dass er früher bei der Armee gewesen sei. Nach seiner Entlassung habe er sich als Wilderer durchgeschlagen. »Ich konnte gut mit dem Gewehr umgehen«, sagte er. Aber dann sei diese Sache passiert. Er habe einen Gibbon abschießen wollen. Das Tier saß weit oben im Baum. Er drückte ab, und kurz darauf klatschte etwas Blutiges vor seine Füße. Es war ein Gibbonbaby, es war winzig. Er hatte es mitten ins Gesicht getroffen. »Die kleinen Finger. Wie ein Menschenbaby.« Khai sprach jetzt sehr leise. »Ich habe nie wieder geschossen. Ich konnte nicht mehr.«

Nach einem kurzen Schweigen klopfte Pao Khai auf die Schulter und sagte: »Und jetzt alte Jäger jagt Jäger.«

»Ranger ist ein schlecht bezahlter Job«, sagte Khai. »Aber besser als nichts.« Wie um den Hungerlohn zu bestätigen, zupfte er an seinem alten T-Shirt.

»Wird denn viel gewildert hier oben?«, fragte Ly.

»Die Jagd lohnt sich bei uns kaum noch. Zu wenige Tiere sind übrig. Jetzt geht es hier vor allem um Holz, das illegal aus dem Wald geholt wird. Von solchen Leuten wie die, die Sie angefahren haben. Die sind skrupellos«, sagte Khai, und Ly bemerkte, dass er zu Pao hinüberspähte, der dessen Blick jedoch nicht erwiderte.

»Die hätten Sie da im Reisfeld verrecken lassen«, schob Khai hinterher. »Nur um nicht erwischt zu werden.«

»Was ist mit Schmuggel hier oben?«, fragte Ly.

»Was meinen Sie? Drogen?« Khais Stimme hatte mit einem Mal etwas Aggressives.

»Ach, egal«, beeilte Ly sich zu sagen. Die Gegend war berüchtigt für den Schmuggel von Drogen aus Laos. Um das zu erfahren, hätte er nicht herkommen müssen. Er zog ein Foto von Truong heraus, das er zu Hause noch in seine Hosentasche gesteckt hatte. Es war zerknickt und etwas feucht geworden, aber Truongs Gesicht war zu erkennen. »Haben Sie den Mann schon einmal gesehen?«

Khai warf nur einen flüchtigen Blick auf das Bild und schüttelte den Kopf. Pao dagegen nahm das Foto und hielt es lange in der Hand. »Was ist mit Mann?«, fragte er.

»Er ist tot«, sagte Ly.

Paos dunkle Augen ruhten auf Ly, und Ly meinte, Trauer aus seinem Blick zu lesen. Aber vielleicht irrte er sich auch. In dem flackernden Licht verzerrten sich die Züge der Gesichter.

»Wie wurde er umgebracht?«, fragte Khai.

»Ich habe nicht gesagt, dass er umgebracht wurde.«

Khai lachte. »Ein Kriminalbeamter. Ein toter Mann. Wieso sollten Sie sonst nach ihm fragen?«

»Ich bin nicht als Polizist hier«, sagte Ly. »Er war ein Freund. Und ich glaube, er war vor seinem Tod hier in der Gegend. In Na Cai. Ich will wissen warum.«

»Nie gesehen«, sagte Khai und ging nahtlos dazu über, Anekdoten aus der Armeekaserne zum Besten zu geben. Ly versuchte, nicht hinzuhoren. Solche Geschichten riefen bei ihm Erinnerungen an seinen Vater wach, die er nicht mochte. Sein Vater war fast sein ganzes Leben lang Soldat gewesen, und wenn er mal nach Hause gekommen war, hatte er seine Kinder – zumindest seine Söhne – mit militärischer Strenge traktiert. Ly hatte ihn dafür gehasst und, wenn auch mit schlechtem Gewissen, seine Freunde um ihre gefallenen Väter beneidet, die nicht mehr versuchen konnten, aus ihnen Soldaten zu machen.

Während der Ranger noch redete, kuschelte Xang sich

unter eine Decke und schlief neben ihnen auf dem Boden ein.

Ly konnte seine Augen auch kaum noch offen halten. Er war froh, als der Ranger endlich aufstand und sich verabschiedete. Von außen drang sofort die Kälte herein. Pao reichte Ly eine Wasserpfeife. Ly drückte das Bambusrohr gegen den Mund, hielt ein brennendes Holzstäbchen an den Tabak und sog tief ein. Das Wasser unten im Rohr blubberte dumpf. Der Rauch kratzte in Lys Lunge. Ly hielt kurz die Luft an und atmete dann langsam aus. Er fühlte sich angenehm benebelt und fragte sich, ob dem Tabak Opium beigemischt war. Er schmeckte bitter und gleichzeitig leicht scharf, und Ly hatte das Gefühl, dass seine Schmerzen nachließen.

☆

Am nächsten Morgen fühlte Ly sich schon besser. Nur sein Arm schmerzte noch. Er stand auf, zog seine Hose an und schlüpfte in Sandalen, die neben der Tür standen. Sie waren aus dem Gummi zerschnittener Autoreifen gefertigt. So etwas hatte Ly zuletzt als Kind getragen – zu Kriegszeiten.

Er öffnete die Tür und blinzelte in die Sonne. Vögel zwitscherten, ein Hahn krähte. Der Himmel war strahlend blau. Im Hof stand Pao und hackte Holz zu kleinen Scheiten. Ly trat hinaus und sog die kühle Morgenluft durch die Nase ein. Sie roch frisch, nach Laub und feuchter Erde. Im Gras, das im Hof wuchs, hingen Tautropfen. Ein kleines Hängebauchschwein rannte quiekend zwischen Lys Beinen hindurch.

»Geht gut?«, fragte Pao, der nur kurz aufschaute und dann weiterarbeitete.

»Ja«, sagte Ly und ging ein paar Schritte um das Haus herum. Kilometerweit konnte er über waldbewachsene Bergketten schauen. Die Bäume hatten ein dunkles, sattes Grün. Weiter unten im Tal hingen vereinzelt Nebelfetzen in den Bäumen. Irgendwo da drüben musste Laos sein. Für einen Moment nahm ihn der Anblick dieser Landschaft vollkommen gefangen. Dann drehte er sich nach einem Rascheln um, das aus dem hohen Gras hinter der Hofumzäunung drang, und entdeckte drei kleine Jungen, die ihn mit großen Augen ansahen, wobei sie auf langen Stücken Zuckerrohr herumkauten. Sie trugen nichts als löchrige T-Shirts, und ihre Gesichter waren ebenso von Dreck verschmiert wie das des Mädchens gestern Abend.

»Hallo«, sagte Ly.

Kichernd rannten die Kinder davon.

Mit dem Fuß trat Ly eine leere Blechdose über den Hof und folgte mit den Augen einer Bambusrinne, die den Hof und die angrenzenden Maisfelder mit Wasser versorgte. Die Quelle musste weiter oben am Hang liegen. Hinter dichten Buschen konnte Ly weitere Hmong-Häuser ausmachen.

Hühner pickten in einem Haufen entkernter Maiskolben, die vermutlich noch als Brennstoff dienen würden, nach vergessenen Körnern. In einem Käfig schlich eine Zibetkatze hin und her. Sie hatte dichtes graues Fell und sah gutgenährt aus. Dasselbe galt für die drei Stachelschweine, die Ly in einem aus Beton gegossenen Schweinestall entdeckte. Bei Stachelschweinen war er sich nicht sicher, aber Zibetkatzen standen auf jeden Fall auf der

Liste der gefährdeten Tiere und wurden teuer gehandelt. Er fragte sich, was für Pao wohl heraussprang, wenn er die Tiere verkaufte. Sicherlich war er nicht derjenige, der in dem Geschäft das große Geld machte. Statt ihn aber danach zu fragen, ging Ly zu ihm nach vorne und versuchte noch einmal, an ihr Gespräch von gestern anzuknüpfen und auf Truong zu sprechen zu kommen.

Pao tat, als verstehe er Lys Fragen nicht, und schüttelte nur mehrmals den Kopf. Dabei hatte Ly gestern das Gefühl gehabt, dass er, auch wenn er nicht sonderlich gut Vietnamesisch sprach, es doch weitgehend verstanden hatte.

☆

Pao brachte Ly in Richtung Na Cai. Sie fuhren mit Lys Vespa, die ziemlich verbeult war, aber noch funktionierte. Es war nicht weit, doch mit seinem Arm hätte Ly den Weg hinunter ins Tal alleine kaum gemeistert. Es war ein von Büffeln ausgetretener Pfad mit tiefen Rillen. Selbst Pao schlug der Lenker mehrmals weg. Immer wieder mussten sie sich mit den Füßen abstützen, um nicht zu stürzen.

Sie kamen an den ebenerdigen, aus anscheinend wahllos zusammengenagelten Holzlatten gezimmerten Hmong-Häusern vorbei, die dem von Pao ähnelten, und an einer Thai-Siedlung: große Holzhäuser auf Pfählen, davor Gärten mit Hibiskussträuchern, Drachenfrucht-Kakteen und Bananenstauden. Hunde schlugen an, ohne dass Ly sie sehen konnte.

Pao fuhr bis zu der Stelle des Pfades, wo er in eine asphaltierte Straße mündete. Von dort aus kam Ly selbst klar. Er musste lediglich seinen Arm aus der Schlinge nehmen. Ly bedankte sich noch einmal für Paos Hilfe und die Gastfreundschaft. Dann gab er Gas.

☆

Na Cai bestand aus Häusern, die sich entlang der Durchgangsstraße aufreihten. Kastenförmige Backsteingebäude, wie sie auch in der Stadt standen: ein bis vier Etagen hoch und rosa, türkis oder himmelblau getüncht. Die wegen potenzieller Geschäftsmöglichkeiten teuer gehandelten Straßenfronten waren schmal, dafür reichten die Häuser tief nach hinten. Die Seitenwände waren fensterlos, was seltsam aussah, da die dicht angrenzenden Nachbarhäuser, wie es sie in der Stadt gab, hier fehlten. Vor jedem Haus wehte eine vietnamesische Flagge.

Na Cai schien einer dieser auf irgendeinen Regierungsbeschluss hin aus dem Boden gestampften Orte zu sein. Er passte so gar nicht in die Landschaft.

Wie in all diesen Orten war die Post überdimensioniert, mit weiß gekachelter Fassade und einem Wald aus Antennen auf dem Dach. Der Markt, ein Betonplatz, war leer. Am Straßenrand hockten drei Bäuerinnen mit ausgemergelten Gesichtern, in weiten schwarzen Hosen und braunen Blusen, die Haare straff zu Knoten gebunden, die Lippen rot von Betelnuss. Zwischen ihren Beinen standen Bambuskörbe mit geschältem und getrocknetem Ingwer.

Mitten auf der Straße lagen Hunde und dösten. Jungen spielten auf einem sandigen Platz neben einer *Petrolimex*-Tankstelle mit einer alten Konservendose, die sie unter lauten Zurufen hin und her schossen.

Ly hielt vor der einzigen Zapfsäule der Tankstelle. Zwei junge Frauen, die gerade vorbeigingen, blieben stehen, schauten ihn unverhohlen an und lachten hinter vorgehaltenen Händen. Der Tankwart saß in einem Stuhl, seine Augenlider hingen tief, und es sah aus, als schliefe er.

»Hallo?«, rief Ly.

»Ja, ja, komme schon.« Der Mann hustete, spuckte aus und stand dann schwerfällig auf. »Auf dem Weg nach Laos, eeh?« Das »eeh« war langgezogen und klang in Lys Ohren ausgesprochen unhöflich.

»Voll«, sagte Ly.

Der Tankwart sah auf das Nummernschild des Rollers und nickte mit vorgeschobenen Lippen. »Aus Hanoi, eeh? Was wollen Sie denn in Laos? Geschäftlich?«

Ly ignorierte die Fragen, doch das hielt den Mann nicht davon ab, einfach weiterzureden. »Die sind doch alle faul da drüben. Arbeiten nur, wenn sie dringend Geld brauchen. Ansonsten sitzen sie rum und saufen. Und wir, wir müssen die Arbeit machen.« Der Tankwart sprach mit einer leiernden Stimme. »Sind doch nur noch Vietnamesen da drüben, die die Arbeit erledigen. Den Wald abholzen. In den Erzminen schuften.«

»Gibt es hier in Na Cai ein Gästehaus?«, unterbrach Ly ihn.

»Für wen?«

»Für wen wohl. Für mich.«

»Was wollen Sie bei uns?«

Ly stöhnte, leise, aber doch so, dass der Mann es hörte. »Haben Sie nun ein Gästehaus oder nicht?«

»Haben wir nicht«, sagte der Tankwart, schien aber über

Lys Anliegen nachzudenken. Schließlich sagte er: »Sie können im alten Schulgebäude unterkommen. Findet sowieso kein Unterricht statt. Der Lehrer ist weg. Hat ihm wohl nicht gefallen bei uns.« Er sagte das, als sei es eine persönliche Beleidigung. »Einfach hinten über den Schulhof, die dritte Tür, das war seine Wohnung. Steht offen.«

☆

Ly betrat die Behausung der Dorfschule. Es wunderte ihn nicht, dass der Lehrer seine Stelle hingeworfen hatte: ein Stockbett, eine Glühbirne unter der Decke, Tisch, Thermoskanne und Wasserkocher. Immerhin könnte Ly sich eine Instantsuppe aufbrühen.

☆

Ly streckte sich auf der unteren Matratze des Stockbettes aus. Sein Arm pochte unter dem Verband. Zwar hatte Pao ihm etwas von dieser lilafarbenen Paste mitgegeben, aber Ly hatte jetzt keine Lust, den Verband abzuwickeln und sie aufzutragen. Die Fahrt den Berg hinunter hatte ihn erschöpft. Er wollte sich einfach nur etwas ausruhen, bevor er sich in diesem Nest genauer umschaute. Er starrte auf die stockige Matratze über sich, als jemand die Tür aufstieß und mit schwerem Schritt ins Zimmer trat. Was Ly aus seiner liegenden Position sah, waren grüne Hosenbeine und schwarze, glänzend polierte Lederschuhe. Ly fluchte leise. Das konnte nur ein Polizist sein.

Er setzte sich auf, den Kopf gebeugt, um nicht an das obere Bettgestell zu stoßen.

Der Polizist, der jetzt vor ihm stand und auf ihn herabschaute, war ein kleiner dicker Mann mit rotem Gesicht und einem fleischigen Hals, der über den Kragen der eng geknöpften Uniformjacke quoll. Wahrscheinlich war er in Lys Alter, sah aber viel älter aus, wie Ly mit Genugtuung feststellte.

»Wie lange wollen Sie bei uns bleiben?« Er betonte jede Silbe einzeln. Es hörte sich wie ein Bellen an.

»Ich weiß noch nicht«, sagte Ly.

»Und was wollen Sie bei uns? Eeh?«

Ly war schon bei dem Tankwart aufgefallen, dass er immer von »uns« gesprochen hatte anstatt von Na Cai. Und dieses »eeh« schien auch so eine schlechte Sitte hier oben zu sein.

»Ich mag die Berge«, erwiderte Ly.

Der Mann sah ihn aus kleinen, geröteten Augen an. »Ich hab gehört, Sie waren oben bei den Hmong. Bei Pao, dem alten Schamanen. Hat sicher Ihre Seelen zusammengerufen, was? Aberglaube, sag ich Ihnen. Alles Aberglaube.« Er gab einen grunzenden Laut von sich.

»Schamane?«, fragte Ly. Das hatte Pao nicht erwähnt.

»Haben Sie nicht überall diese Fäden gesehen? Seine Verbindungen zur Geisterwelt.« Er lachte dumpf.

Der Kerl ging Ly auf die Nerven.

»Lassen Sie sich von diesen Hmong bloß nicht an der Nase rumführen«, sagte der Polizist. »Die tun so arm. Aber ich sag Ihnen, die haben Geld. Mehr als wir alle zusammen. Mit Drogen handeln die. Marschieren wie sie wollen über die grüne Grenze nach Laos. Verdammtes Pack. Die haben keine Angst vor nichts, nicht mal vor der Polizei. Da muss man die schon erst so richtig verschrecken.« Er stockte und wechselte dann, ohne Atem zu holen, das Thema, so als seien ihm da eben die falschen Worte herausgerutscht. »Sie hätten sich melden müssen.«

»Gibt es bei den Hmong eine Polizeistation?« Ly bemühte sich, möglichst gelangweilt zu klingen. Was für eine Idee hierherzukommen! Wahrscheinlich war Truong nie hier gewesen und die Markierung auf der Landkarte nichts als eine alte Kritzelei. Und diesen Dorfpolizisten nach Truong zu fragen, würde er tunlichst vermeiden. Das Einzige, was er wollte, war, ihn loszuwerden.

»Sie hätten sich bei mir melden müssen. Hier im Ort«, sagte der Polizist.

»Ich war verletzt.«

»Dann hätte Pao kommen müssen. Sie können nicht einfach irgendwo nächtigen, wo es Ihnen beliebt.« Der Polizist streckte die offene Hand aus. »Papiere.«

Ly reichte ihm seinen Ausweis.

Der Mann studierte ihn lange, wobei er ihn sich nah vor die Augen hielt. Schließlich räusperte er sich und sagte, etwas weniger barsch als vorher: »Wieso haben Sie das nicht gleich gesagt? Von der Hanoier Polizei, eeh? Beruflich unterwegs?«

»Privat.«

Der Mann hielt Ly die Hand entgegen. Sie fühlte sich feucht und speckig an. Ly empfand regelrechten Ekel. Schnell zog er seine Hand zurück und versuchte, sie unauffällig an der Bettdecke abzuwischen.

»Ich bin Hauptwachtmeister An Phan. Melden Sie sich bei mir, bevor Sie uns wieder verlassen«, sagte er und drückte Ly eine Visitenkarte in die Hand. Die Karte war blau, mit roter Schrift und parfümiert. Vor zehn Jahren wäre so eine Karte modern gewesen, jetzt ließ sie Ly eher an einen Bordellbesitzer als an einen Hauptwachtmeister denken.

☆

Ly ärgerte sich. Wieso hatte er nicht seinen normalen Ausweis statt des Polizeiausweises mitgenommen. Jetzt würde es nicht mehr lange dauern, und jeder in der Gegend würde wissen, dass er Kommissar der Hanoier Polizei war. Und dann wäre er alles andere als ein anonymer Reisender. Er musste sich vorher etwas umhören. Er stand auf und wusch sich im Schulhof an einem Wasserhahn das Gesicht. Den Hahn schien lange keiner mehr aufgedreht zu haben. Es dauerte Minuten, bis das rostig aussehende und modrig riechende Wasser klar wurde.

Ly wollte am Grenzposten anfangen, der hier, wie die Zoodirektorin gesagt hatte, vor einigen Jahren eröffnet worden war. Er fuhr die Hauptstraße Richtung Westen hinunter. Ein Mann mit einer roten Plastikschüssel in den Händen stand am Straßenrand, holte aus und traf das Vorderrad von Lys Vespa mit seiner Seifenlauge. Ly bremste. »Passen Sie doch auf«, schimpfte er. Der Mann sah ihn nur teilnahmslos an. Verfluchtes Kaff.

Laut der neuen Karte, die Ly sich in Hanoi noch schnell gekauft hatte, lag der Grenzübergang nach Laos etwa zwanzig Kilometer von Na Cai entfernt.

Hinter dem Ortsausgang war die Straße nicht mehr asphaltiert, und die Hänge seitlich des Weges waren weitgehend abgeholzt. Nur vereinzelt wuchsen kleinere Bäume, ansonsten war da nichts als Gras und nackter Boden. Die rostbraune Erde gab die über den Vormittag angesammelte Wärme ab. Mehrmals musste Ly kleineren Erdrutschen ausweichen, die Sand und Geröll auf die Straße geschoben hatten.

Er überholte eine Hmong-Frau mit einer Kiepe voll Feuerholz auf dem Rücken. Sie lief barfuß. Ihr weiter, buntgemusterter Rock wippte mit jedem ihrer Schritte. Ein alter ostdeutscher IFA-Laster, der an Ly vorbeifuhr, hinterließ eine Staubwolke und den Geruch nach billigem Diesel.

Dunkle Wolkenmassen zogen auf. Der Wind trieb sie schnell heran. Aus der Ferne war schon Donnergrollen zu vernehmen, und noch bevor Ly am Grenzübergang ankam, fing es an zu regnen. Innerhalb von Minuten verwandelte die Straße sich in eine Schlammpiste. Ly gab Gas, um nicht stecken zu bleiben. Doch die Räder drehten durch. Er stieg ab und schob den letzten Kilometer. Sein Arm schmerzte wieder unter der Anstrengung, und seine Füße versanken knöcheltief im Schlamm.

Das Grenzgebäude war eine kleine Hütte neben einem offenstehenden Schlagbaum. Etwa dreihundert Meter weiter auf laotischer Seite stand ein identischer Unterstand. Da hatte die vietnamesisch-laotische Freundschaft ja mal richtig gefruchtet, dachte Ly. Grenzhütten aus ein und demselben Guss.

»Bei dem Regen kommen Sie drüben nicht weit. Da ist die Straße noch schlechter«, rief jemand in Lys Rücken.

Ly drehte sich um. In der offenen Tür des Grenzhäuschens stand ein Junge und winkte ihn herein. Er war etwa fünfzehn Jahre, vielleicht auch etwas älter. Er trug Shorts und das rote Fußballtrikot von Arsenal London, das Lys Sohn Duc sich auch dringend wünschte.

In der Hütte war es nicht warm, aber doch besser als draußen. Ly setzte sich auf einen der drei Holzstühle, die es gab. Unter der Decke baumelte eine Glühbirne. Auf dem Fenstersims standen eine Gipsbüste von Ho Chi Minh und eine mit Sand gefüllte Keramikschale, in der abgebrannte Räucherstäbchen steckten. Der Regen prasselte auf das Dach, und Wasser tropfte durch die Decke in eine Emailleschale auf dem Boden.

»Ich heiße Bang. Ich halte hier die Stellung«, sagte der Junge, salutierte und grinste gleichzeitig, wobei ein schiefer Schneidezahn zum Vorschein kam. Er reichte Ly eine Decke. »Mein Vater ist hier der Chef vom Grenzposten.«

»Und du arbeitest auch schon?«

»Nee, ich bin noch in der Schule.« Der Junge zog eine Schnute. »Aber manchmal helfe ich aus.«

»Willst du auch Grenzer werden?«

»Niemals.« Der Junge schüttelte heftig den Kopf. »Kein Mensch braucht einen Grenzposten. So viel Wald hier, da kann jeder rüber, wie er Lust hat.«

Ly steckte sich eine *Thang Long* an und schaute durch die offene Tür in den Regen. Eine große Sau trottete am Schlagbaum vorbei nach Laos hinüber. Ihre Ferkel versuchten, Schritt zu halten. Ihnen schien der Regen nichts auszumachen.

»Sehen Sie, echt ein blöder Job«, sagte der Junge. »Nicht mal die Schweine respektieren die Staatsgrenze.«

Ly musste lachen.

»Ich will nach Hanoi«, sagte Bang. »Vielleicht auch Ho-Chi-Minh-Stadt. Auf die Polizeiakademie.« Seine Augen glitzerten.

Ly hoffte für ihn, dass er es in die Stadt schaffte. Er

schien ein aufgeweckter Junge zu sein. Die Idee mit der Polizeiakademie fand er dagegen weniger gut. Da gab es heute wirklich bessere Alternativen.

»Und Sie? Was wollen Sie drüben in Laos?«, fragte Bang.

Ly überlegte, was er antworten sollte. Er war ja eigentlich nur hier, um etwas zu plaudern, nicht um nach Laos zu fahren. Er konnte für seine Ermittlung nicht einfach so internationale Grenzen überschreiten. Es würde schon so genug Ärger geben, wenn herauskam, dass er außerhalb von Hanoi ermittelte.

»Ich suche einen Freund.« Er zog das Foto von Truong heraus.

»Den kenn ich«, sagte Bang sofort.

Ly sah den Jungen überrascht an. »Bist du sicher?«

»Der zuckte so mit einer Augenbraue, oder?«

Ja, Truong hatte diesen nervösen Tick gehabt. Ly spürte die Aufregung, die ihn immer ergriff, wenn er das erste Mal merkte, dass er auf der richtigen Fährte war.

»Wann war er hier?«, fragte er.

»So vor einer Woche etwa.«

»Und was hat er in Na Cai gewollt?«

»Keine Ahnung, ob er überhaupt bei uns im Ort war. Ich hab ihn im Wald gesehen.«

»Im Wald?«, fragte Ly.

Bang sah Ly kurz erschrocken an, wandte dann ruckartig den Blick ab und starrte auf seine nackten Zehen, mit denen er Spuren durch den Staub auf dem Betonboden zog. »Mein Vater verprügelt mich, wenn er es erfährt«, murmelte er.

»Was erfährt?«

»Dass ich im Wald war.«

»Wieso?«

Bang zog die Nase hoch und sagte leise: »Er mag den Wald nicht.«

»Aber du gehst trotzdem in den Wald.«

»Manchmal, mit Xang. Das ist mein bester Freund. Aber den mag mein Vater auch nicht.«

»Den Sohn des Schamanen?«

Bang nickte. Er schien sich nicht zu wundern, dass Ly Xang kannte. »Wissen Sie, die Hmong sind nicht so beliebt hier.« Er flüsterte. Es schien ihm regelrecht unangenehm, es auszusprechen. »Die Leute sagen, sie würden Drogen schmuggeln. Und viel Geld damit verdienen. Aber das ist Blödsinn. Die versuchen doch nur zu überleben. Ich bin manchmal mit Xang unterwegs, wenn er Pilze sammelt oder Kardamom. Den verkauft er dann auf dem Markt. Xang kennt sich gut im Wald aus. Nur auf die Jagd hat er mich noch nie mitgenommen, er sagt, das sei nichts für mich.«

»Was jagt er?«

»Echsen, Schlangen, so genau weiß ich das nicht. Einmal hat er mir eine Schildkröte geschenkt. Aber sie ist gestorben.«

»Und mein Freund hier.« Ly hielt immer noch das Foto in der Hand. »War er alleine unterwegs?«

»Hm. Ich weiß nicht. Ich habe nur ihn gesehen.«

»Du weißt nicht, was er im Wald gemacht hat?«

Bang zuckte mit den Achseln und sprang auf. Ein Jeep fuhr aus vietnamesischer Richtung auf den Schlagbaum zu. »Soll ich fragen, ob er Sie mitnimmt?«

»Nein, danke«, sagte Ly. »Heute ist es wirklich zu nass.«

Bang trat an die Tür und winkte den Wagen durch.

»Musst du nicht die Papiere kontrollieren?«, fragte Ly.
»Ach was, wir kennen uns doch alle hier.«

Ly saß noch eine Weile bei Bang, doch der wich allen weiteren Fragen zu Truong und dem Wald aus. Als ein vietnamesischer Militärlaster von Laos aus über die Grenze fuhr, nahm der Fahrer Ly und die Vespa für ein paar tausend Dong bis nach Na Cai zurück mit. Zusammen mit drei jungen Soldaten stand Ly auf der Ladefläche. Bei jedem Schlagloch, durch das der Laster preschte, fuhr ihm der Schmerz durch den Arm. Zum Glück hatte es zumindest aufgehört zu regnen.

☆

Zurück in Na Cai suchte Ly vergebens nach einer Garküche oder einem kleinen Restaurant. Aber immerhin gab es einen Krämerladen, in dem er Instantsuppen, Mineralwasser und Schmerztabletten kaufen konnte. Wo er schon da war, fragte er auch gleich noch nach Truong. Der Ladenbesitzer sah auf das Bild und sagte, er kenne den Mann nicht.

In seiner Unterkunft merkte Ly, dass die einzige Steckdose im Raum kaputt war. Er fluchte. Der Akku seines Handys war immer noch leer. Und eine Instantsuppe konnte er sich jetzt doch nicht aufbrühen. Er öffnete die Tüte und aß die Nudeln trocken.

»Hey«, rief jemand von draußen. Ly blickte hinaus. Es war ein Junge, um die zwanzig, auf einer aufgemotzten Yamaha. Er trug Jeans und Baseballjacke und eine – wie Ly fand – reichlich alberne Haartolle über der Stirn.

So stellte die Dorfjugend sich die Stadtmode vor, fürchtete Ly.

Ohne den Motor auszustellen, rief der Junge: »Sie! Sind Sie der Kommissar?«

»Wieso?«

»Die Baronin lädt Sie ein. Sie sollen um sieben zu ihr kommen. Zum Karaokeabend. Hauptstraße runter und vor dem Dorfausgang rechts hoch.«

»Baronin?«, fragte Ly. Doch der Junge hatte schon wieder Gas gegeben und fuhr mit aufheulendem Motor vom Hof.

☆

Das Haus der Baronin lag abseits der Hauptstraße hinter einem Bambushain. Es war ungewöhnlich groß. Es hatte einen fünfstöckigen Haupttrakt und zwei leicht konkav gewölbte, dreistöckige Seitenflügel. Die Fassade war in einem dunklen Rot gestrichen, von kleinen Mauervorsprüngen ragten Türmchen empor, das Vordach zum Eingang wurde von Säulen getragen. In der Einfahrt standen mehrere Motorräder und Geländewagen.

Ly klopfte mit dem metallenen Knauf auf den schmiedeeisernen Löwenkopf, der statt einer Klingel an der Tür angebracht war. Sofort wurde die Tür aufgerissen, als habe jemand dahinter gelauert.

Ly machte automatisch einen Schritt zurück.

»Sie?«, fragte Bang. Es war der Junge von der Grenze, der die Tür aufgerissen hatte. Er trug jetzt eine lange Hose, aber immer noch dasselbe rote Trikot. Er starrte Ly an. »Sie sind also der Kommissar, von dem alle reden?«

Ly hatte es befürchtet. »Reden alle von mir?«

Bang nickte.

»Du wohnst hier?«, fragte Ly.

»Nein. Mein Vater ist da. Und ich bin mitgekommen, wegen des Kommissars. Also, Ihretwegen. Wieso haben Sie mir nicht gesagt, dass Sie das sind?«

»Ich wusste nicht, dass es wichtig ist.«

Bang sah Ly mit glühenden Wangen an.

»Willst du mich nicht reinlassen?«, fragte Ly.

Hastig zog Bang die Tür ein Stück weiter auf und trat zur Seite. Aus dem oberen Stock tönte laute Musik. Der Eingangsbereich war eine Halle mit Galerieempore. In einer mit chinesischen Schriftzeichen verzierten Bodenvase standen langstielige weiße Lilien, wo auch immer diese Baronin sie um diese Jahreszeit herhatte. Die Blumen verströmten einen starken Duft. Der Boden war aus massivem dunklen Parkett, es war sicher kein billiges Holz. Ly dachte unwillkürlich an die Holzwilderer, die ihn angefahren hatten.

»Haben Sie so was schon mal gesehen?« Bang zeigte zur Decke. Sie war gut sechs Meter hoch und über die gesamte Fläche bemalt: Delphine, die durch aufschäumende Wellen sprangen. Auf einem der Delphine ritt eine Frau mit langen blonden Haaren und nackter Brust. »Die Baronin hat es aus einem Buch über Europa. Schön, oder?«

»Ganz toll«, sagte Ly wenig überzeugend. Er mochte die Dinge lieber schlicht. »Wieso eigentlich Baronin?«

»Weiß ich nicht genau. Vielleicht wegen des Hauses? Sieht doch ein bisschen wie ein Schloss aus. Und …«

»Und?«

»Sie hat Geld. Sie will sogar eine neue Schule bauen, mit Computern. Sie ist deshalb ziemlich beliebt«, sagte

Bang und führte Ly die Treppe hinauf. Ly ließ seine Hand über das Holzgeländer gleiten. Es war glatt und lag gut unter der Hand.

»Wie ist ihr richtiger Name?«, fragte Ly.

»Le Thi Phuong, aber nennen Sie sie ruhig Baronin, das mag sie«, flüsterte Bang. Und bevor er die Tür zu dem Zimmer öffnete, aus dem die Musik kam, fügte er leise, fast flehentlich hinzu: »Verraten Sie bitte nicht, dass wir uns schon kennen! Ja?«

Es war schon viel geraucht worden in dem Raum. Mehrere Männer fläzten sich auf dem Sofa und in Sesseln. Sie alle trugen dunkle Anzüge. Vor ihnen hing ein Flachbildschirm, der fast über die ganze Wand reichte. Eine Frau im traditionellen *ao dai* spazierte durch das Bild, darunter lief der Liedtext. *Hanoi mua thu, Hanoi* … – Hanoi im Herbst, Hanoi …

Es war Hauptwachtmeister An Phan, der mitsang, das Mikrophon fast im Mund. Seine Stimme dröhnte blechern aus den Lautsprechern. *Hanoi mua thu, Hanoi* … Die anderen Männer redeten gegen den Gesang an, so gut es ging. Doch kaum hatte Ly den Raum betreten, verstummten sie.

Eine Frau, die einzige anwesende, kam mit ausgebreiteten Armen auf ihn zu. Sie war groß und korpulent, mit einem runden Gesicht, breiten Wangenknochen und einem festen Dutt im Nacken. Ly schätzte sie auf Anfang sechzig. Ihre Brauen waren gezupft und halbmondförmig nachgezogen. Sie trug ein schwarzes Samtkleid im chinesischen Stil, mit langen engen Armen und Stehkragen, dazu dunkelgrüne Jadereifen um die Handgelenke und feine goldene Ohrstecker. Ihre manikürten Fingernägel waren in einem dunklen Rot lackiert.

»Herr Kommissar, wir haben schon auf Sie gewartet.«

Ly fürchtete, sie würde ihn gleich an ihren großen Busen pressen. Doch sie griff nur nach seinen Händen und drückte sie fest. »Schön, dass Sie da sind.«

»Danke«, sagte Ly und schob ein »Baronin« hinterher.

Auf diese Anrede hin lachte sie, es war ein tiefes warmes Lachen.

»Seien Sie willkommen. Haben Sie schon gegessen?«

»Das Angebot in Na Cai ist ja nicht allzu groß.«

»Da haben Sie leider recht.« Sie drückte ihm eine Flasche Import-Bier in die Hand. *Pilsner Urquell.* »Oder möchten Sie lieber etwas Stärkeres?«

»Bier ist gut, danke«, sagte Ly.

Die Baronin füllte Ly von den Speisen, die auf dem Beistelltisch standen, etwas in eine Schüssel. »Frittierte Waldkrebse, Baumpilze in Speck, mit Ingwer und Waldhonig gegrilltes Schwein. Bitte, essen Sie.«

Ly aß mit Appetit und vor allem mit Hunger. Er nickte anerkennend, es schmeckte wirklich gut. Die Baronin wies mit der Hand in die Runde. »Hauptwachtmeister An Phan kennen Sie ja bereits.« Der Reihe nach zeigte sie auf den Postchef, den Schlachter, den Vorstand des Dorfkomitees und auf zwei Männer, die, wie sie sagte, für den Staat arbeiteten. Eine Berufsbezeichnung, die alles bedeuten konnte. Einer der beiden Männer fiel Ly besonders auf. Dieser selbstsichere Blick, mit dem er Ly direkt und ohne eine Regung im Gesicht ansah. Sicherlich ein Militär.

Der Junge, der Ly die Einladung überbracht hatte, war auch da. Er schien so etwas wie ein Laufbursche zu sein.

Er saß im Hintergrund, holte hin und wieder neue Bierflaschen und Eis und brachte die Karaokeanlage wieder in Gang, als sie einmal abstürzte.

»Die ganze Dorfprominenz ist da«, rief Hauptwachtmeister An Phan schon etwas lallend. »Nur Khai fehlt.« Er setzte eine imaginäre Flasche an den Mund, trank sie mit gluckernden Schlucken leer und simulierte einen Schluckauf. Die Männer lachten.

»Khai leitet hier die Forstbehörde«, sagte die Baronin.

Das hört sich wichtig an, dachte Ly und rief sich den Ranger mit der Kordel durch die Gürtelschlaufen ins Gedächtnis.

Der Dorfpolizist hörte gar nicht mehr auf, über seine Parodie Khais zu lachen. Erst lächelte die Baronin noch wie über einen Jungenstreich, dann sagte sie in scharfem Ton: »Darf ich jetzt weiterreden, Herr Hauptwachtmeister?«

Der Polizist lief noch röter an, als er es sowieso schon war, und nickte stumm.

Die Baronin zeigte auf einen Mann mit breiten Schultern, der bislang mit dem Rücken zu Ly gesessen hatte. »Nguyen Duy Cao, unser Grenzchef.« Das musste Bangs Vater sein. Ly zuckte zusammen, als Nguyen Duy Cao sich zu ihm umdrehte. Seine linke Gesichtshälfte war zertrümmert, die Haut rot vernarbt. Über dem Auge trug er eine Lederklappe.

»So glotzen sie alle«, blaffte ihn der Mann an. Er sprach mit einer knarrenden Stimme. Aus seinem gesunden Auge starrte er Ly kurz an. Dann drehte er sich wieder weg.

»Es war ein Bär«, sagte die Baronin mit gedämpfter

Stimme. »Es ist aber schon lange her. Seit Jahren haben wir hier in der Gegend keinen Bären mehr gesichtet.«

Ly glaubte gerne, dass dieser Mann seinen Sohn verprügeln würde, wenn er wüsste, dass er mit den Hmong in den Wald ging oder dass er sich überhaupt im Wald aufhielt.

Die Baronin streckte Ly das Mikrophon hin. »Bitte, Kommissar, singen Sie auch einmal.«

Ly war kein guter Sänger. Er entschied sich für ein einfaches Volkslied, bei dem er die Melodie zumindest einigermaßen traf. Nach ihm sang die Hausherrin, und alle applaudierten. Ly fragte sich, was ihre Rolle in dieser Männergesellschaft war. Sie hatte eindeutig Geld, aber sie strahlte auch eine Autorität aus, die er nicht zuordnen konnte.

»Bang, los. Es ist spät«, rief der Grenzchef.

Bang, der die ganze Zeit ruhig in der Ecke gesessen hatte, sprang auf. Er kam noch einmal zu Ly hinüber und reichte ihm die Hand. »Herr Kommissar, wenn ich in Hanoi bin, darf ich Sie mal im Präsidium besuchen?«

»Sicher, komm einfach vorbei.«

»Los jetzt, ab nach Hause.« Die Stimme von Bangs Vater hatte einen bedrohlichen Ton angenommen. Nachdem Bang die Tür hinter sich zugezogen hatte, fuhr er Ly an: »Präsidium. Bestärken Sie meinen Sohn bloß nicht in seinen verrückten Ideen. Polizei.« Er schnaubte. »Mein Sohn macht mal was Anständiges.«

»Cao, lass den Kommissar mit deinem Gerede in Ruhe«, sagte die Baronin.

»Bereichern sich, wo es geht. Korrupter Haufen«, fuhr der Grenzer fort.

Ly sah zum Dorfpolizisten hinüber, doch der verzog keine Miene.

»Es gibt ja hier auch den einen oder anderen, der davon profitiert«, sagte die Baronin mit kühler Stimme. Nguyen Duy Cao verschränkte die Arme vor der Brust, und es entstand ein Schweigen, das die Baronin aber schnell wieder brach. »Wie gefällt Ihnen mein Haus?«

»Außergewöhnlich.« Ly bemühte sich um ein Lächeln. »Darf ich fragen, in welchem Geschäftszweig Sie tätig sind?«

»Import-Export.«

»Lohnend?«, fragte Ly.

Sie lächelte. »Äußerst lohnend. Die Laoten haben großen Nachholbedarf. Reiskocher, Plastikwaren, Spielzeug. Die brauchen alles.« Und nach einer kleinen Pause fragte sie: »Und Sie, was führt Sie zu uns?«

»Die Berge, ich musste einfach mal ein paar Tage raus.«

Sie nickte mit einem Lächeln, das Ly verriet, dass sie ihm nicht glaubte. Er überlegte, ob er ihr Truongs Foto zeigen sollte. Aber er konnte das Gefühl nicht loswerden, dass sie hier alle zusammengekommen waren, nur um herauszufinden, weshalb er hier war. Er hielt es für besser, es ihnen vorerst nicht zu verraten.

»Kommen Sie, noch ein Lied, wir singen gemeinsam«, sagte die Baronin. Sie stellte sich so dicht neben ihn, dass sie sich das Mikrophon teilen konnten. Nach einem weiteren Bier musste Ly auch noch ein drittes und viertes Mal singen.

Es kam ihm so vor, als ließen die Männer den gesamten Abend die Blicke nicht von ihm. Gleichzeitig wechselte keiner von ihnen mehr als die nötigsten Höflichkeitsfloskeln mit ihm. Nur der Vorstand des Dorfkomitees, ein gewisser Vu Van Dam, begegnete Ly etwas offener. Sein Dialekt verriet, dass er nicht aus der Gegend, sondern vermutlich aus Ha Tinh in Mittelvietnam stammte. Ly war neugierig, wie dieser noch relativ junge Mann hier oben im Norden Vorstand des Dorfkomitees geworden war. Doch seiner Frage danach wich der Mann aus und versuchte stattdessen, Ly in ein Gespräch über Politik zu verwickeln, ein Thema, auf das sich Ly mit Fremden grundsätzlich nicht einließ. Nicht dass er nie seinen Unmut äußerte über dieses System, das seiner Ansicht nach vor lauter Korruption und Dekadenz in den eigenen Reihen mit den Werten des Sozialismus nur noch wenig zu tun hatte. Aber das sagte er eben nicht Fremden gegenüber. Zu schnell konnte so etwas gegen einen verwendet werden.

Es war noch nicht allzu spät, als Ly aufstand. Er wollte die Situation nicht ausreizen.

Noch auf der Straße spürte er die Blicke in seinem Rücken.

☆

Es war eine rabenschwarze Nacht ohne einen einzigen Stern am Himmel. Und es war kalt. Zurück in seinem Schulraum merkte Ly sofort, dass der Boden nass war. Das Licht einzuschalten wagte er nicht. Er wollte nicht auch noch einem Stromschlag erliegen. Er zündete ein Streichholz an, um sehen zu können. Eine dreckige Brühe überzog den Boden.

☆

Ein Schlag gegen den Rücken riss Ly aus dem Schlaf. Er fühlte sich wie gelähmt. Er hatte sich die ganze Nacht hin und her gewälzt, geschwitzt, gefroren und wirr geträumt.

»Kommissar, wachen Sie auf«, flüsterte eine Stimme. Langsam öffnete er die Augen. Neben ihm stand jemand und rüttelte ihn. »Los doch.«

Ly brauchte eine Weile, bis er ihn erkannte. Es war Khai, der Ranger.

»Sie waren bei der Baronin?«, fragte Khai.

»Sie wecken mich mitten in der Nacht, um mich das zu fragen?«

Der Ranger lachte leise. »Fahren Sie zurück nach Hanoi. Man mag es hier nicht, wenn Fremde sich einmischen.«

»Worein einmischen?«

»Hauen Sie ab«, zischte Khai.

»Nicht bevor mir irgendjemand sagt, was mein Freund hier wollte«, entgegnete Ly.

Das Weiß in Khais Augen funkelte in dem wenigen Licht, das das Morgengrauen durch die offenstehende Tür schickte. »Lassen Sie Pao in Ruhe. Er hat schon einen Sohn verloren.«

Bevor Ly fragen konnte, was mit Paos Sohn passiert war, hatte Khai sich umgedreht und war aus dem Raum geeilt.

Ly sprang auf. »Khai!«, rief er und rannte ein Stück in die Nacht. Doch er sah den Ranger nicht mehr. Er hörte nur noch Schritte auf Kies, die sich schnell entfernten.

☆

Ly war todmüde, konnte aber auf der durchgelegenen Pritsche nicht mehr einschlafen. Sein Rücken schmerzte. Sobald es hell war, stand er auf. Zu gerne hätte er jetzt einen starken Kaffee gehabt. Aber den würde er in diesem Kaff sowieso nicht bekommen. Also machte er sich direkt auf den Weg zu Pao. Er wollte ihn nach seinem Sohn fragen, von dem der Ranger gesprochen hatte. Außerdem wurde er das Gefühl nicht los, dass Pao Truong auf dem Foto erkannt hatte.

Auf der Dorfstraße war weit und breit kein Mensch zu sehen, trotzdem fühlte Ly sich beobachtet. Hinter dem Ortsausgang nahm er den Pfad den Berg hinauf. Der Nebel hing niedrig über den Maisfeldern. Die Luft war feucht und kühl. Trotzdem begann Ly schnell zu schwitzen, als er aufstieg. Er fragte sich, ob Khai ihm in der Nacht drohen oder ihn warnen wollte. Er konnte es beim besten Willen nicht sagen. Auf jeden Fall hatte ihn sein nächtlicher Besuch zusätzlich neugierig gemacht.

Bei den Pfahlhäusern der Thai schlugen wieder Hunde an, diesmal sah Ly sie auch. Zwei Schäferhunde, die bis auf wenige Meter an ihn herankamen, sich dann aber nicht weiter näherten. Trotzdem schlug Lys Herz schneller. Diese Hunde waren ihm unheimlich. Er entspannte sich erst, als er oben bei den Hmong war und das Bellen in der Ferne verhallte.

Pao und seinen Sohn fand er im Hof hinter ihrem Haus. Sie waren dabei, die Wasserleitung zu erneuern. Alle paar Meter steckten neue Bambusstangen senkrecht im Boden. Geschickt teilte Xang mit einem großen Messer Bambusrohre, die Pao dann als offene Rinnen waagerecht oben auf den Stäben befestigte. Ly schaute zu. Er hätte gerne seine Hilfe angeboten, doch mit seinem Arm ging es nicht. Nach einer Weile sprach er die beiden noch mal auf Truong an. Das Lächeln, das eben noch in Paos Gesichtszügen gelegen hatte, verschwand.

»Ich weiß, dass Truong kurz vor seinem Tod hier oben war.«

Pao sagte etwas auf Hmong zu seinem Sohn, der daraufhin zu Ly sagte: »Wir können Ihnen nicht helfen.«

»Ich habe übrigens Bang kennengelernt«, sagte Ly an Xang gewandt. »Er hat mir gesagt, er hat Truong im Wald gesehen. Ihr beide wart zusammen unterwegs. Du musst Truong also auch gesehen haben.«

Bevor Xang überhaupt die Chance hatte, etwas zu sagen, hatte Pao ihm eine Ohrfeige verpasst und redete auf ihn ein. Laut und verärgert. Ly hörte mehrmals den Namen Bang heraus. Anscheinend gefiel es Pao genauso wenig wie dem Grenzer, dass die beiden Jungen zusammen unterwegs waren.

»Also?«, fragte Ly.

Pao schlug noch einmal zu. Xang hielt sich die Wange. »Einmal habe ich Ihren Freund gesehen«, murmelte er. »Aber nicht hier. In Laos.«

»In Laos?«, fragte Ly. Er hatte einen Pass bei Truong in der Wohnung gefunden. Aber da war nicht ein Stempel gewesen, der bewies, dass Truong im Ausland gewesen war. »Wie ist er über die Grenze gekommen?«

Pao zeichnete mit einem ausgestreckten Arm einen Halbkreis über die Landschaft vor ihnen. Truong hätte überall rübergegangen sein können.

»Irgendjemand muss ihn doch durch den Wald geführt haben. Wer?«, hakte Ly nach.

»Wissen nicht«, sagte Pao und wandte sich wieder seiner Arbeit zu.

Ly fragte sich, was Truong überhaupt in Laos gewollt hatte und wieso er nicht ganz regulär über die Grenze gegangen war. Aber ihm fiel keine sinnvolle Erklärung ein. Dann rief er sich noch einmal Khais Besuch gestern in Erinnerung und sagte: »Pao, ich habe gehört, Sie haben einen Sohn verloren. Das tut mir leid.«

Paos Hände hielten in ihren Bewegungen inne. »Unfall«, sagte er knapp und ohne aufzuschauen, was wohl andeuten sollte, dass er darüber nicht weiter reden wollte. Ly war ratlos. Irgendetwas stimmte hier nicht, das war klar. Ihm fielen die Worte des Hauptwachtmeisters von Na Cai ein. Die Hmong hätten keine Angst vor nichts. Da müsste man die schon erst richtig verschrecken. Es war nur so ein Gedanke, aber konnte es sein, dass Paos Sohn hatte sterben müssen, um die Hmong zu erschrecken? Während Ly noch darüber nachdachte, klingelte sein Telefon. Bang hatte es gestern für ihn im Haus der Baronin aufgeladen. »Hallo?«

»Endlich erreiche ich dich.« Es war Lan. »Ich habe alle Pizzerien durch ... Keine hat ... eine Lieferung an Truong ...«

»Lan, ich höre dich kaum«, schrie Ly in den Hörer.

»Ly, du bist doch nicht ...«

Ly legte auf, entfernte sich ein paar Schritte von Pao und seinem Sohn und rief Lan zurück. Diesmal war die Verbindung besser.

»Du bist doch nicht immer noch in den Bergen?«, fragte Lan sofort. »Der Chef erwartet dich heute Vormittag zurück.«

Verdammt. Seine drei Tage waren schon vorbei. Über den Unfall hatte er die Zeit vergessen, er hätte nicht einmal sicher sagen können, wie lange er bei den Hmong gelegen hatte.

»Sieh zu, dass du so schnell wie möglich hier auftauchst«, sagte Lan. »Der Chef will dich unbedingt sehen. Und frag mich nicht, warum. Ich hab keine Ahnung.«

Ly seufzte und erzählte Lan dann in knappen Worten, was sich bei ihm ereignet hatte, wobei er sich noch ein Stück weiter von Pao und Xang entfernte. »Versuch ein paar Informationen über dieses Na Cai hier zu bekommen«, bat er Lan. »Und über die Baronin und diesen Grenzchef.«

»Okay. Aber weswegen ich angerufen habe. Ich habe alle Pizzerien durchtelefoniert. Keine hatte eine Lieferung für Truong. Es hat sich also vielleicht wirklich jemand in seine Wohnung geschlichen.«

☆

Ly hatte nichts dagegen zurückzufahren. Sosehr er auch die Landschaft hier oben mochte, in Provinzorten wie diesem Na Cai fühlte er sich elendig verloren.

Zum Fahren nahm er seinen Arm wieder aus der Schlinge. Bis nach Moc Chau an der Hauptstraße Nummer 6 fuhr er in einem Stück durch. Doch bis dahin schmerzte sein Arm wieder so sehr, dass er kaum noch den Lenker halten konnte. Er hielt am Straßenrand und wartete auf einen Bus Richtung Hanoi.

☆

»Ziehen, ziehen, nein, höher, jetzt …!« Mehrmals rutschte das Seil ab, bis die drei jungen Passagiere, die der Busfahrer um Hilfe gebeten hatte, Lys Vespa schließlich auf das Dach des Busses gehievt hatten. Zwischen Kisten und prall gefüllten Säcken schnürten sie den Roller fest.

Ly fand noch einen Platz im hinteren Teil des Busses, wo er eingekeilt zwischen Händlerinnen aus Hanoi saß und eine *Vinataba* nach der anderen rauchte. Er hatte mal wieder chinesische Kopien erwischt. Sie schmeckten furchtbar, aber was anderes hatte er jetzt nicht.

Musik lief. Irgendwas zwischen Rap und Pop, nicht Lys Geschmack. Ein Baby schrie sich in den Schlaf. Die Klimaanlage war zu kalt eingestellt. Über den Kopfstützen der braunen Sitze lagen steife weiße Rüschendeckchen. Jedes Mal, wenn der Fahrer hupte, leuchtete eine Lichterkette unter der Decke auf. Die Frauen reichten gegrillte Hühnerschenkel und getrocknete Mango herum. Sie unterhielten sich lautstark, erst über die aktuellen Tee-Preise, dann über die Inflation. Irgendwann hörte Ly nicht mehr hin.

Einmal wurde der Bus von zwei Verkehrspolizisten an den Straßenrand gewinkt. Eine halbe Stunde passierte gar nichts. Ly vermutete, der Fahrer wartete, bis die Schmiergeldsumme, wofür auch immer sie sein sollte, auf ein erträgliches Maß sank. Eine Frau stieg zu und zwängte sich noch zwischen die Händlerinnen und Ly auf die Sitzbank. Sie hielt einen Käfig mit einem Lori-Äffchen in der Hand, den sie sich auf den Schoß stellte. Der kleine Affe hatte ein wolliges braunes Fell und große runde Augen.

»Wo haben Sie den denn her?«, fragte Ly.

»Von einem Jungen am Straßenrand gekauft. Fünfhunderttausend Dong.«

Viel Geld für so ein kleines Tier, dachte Ly. »Wollen Sie den als Haustier halten?«

»Ach was.« Die Frau winkte ab. »Der ist fürs Fleisch.«

Ly sah sie überrascht an. »Da ist doch nichts dran.«

»Es gibt ja noch die Knochen«, sagte sie. »Knochenpaste von solchen Affen ist besonders gut gegen Lungenkrankheiten. Das wirkt auch vorbeugend. Bei der Dreckluft in Hanoi kann das ja nicht schaden. Meinen Sie nicht?«

Ly betrachtete das Tier. Der Lori war nicht größer als eine Ratte. Seine langen Finger umklammerten die Gitterstäbe. Er schaute Ly mit seinen großen Augen an. Er hatte etwas Menschliches, dachte Ly, und wandte den Blick ab. Über sein Mitleid war er selbst überrascht.

☆

Es war Abend, als der Bus endlich in den Giap-Bat-Busbahnhof einfuhr. Laternen tauchten den Bahnhofsplatz in ein gelblich schimmerndes Licht. Die Nachtbusse waren kurz davor, in alle Richtungen des Landes zu fahren. Fahrgäste schleppten Körbe, Taschen, Säcke und Kinder. Verkäufer schoben sich zwischen den Wartenden hindurch und priesen lauthals ihre Waren an. Es roch nach Benzin und Bahnhofstoilette.

Ly musste warten, bis die Fahrgäste mit all ihren Habseligkeiten ausgestiegen waren und der Busfahrer so vor der Ladeplattform im ersten Stock des Bahnhofsgebäudes parkte, dass das Dach von oben leer geräumt werden konnte. Über eine Rampe konnte Ly abfahren. Den verletzten Arm auf die Knie gelegt, fuhr er über die Giai-Phong-Straße in die Stadt. Lichter, Menschen, Geschäfte, blinkende Werbetafeln, *bia hois*, Motorräder, Autos, der Lärm von Hupen und Stimmen. Er war froh, wieder zurück zu sein.

☆

Mit schweren Beinen stieg Ly die Stufen zu seiner Wohnung hinauf. Er hörte die Stimmen seiner Kinder und war erleichtert, jetzt nicht in eine leere Wohnung zu kommen.

»Hallo, Papa!«, rief Huong, als er durch die offene Tür trat.

»Paaapiii!«, schrie Duc, sprang auf und stürzte sich ihm mit ausgestreckten Armen entgegen.

»Vorsicht!«, rief Ly.

Duc konnte gerade noch abbremsen und betrachtete Lys verbundenen Arm.

»Was ist passiert?«, fragte Huong.

»Nicht so schlimm. Nur ein kleiner Unfall mit der Vespa.«

Duc drückte mit einem Zeigefinger auf den Verband. »Tut das weh?«

Ly schüttelte den Kopf, wobei er gleichzeitig die Luft anhielt. Natürlich tat es weh.

Thuy schaute mit missbilligendem Blick zu ihm herüber. »Du solltest nicht so viel trinken«, sagte sie und holte das Tablett mit dem Abendessen aus der kleinen Küche im Vorraum.

Thuys Bemerkung versetzte Ly einen Stich. Konnte sie ihn nicht einfach mal nett begrüßen? Er stellte seine Tasche ab und setzte sich zu seinen Kindern auf den Boden.

»Guck mal«, schrie Duc und riss den Mund auf.

Er hatte schon wieder einen Zahn verloren. Ly wuschelte seinem Sohn mit der Hand durch die Haare, und Duc drückte seinen Kopf in Lys Bauch.

»Wie war es denn?«, fragte Huong.

»Hast du was mitgebracht?«, fuhr Duc dazwischen.

»Da gab's nichts«, sagte Ly.

»Auch keinen Handyempfang?«, fragte Thuy. »Du hättest ruhig mal anrufen können.«

»Thuy, es ging nicht«, sagte er mit Nachdruck. »Mein Akku war leer.«

»Ausreden hast du immer.« Mit einem Knall stellte Thuy das Tablett mit dem Abendessen auf dem Boden ab.

»Müsst ihr euch jetzt streiten?«, fragte Huong. Thuy warf ihr einen mahnenden Blick zu.

Manchmal wünschte Ly sich, er könnte einfach gehen. Aber eine Scheidung kam nicht in Frage. Das war gesellschaftlich verpönt. Und außerdem, auch wenn er sich in ihrer Beziehung manchmal furchtbar einsam fühlte, war es doch besser, als ganz alleine dazustehen.

Sie setzten sich auf die Reisstrohmatte auf dem Boden, das große runde Aluminiumtablett mit den Speisen zwischen sich. Gebratener Reis, Mango mit Shrimps und eingelegte Babyauberginen. Huong verteilte Essschälchen und Stäbchen. Ly hatte Hunger, aber der Appetit war ihm vergangen. Er stocherte nur im Essen herum.

Sobald Huong aufgegessen hatte, stand sie auf. »Ich bin noch mal weg«, sagte sie, schlüpfte in ihre Sandalen und war schon aus der Tür.

»Komm nicht so spät«, rief Thuy ihr nach.

»Los, Duc, hol dir ein Eis.« Ly drückte ihm zwanzigtausend Dong in die Hand.

»Aber fang vorher deinen Hamster ein«, sagte Thuy.

Duc griff das Tier, das auf dem Bett saß und sich Sonnenblumenkerne in die Backentaschen stopfte, steckte es in seinen Käfig und rannte hinter seiner Schwester her.

»So geht das nicht weiter«, sagte Thuy, als sie alleine waren. Sie stellte die Essschälchen aufeinander und trug sie zum Spülbecken. »Das ist doch keine Ehe mehr.«

»Das liegt ja nun nicht nur an mir«, sagte Ly, konnte aber nicht anders, als sie erschrocken anzuschauen. War sie es, die irgendwann gehen würde?

»Du bist kaum zu Hause«, fuhr Thuy ihn in barschem Ton an.

»Du doch auch nicht. Du reist andauernd mit irgendwelchen Touristen durchs Land.«

Sie lachte gereizt auf. »Wir brauchen das Geld. Ich wär auch lieber mehr zu Hause. Aber … ach, vergiss es.« Sie fuhr mit der Hand durch die Luft.

Wieder das alte Thema, dachte Ly. Sein Staatsgehalt reichte gerade mal aus, um das Nötigste des alltäglichen Lebens zu bezahlen. »Soll ich mich schmieren lassen wie all die anderen? Willst du das?«, fragte er.

»Ich will jemanden, der für mich da ist.«

Ly zog seine Stirn in Falten. Was sollte das nun schon wieder?

»Du interessierst dich doch nur für deine Arbeit. Und wenn du frei hast, gehst du zu Minh ins *bia hoi*.«

Ly schloss für einen Moment die Augen, dann sagte er: »Es geht hier gerade um Truong. Er war mein Freund. Deshalb war ich oben in den Bergen.«

»Es ist doch nicht nur jetzt, es ist immer so.«

»Und, was willst du ändern?«, fragte er matt. Sie würden jetzt diskutieren und diskutieren, und nichts käme dabei heraus. Das kannte er schon zur Genüge.

»Umarme mich doch einfach mal«, sagte Thuy leise. Tränen liefen ihr über die Wangen.

Ly sah sie überrascht an. Das hatte er jetzt nicht erwartet, weder die Tränen noch diesen letzten Satz. Er haderte kurz, dann streckte er vorsichtig die Hand nach ihr aus, zog sie zu sich heran und wischte mit den Fingern die Tränen aus ihrem Gesicht. Ihre Haut fühlte sich weich an. Wie lange hatte er sie schon nicht mehr berührt? Er legte ihr seinen gesunden Arm um den Rücken, drückte sie, sein Gesicht in ihren Haaren. Er spürte, wie sein Hemd nass wurde von ihren Tränen.

In dieser Nacht schliefen sie miteinander. Das erste Mal seit einer Ewigkeit.

☆

Ein nicht enden wollendes Klingeln riss Ly am frühen Morgen aus dem Schlaf. Er tastete nach seinem Telefon und bemerkte dabei ein seltsam taubes Gefühl in den Fingern seines verletzten Arms.

»Hallo?«, fragte er in den Hörer.

»Wir waren in der Wohnung.« Der Anrufer sprach atemlos. Es war Dang. Ly fragte sich, wann sein Kollege von der Spurensicherung bloß immer aufstand. Es war nicht das erste Mal, dass er ihn aus dem Bett holte.

»Welche Wohnung?« Ly rieb sich die Augen. Er war immer noch ganz benommen vom Schlaf.

»Von deinem Freund Truong. Deine Assistentin hat ja nicht lockergelassen.«

Mit einem Ruck setzte Ly sich auf. Für solche Dinge liebte er Lan. »Und?«

»Dieser Kühlschrank«, sagte Dang. »Das ist ja ein uraltes Teil. Dein Freund hätte sich früher oder später sowieso einen Stromschlag geholt. Das Ding ist nicht mal geerdet.«

»Dang, komm zur Sache.« Lys Geduld war um diese Uhrzeit noch begrenzter als sonst.

»'Tschuldige. Eigentlich wollte ich sagen, vermutlich hast du recht.« Hier machte Dang eine Pause, und Ly hörte, wie er Papiere umblätterte. »Also, ich glaube, da hat wirklich jemand nachgeholfen.«

Dang fasste für Ly die Fakten zusammen. Das Kabel des Kühlschrankes war an einer Stelle aufgeritzt, und die defekte Stelle muss bei dem Hochwasser im Wasser gehangen haben. Das Wasser stand damit unter Strom, sobald der Stromschalter umgelegt wurde. Und da nichts geerdet oder irgendwie abgesichert war, hatte auch nichts den Stromkreis unterbrochen. Truong hatte dann vermutlich seine Schuhe vor der Tür ausgezogen und war barfuß – und ahnungslos – in das aufgeladene Wasser getreten.

An der Wand, die bei dem Hochwasser Feuchtigkeit gezogen hatte, hatte Dang einen Handabdruck sichern können, genau unterhalb des Stromkastens, der hoch über der Tür hing. Die Fingerabdrücke der Hand seien alle gut erkennbar. Dang meinte, dass sich vermutlich jemand, der den Stromschalter umgelegt hatte, an der Wand abgestützt hatte.

Am Stromkasten selbst gab es dagegen nicht einen Fingerabdruck, woraus Dang schloss, dass dort jemand mit einem Tuch drübergegangen war.

»Der Abdruck an der Wand ist auf jeden Fall nicht von Truong«, sagte Dang.

»Von wem dann?«

»Tja, das musst du rausfinden. In unserer Datenbank habe ich nichts Passendes gefunden.«

Dang fügte noch an, dass der vermeintliche Mörder wohl noch einmal in der Wohnung gewesen war, um den Strom wieder auszustellen. Außerdem war die Wohnungstür geschlossen gewesen, was Truong, wenn er einmal in das Wasser getreten wäre, nicht mehr selbst hätte tun können. Vielleicht hatte der Täter aber auch einfach so lange in der Wohnung gewartet, bis Truong tot war. Die Vorstellung ließ Ly einen Schauder über den Rücken fahren.

»Wieso hat der Mörder keinen Schlag bekommen?«, fragte Ly. »Er muss doch auch in das aufgeladene Wasser getreten sein.«

»Hm, keine Ahnung«, sagte Dang und räusperte sich. »Vielleicht hat er einfach ein paar dichte Gummistiefel getragen.«

Natürlich, dachte Ly. Das hatte diese Tee-Frau im Wohnblock doch sogar erwähnt.

Jetzt hatte er endlich etwas in der Hand, mit dem er zum Parteikommissar gehen konnte.

☆

Ly drückte Thuy einen Kuss auf die Wange und stand auf. Thuy lächelte im Schlaf. Wie schön wäre es gewesen, den Morgen mit ihr zu verbringen. Doch der Gedanke an den Inhalt des Telefonats mit Dang vertrieb diesen Wunsch ebenso schnell, wie er gekommen war.

Vorsichtig stieg Ly über Huong und Duc hinweg, die eingerollt in ihre Decken auf der Matte auf dem Boden schliefen, und ging hinunter in den Hof. Seine alte Tante Thoa, die auch bei ihnen im Haus wohnte, saß auf einem Hocker. In den Händen hielt sie eine Schale Reisbrei, ihre Kiefer mahlten. Ly strich ihr über den Arm, ohne dass sie auf seine Berührung reagierte. Sie lebte schon lange in ihrer eigenen Welt.

Ly duschte kalt. Um seinen Arm hatte er eine Plastiktüte geknotet. Den Duschkopf musste er mit der Hand halten. Er hatte noch immer keine neue Halterung angebracht. Die alte war schon vor Monaten aus der Wand gebrochen. Er schloss die Augen, ließ sich das Wasser über das Gesicht laufen und versuchte sich die nächsten Schritte gedanklich zurechtzulegen. Vor allem musste er den Parteikommissar überzeugen, dass Truongs Tod kein Unfall gewesen war. Aber noch war sein Chef nicht im Präsidium. Es blieb ihm also Zeit, zum Arzt zu fahren. Das taube Gefühl in seinen Fingern, das er seit dem Aufwachen verspürte, hatte immer noch nicht nachgelassen und begann ihn zu beunruhigen.

☆

Keine Wolke war am Himmel zu sehen, und obwohl es noch so früh war, war es schon heiß. Ly genoss die warme Luft auf der Haut.

Die Gittertür zu Doktor Songs Praxis war zugezogen. Ein grauhaariger Mann im Schlafanzug stand auf dem Gehweg und hängte mit einer langen Stange einen hölzernen Vogelbauer an die Stromkabel, die hier wie überall in dicken Bündeln zwischen den Häusern hingen.

»Wenn Sie den Arzt suchen«, sagte der Alte und wies die Straße hinunter, »der ist frühstücken.«

Ly fand Doktor Song an einer der mobilen Garküchen am Ende der Lan-Ong-Gasse, vor sich eine große Schüssel *bun thang*.

»Kommissar. Schon gegessen?«, fragte Doktor Song.

»Noch nicht.« Ly setzte sich zu ihm und hatte sofort auch eine Schüssel *bun thang* vor sich stehen. Das einzige Gericht, das es hier gab. Auf den breiten Reisnudeln lagen drei Tigerkrabben, frittierte Wontons und feingeschnittener Schweinebraten.

Doktor Song deutete mit dem Kinn auf Lys Arm. »Was ist passiert?«

»Kleiner Unfall, oben in Son La.« Ly schlürfte vorsichtig einen Löffel heißer Brühe. Sie schmeckte leicht süßlich, was er nicht besonders mochte, und er gab viel Chili und Knoblauchessig dazu.

»Son La? Zu viel vom guten roten Reisschnaps?« Doktor Song schmunzelte.

»Nicht mal das«, sagte Ly. Wieso spielten eigentlich alle bei seinem Unfall auf Alkohol an? So schlimm stand es doch auch noch nicht um ihn.

Doktor Song strich mit den Fingern über den gelben Schal um Lys Arm, den Pao als Verband benutzt und den Ly immer noch nicht ausgetauscht hatte. »Wer hat das so schön verbunden?«, fragte Doktor Song mit ironischem Unterton.

»Ein Hmong-Schamane«, sagte Ly und biss in einen mit Krebsfleisch gefüllten Wonton.

Doktor Song lachte. »Sie und ein Schamane. Hat er auch Ihre Seelen zusammengerufen?«

»Wie kommen Sie darauf?«

Doktor Song lachte. »Kommissar, ich bin Arzt der traditionellen Heilkunde. Da weiß ich auch so einiges über die Methoden unserer nationalen Minderheiten.« Er erklärte, dass die Hmong glaubten, der Mensch habe viele Seelen. Manchmal gehe eine verloren, beispielsweise auf einer langen Reise. Oder Geister entführten die Seelen. Der Verlust einer Seele könne schlimme Krankheiten hervorrufen. Der Schamane sei dafür zuständig, die Seelen zurückzuholen. Manchmal müsse er auch die Geister mit Opfern bestechen, damit sie die Seelen in Ruhe ließen. »Na ja, zumindest irgendwie so in der Art«, sagte Doktor Song. »Auf jeden Fall verstehen sie was von Heilkräutern. Allerdings, Sie müssen den Arm auch schonen. Sonst hilft die beste Medizin nichts. Wie geht es eigentlich Ihrer Mutter? Ich hoffe, besser?«

☆

Doktor Song hatte Ly zusätzlich zu Paos Paste noch eine Kräutermixtur mitgegeben, die er aufkochen und trinken sollte. Von Schmerztabletten hatte er abgeraten. Die würden ihn nur verführen, den Arm zu stark zu bewegen. Trotzdem kaufte Ly auf dem Weg ins Präsidium in einer der Apotheken für westliche Medizin eine Packung Paracetamol.

☆

Auf der Treppe zum Büro des Parteikommissars kam ihm Tu von der Umweltpolizei entgegen. Wie neulich am Literaturtempel trug Tu wieder eine dieser tiefhängenden

Jeans, diesmal kombiniert mit einem breiten, silberbeschlagenen Gürtel und einem T-Shirt mit der australischen Flagge über der Brust. Ly grüßte ihn, erntete jedoch nur einen kühlen Blick. Ohne ein Wort ging Tu an ihm vorbei. Ly sah ihm irritiert hinterher.

☆

Parteikommissar Hung pochte mit den Fingern laut auf den Tisch und sah erst von der Volkszeitung auf, als Ly schon vor ihm stand. »Genosse Ly, Sie hätten längst zurück sein sollen.«

Ly deutete auf seinen Arm. »Ich hatte einen Unfall. Ich bin mit dem Motorroller gestürzt.«

Der Parteikommissar gab ein unwirsches Murren von sich. »Ich hoffe, es ist nichts Ernstes.«

»Nein. Danke der Nachfrage«, sagte Ly. »Parteikommissar Hung, ich wollte mit Ihnen noch einmal über den Fall Le Ngoc Truong sprechen.«

Doch sein Chef schien ihn gar nicht gehört zu haben. »Wo waren Sie noch?«, fragte er.

»Oben in Son La«, sagte Ly etwas widerwillig. Indem er die Bergprovinz Son La erwähnte, wusste er, was kommen würde. Der Parteikommissar würde in Erinnerungen schwelgen an eine Zeit, als er, noch jung und kräftig, unter General Giap gedient hatte. Dien Bien Phu, der Schauplatz der letzten großen Schlacht gegen die Franzosen, lag auch dort oben in den Bergen nahe Laos. Der Parteikommissar war damals, vor über einem halben Jahrhundert, einer der vielen gewesen, die schwerstes Kriegsgerät dort hinauftransportiert hatten. Die Franzosen, die sich im Talkessel von Dien Bien Phu sicher geglaubt hatten, waren dem Angriff hilflos ausgeliefert gewesen. Doch zu Lys Verwunderung erzählte der Parteikommissar diesmal nichts dergleichen. Stattdessen sagte er: »Sie übernehmen den Tigerfall.«

Ly sah seinen Chef entgeistert an. »Ich?«

»Sie, Genosse.«

»Es gibt neue Erkenntnisse zum Tod von Le Ngoc Truong. Kann nicht die Umweltpolizei …«

»Genosse«, unterbrach Parteikommissar Hung ihn. Seine Stimme bebte. »Habe ich mich nicht klar ausgedrückt? Dieser Tigerfall hat höchste Priorität.« Der Parteikommissar gab ein schmatzendes Geräusch von sich, sein Gebiss klackerte in seinem Mund. Er drückte es mit der Zunge fest und erklärte dann, dass die Regierung auf einer Konferenz in St. Petersburg die Sicherheit der Tiger zugesagt hatte. Ein lebender Tiger, der in einem Wagen mitten in Hanoi auftauchte, wecke da Zweifel an der Glaubwürdigkeit der Regierung. Schon jetzt mokiere sich die internationale Presse über diesen Fall.

Kein Wunder, dachte Ly, die Geschichte war ja auch zu absurd. Ein lebender Tiger in einem Wagen mitten in der Hauptstadt.

»Ich brauche Ergebnisse. Und kein Aufsehen«, sagte der Parteikommissar. »Es geht hier um das Ansehen des ganzen Landes.«

Ly wusste nur zu gut, dass genau dieses Ansehen das Einzige war, was für seinen Chef wirklich zählte. Er fluchte innerlich und wagte noch einen Versuch: »Könnte sich denn zumindest meine Assistentin um den Fall Le Ngoc Truong kümmern?«

Der Parteikommissar schlug mit der Faust auf den Tisch. »Wenn Sie diesen Tigerfall aufgeklärt haben, können Sie machen, was Sie wollen. Aber bis dahin arbeiten Sie daran, Sie beide.«

»Die Leute von der Umweltschutzpolizei«, sagte Ly noch, »die werden nicht glücklich sein, wenn ich mich da einmische.« Aber eigentlich war ihm klar, dass die Umweltpolizei längst aus dem Fall heraus war. Tu hatte ja eben nicht einmal seinen Gruß erwidert.

»Auf diesen wichtigen Fall setze ich doch nicht diese Grünschnäbel an«, sagte der Parteikommissar. »Die haben doch gar keine Erfahrung.«

☆

Ly brauchte frische Luft. Er schob seine Vespa aus dem Hof des Präsidiums. Ausnahmsweise sprang sie beim ersten Startversuch an.

Er fuhr die Tran-Hung-Dao hinunter bis zum Bahnhof, bog in die Le-Duan ein, gab Gas und fuhr einfach drauflos, ohne Ziel. So schnell es ging, lenkte er zwischen den anderen im Schritttempo mehr stehenden als fahrenden Motorrädern und Autos hindurch. Einmal schlug seine Hand dabei hart gegen den Außenspiegel eines Jeeps. Aber das war ihm gerade egal. Der Fahrtwind beruhigte ihn, und er gewöhnte sich langsam an den Gedanken, in Truongs Tod auf eigene Faust zu ermitteln. Und den Tigerfall, den würde er irgendwie durchstehen. Und wenn er ihn nicht löste, war ihm das auch ziemlich egal.

Als er zurück ins Präsidium kam, saß Lan an ihrem Schreibtisch und aß einen *che hoa sen*, einen Pudding aus Lotuskernen. Die nackten Füße hatte sie auf dem Gästestuhl abgelegt. Ihr kurzer Rock ließ freien Blick auf ihre langen schlanken Beine. Sie machte keine Anstalten, die Füße herunterzunehmen, als Ly eintrat, griff aber nach einer Mappe auf der Ablage hinter sich und hielt sie Ly hin. »Alles, was ich über Na Cai, diese Baronin und den Grenzer finden konnte«, sagte sie.

Ly nahm die Akte. Sie war mindestens fünfzig Seiten dick, vermutlich hatte Lan sämtliche Behördenregistereinträge ausgedruckt. Das würde er später durcharbeiten. Jetzt musste er ihr erst einmal die schlechte Neuigkeit überbringen und sagte so beiläufig wie möglich: »Der Chef hat uns den Tigerfall übertragen.«

Unvermittelt riss Lan die Füße vom Stuhl. »Das meinst du nicht ernst.«

»Doch.«

»Und wieso bist du da noch so ruhig?«

»Ich bin nicht ruhig, das sieht nur so aus.«

Lan hatte jetzt das Glas mit dem Pudding abgestellt. »Und wieso? Es werden täglich irgendwelche Tiere konfisziert. Seit wann interessiert das den Parteikommissar?«

»Der Tiger hat zu viel Aufsehen erregt. Vor allem international«, sagte Ly und reichte Lan die Ermittlungsakte, die Parteikommissar Hung ihm gegeben hatte.

Mit einem Seufzen überflog Lan den dünnen Papierstapel, der aus vielen Standardformularen bestand und einem kurzen, nahezu nichtssagenden Zwischenbericht. »Viel haben die ja wirklich nicht herausgefunden«, sagte sie mit einem ungläubigen Kopfschütteln.

Der Unfallfahrer hieß Nguyen Van Nam und stammte aus einem kleinen Ort in Mittelvietnam. Seit drei Jahren hatte er in Hanoi gelebt. Zumindest war er seit diesem Zeitpunkt bei der Polizei im Stadtteil Phuc Tan gemeldet gewesen. Der Nissan, mit dem er verunglückt war, war auf seinen Namen eingetragen. Der Vater des Unfallfahrers hatte ausgesagt, dass er nicht wisse, für wen sein Sohn als Fahrer gearbeitet habe. Und der Wagen sei nur auf seinen Sohn eingetragen gewesen, weil es besser für das Geschäft sei. So habe Nam ihm das zumindest erklärt. Er hätte sich niemals einen eigenen Wagen leisten können. Sie waren schon froh gewesen, wenn er ab und an genug Geld verdient hatte, um seine Familie im Dorf zu unterstützen. Wem das Auto allerdings gehört hatte, hatte der Vater nicht gewusst.

Den Tiger hatte man erst einmal im Zoo untergebracht. Es war ein Indochinesischer Tiger.

Lan nahm ihr weißes Smartphone mit dem pinken Perlenbändchen vom Tisch und glitt mit ihren manikürten Fingern über das Display. »Indochinesischer Tiger. Verbreitungsgebiet: Thailand, Vietnam, Kambodscha, Myanmar, Laos. In China ausgestorben«, las sie vor. Insgesamt solle es höchstens noch 350 freilebende Tiere geben, in Vietnam vermutlich nicht mehr als dreißig. Die Tiger standen auf der Roten Liste der gefährdeten Tierarten. Trotzdem wurde ihr Lebensraum immer weiter zerstört, und sie wurden auch weiterhin gejagt. Fleisch und Fell waren dabei nur noch ein Nebenprodukt. Das Geld für die Tiger steckte in den Knochen. »Für hundert Gramm von dieser Tigerknochenpaste nehmen die auf dem Schwarzmarkt zwanzig bis dreißig Millionen Dong«, sagte Lan und machte ein schnalzendes Geräusch mit der Zunge. »Unglaublich, was die Leute für einen Blödsinn mitmachen, wenn sie krank sind.«

»Die Paste ist ein altbewährtes Medikament«, wandte Ly ein.

»Wer's glaubt«, sagte Lan in ihrer direkten, aufgeklärten Art und klappte die dünne Ermittlungsakte auf ihren Knien mit einem forschen Schlag zu.

Ly drückte seine *Thang Long* aus, die er sich am Morgen gekauft hatte, und nahm eine Schmerztablette aus ihrer Hülle. »Ich fahre erst mal zu der Adresse des Fahrers nach Phuc Tan«, sagte er. »Versuche du noch, so viel wie möglich über diesen illegalen Tigerhandel rauszufinden. Rede am besten mit denen von der Umweltpolizei. Und wir brauchen auf jeden Fall Unterstützung von Tu und seinen Leuten.«

»Das musst du machen«, sagte Lan. »Ich muss gleich zu einem Termin im Gericht.«

Ly legte seine Stirn in Falten. »Schon wieder wegen der Entschädigung?«

Lan nickte. Sie lebte mit ihren Eltern und einem jüngeren Bruder in einem Quartier, das einer neuen Straße weichen sollte. Den Bewohnern waren neue Grundstücke weiter außerhalb zugewiesen worden. Die Entschädigung allerdings, um sich dort auch Häuser zu bauen, hatten die Projektleiter, die für die Straßenplanung zuständig waren, eingesackt. Nicht einmal fünfzig Prozent des Geldes hatten sie ausgezahlt. Das reichte beim besten Willen nicht für neue Häuser.

»Es kann doch nicht sein, dass die das Geld einfach unterschlagen und damit durchkommen«, sagte Ly.

»Du weißt so gut wie ich, wie das läuft. Die machen das einfach.«

Auf solche Typen passte wirklich das Sprichwort: Sie fressen den Hund mitsamt dem Fell, dachte Ly. Verfluchte Gier. Für wen hielten die sich? »Immerhin wehrt ihr euch«, sagte er anerkennend. Er wusste, Lan hatte sich bei allen zuständigen Behörden beschwert, war schon ein paar Mal vor Gericht gewesen und auch bei der Presse. Doch trotzdem hatte sie es bislang nicht geschafft, ihr Geld zu bekommen. Die andere Seite schmierte wahrscheinlich oder hatte wichtige Freunde. Vermutlich beides.

☆

Die neue Abteilung der Umweltpolizei war in einem provisorischen Pavillon hinter dem Hauptgebäude untergebracht. Ly drückte die Tür zu dem Großraumbüro auf und entdeckte Tu an einem der hinteren Tische. Er war in eine Tageszeitung vertieft. Als Ly ihn ansprach, hob er nicht einmal den Kopf.

Ly stützte seine Hände vor ihm auf den Tisch und beugte sich zu ihm vor. »Tu! Wir müssen reden.«

»Ah, Kommissar Ly. Müssen wir?«, sagte Tu, wobei er die Zeitung umblätterte und Ly immer noch nicht ansah. Was für eine Arroganz, dachte Ly, blieb aber ganz ruhig, ohne sich dazu zwingen zu müssen, was ihn selbst wunderte. »Wir brauchen einen eurer Leute zur Unterstützung.«

Jetzt sah Tu auf. »Vergessen Sie es. Wir sind von dem Fall abgezogen. Uns fehlt die Erfahrung. Wie also sollen wir Ihnen da helfen können?« Er legte die Betonung auf das *Wir*.

»Sei doch nicht kindisch!«, sagte Ly.

Tu blickte wieder in seine Zeitung. »Sie können ja einen Antrag beim Parteikommissar stellen.«

Nun schnaubte Ly doch. Mit Tu war echt nicht zu reden. Fluchend verließ er den Raum.

☆

Es war absurd. Da hatten sie bei der Umweltpolizei Experten für den Tierhandel, und dann war er es, der den Job machen musste. Ausgerechnet er, der gerade selbst Tigerknochenpaste hatte kaufen wollen. Er, der nicht die mindeste Ahnung von diesem Geschäft hatte.

Er dachte kurz darüber nach, Hai Au um Informationen zu bitten. Der Gastwirt der Lotusbar hatte den Ruf, in allen möglichen illegalen Geschäften seine Finger im Spiel zu haben. Ab und an trank Ly ein Bier bei ihm. Er und Hai Au standen zwar auf unterschiedlichen Seiten des Gesetzes, waren sich aber nicht vollends unsympathisch. Ly war sich sicher, Hai Au wusste, wie der Tierhandel strukturiert war. Er erinnerte sich nur zu gut an seinen ersten Besuch in der Lotusbar. Ein Krokodil, das er in dem schummrigen Licht nicht gesehen hatte, hatte ihn mit seinem kräftigen Schwanz am Unterschenkel getroffen. Ly hatte kaum gewagt zu atmen, bis er sah, dass dem Tier mit Klebeband das Maul verschlossen war.

Jetzt, wo Ly darüber nachdachte, war er sich allerdings nicht sicher, ob es überhaupt verboten war, Krokodilfleisch zu verkaufen. Die Tiere, die in den Schnapsflaschen auf dem Tresen der Lotusbar eingelegt waren, standen aber auf jeden Fall unter Schutz: Seepferdchen,

Schuppentier, Königskobra … Trotzdem, er konnte Hai Au nicht fragen. Nicht schon wieder. Er hatte ihn in letzter Zeit zu oft um Informationen und um Hilfe gebeten. Er wollte sein Schuldenkonto bei ihm nicht noch weiter aufladen.

Statt in die Lotusbar fuhr Ly in die Trieu-Viet-Vuong mit ihren vielen Bars und Restaurants und parkte vor dem Quan Ruou No. 1. Kleine Drachenfiguren zierten den Dachgiebel des alten Stadthauses. Ly drückte die hölzerne Schwingtür auf und trat ein. Eine diffuse Geräuschkulisse schlug ihm entgegen. Es roch nach Zigarettenrauch und Hochprozentigem. Als Lys Augen sich an das fahle Licht im Raum gewöhnt hatten, sah er, dass in der Raummitte ein einziger langer Tisch aufgestellt war, an dem ein gutes Dutzend Männer saß. Höhere Funktionäre, dachte Ly. Er konnte nicht sagen, woran genau er das festmachte. Er sah es ihnen einfach an. Vielleicht war es die Überheblichkeit, die sie ausstrahlten, oder die feisten Gesichter mit den heruntergezogenen Mundwinkeln. Sie mussten schon eine ganze Weile zusammengesessen haben. Der Boden um ihre Stühle war übersät mit abgenagten Knochen.

»… mehr Bier … und von den Tigergarnelen … und Chili«, brüllte einer der Gäste. Sein Gesicht hatte vom Alkohol eine violette Färbung angenommen. »Und ’nen Waran. Den größten.«

Die Männer grölten. Sie waren alle stark angetrunken. Die Kontrolle über ihre Stimmen hatten sie längst verloren.

Ly stellte sich an den Tresen, auf dem mehrere bauchige Schnapsflaschen mit eingelegten Schlangen standen. Quynh, der Gastwirt, ein kleiner runder Mann mit freundlichem Gesicht, den Ly schon seit Jahren kannte, kam aus der Küche und klopfte ihm im Vorbeigehen auf die Schulter. Auf Quynhs Arm saß eine große dunkel gefleckte Echse, die er den Männern an dem langen Tisch zeigte. Auf das Nicken eines der Männer hin zückte Quynh ein Messer, und innerhalb von Sekunden war das Tier tot, kleine Gläser mit Blut gefüllt und mit Schnaps aufgegossen. Eine junge Kellnerin mit kurzem engem Rock und hohen Pumps trug das ausgeblutete Tier in die Küche.

Quynh trat zu Ly an den Tresen. »Du warst lange nicht da«, sagte er, griff zwei *Tiger*-Bier aus dem Kühlschrank hinter dem Tresen und reichte Ly eine Flasche. »Wie geht's Thuy und den Kindern?«

»Gut. Huong macht sich langsam selbständig. Ich sehe sie kaum noch.«

»Komisches Gefühl, oder? Mein Sohn will in Australien studieren. Von wegen die Ältesten bleiben zu Hause und kümmern sich um die Eltern.«

»Tja, die Zeiten ändern sich«, sagte Ly und stöhnte über seine eigenen Worte auf. Was für einen trivialen Spruch hatte er denn da von sich gegeben! Er trank sein Bier und beobachtete die Männer. Quynh verschwand in der Küche und tauchte kurz darauf mit einer Schale selbstgemachter Kartoffelchips wieder auf.

»Wo ist dein Bär hin?«, fragte Ly. Als er die letzten Male hier gewesen war, hatte im Gastraum ein mannshohes Glasgefäß mit einem in Schnaps eingelegten Kragenbären gestanden. Der Körper des Bären war so mit Drähten fixiert gewesen, dass er aufrecht stand. Sobald von dem Bärenschnaps geordert worden war, hatte Quynh immer sofort Schnaps nachgeschüttet, damit der Bär nicht, wie Ly es schon so oft in anderen Bars gesehen hatte, anfing, an der Luft vor sich hin zu gammeln.

Für den Bruchteil einer Sekunde verfinsterte sich der Gesichtsausdruck von Quynh. Ly dachte schon, er habe die falsche Frage gestellt, doch dann folgte er Quynhs Blick. Ein weiterer Gast war eingetreten. Eine Frau. Ihre offenen Haare waren lang und hoben ihr Gesicht hervor. Sie war blass und hübsch, wären nicht die Lippen so grell geschminkt gewesen. Sie maß Ly mit einem flüchtigen Blick, stellte sich ans andere Ende des Tresens und holte Zigaretten aus ihrer abgegriffenen grünen Handtasche.

»Wer ist das?«, fragte Ly. Eine Frau ohne Begleitung erschien ihm hier etwas fehl am Platz. Doch Quynh ignorierte seine Frage und sagte: »Die Regierung hat die Kontrollen verstärkt. Und diese überengagierten jungen Tierschützer schnüffeln auch ab und an hier herum.« Quynh hatte seine Stimme gesenkt, wobei seine Augen immer noch auf dieser Frau ruhten.

»Das heißt, keine Wildtiere mehr?«, fragte Ly.

»Bitte, Ly«, sagte Quynh. »Ich bin eben nur etwas … hm … nennen wir es umsichtiger geworden. Im Hof halte ich höchstens noch ein paar Echsen oder mal ein Stachelschwein. Aber auf Bestellung kann ich alles besorgen. Mit ein paar Tagen Vorlauf.«

»Sogar Tiger?«

Quynh sah Ly mit gekräuselter Stirn an. Ly spürte, wie sich plötzlich eine gewisse Distanz zwischen ihnen aufbaute. »Die bestellen doch nur Chinesen«, sagte Quynh und lachte etwas gezwungen. »Außerdem, Ly, alter Freund, du bist doch nicht etwa in die Liga aufgestiegen, dass du dir Tiger leisten kannst?«

»Und die da, die haben das Geld, was?« Ly deutete mit dem Kinn zu den Männern an dem langen Tisch.

»Die stehen ja auch einige Ränge über dir, Herr Kommissar. Und über mir sowieso«, sagte Quynh in einem versöhnlichen Tonfall. »Es gibt immer mehr Leute mit viel Geld. Ich kann das selbst manchmal kaum glauben. Mit rechten Dingen geht das sicher nicht zu. Aber es ist gut für mein Geschäft.«

»Und diese Umweltpolizei? Die weiß nichts von deinen Geschäften?«

»Ach, die tauchen ab und an mal zu einer kleinen Razzia auf, deshalb habe ich ja auch nie viele Tiere hier. Aber die kommen nie zu den Öffnungszeiten«, sagte Quynh und schaute zum Tisch mit den Männern hinüber. »Ich habe einflussreiche Stammkunden. Sieh sie dir doch an. Die sorgen schon dafür, dass sie beim Essen nicht belästigt werden.«

☆

Es war bereits später Nachmittag, als Ly durch eines der Fluttore nach Phuc Tan hineinfuhr. Dieser Stadtteil lag hinter der Deichmauer am Ufer des Roten Flusses. Es wunderte Ly nicht, dass der Unfallfahrer gerade dort gemeldet gewesen war. Mit ihren günstigen Mieten zog die Gegend viele Zugezogene vom Land an.

In den Bäumen und vor den Häusern brannten bunte Glühbirnen und Neonleuchten. Die ersten Gäste saßen vor Garküchen und in den billigen *bia hois* und aßen zu Abend. Die meisten von ihnen waren Wanderarbeiter, die in ihren Unterkünften keine eigenen Kochmöglichkeiten hatten. Ihre mit Plastikwaren beladenen Fahrräder und die Karren mit den Presskohlezylindern standen am Straßenrand. Die Bauchläden mit Zeitungen, Haarspangen und Sonnenbrillen hatten sie auf dem Boden neben sich abgestellt.

Ly fuhr bis zum Fluss hinunter und bog hinter dem Son-Hai-Tempel ein. Die Hahnenkampf-Arena lag verwaist da: ein Ring aus Blechen aufgebogener Ölfässer, hart gestampfter Lehmboden, eine Tribüne aus durchgescheuerten Sesseln, Holzstühlen und Baumstümpfen.

Das Haus, in dem Nguyen Van Nam gewohnt haben sollte, lag etwas zurückversetzt an einem kleinen Platz. Auf den Stufen vor der offenstehenden Haustür saß ein Junge in kurzer Hose, seine Knie waren dick verschorft. Über ihm an der Tür hing ein handgeschriebenes Pappschild. »Nudeln mit Schwein – zehntausend Dong.« Das war günstig. Zu günstig, dachte Ly. Wer weiß, vielleicht war das Schwein nur eine Ratte gewesen. Gerüchte dieser Art gab es viele.

Ly warf seine Zigarette weg, die er sich während der Fahrt angesteckt hatte, und trat in das dunkle fensterlose Treppenhaus. Es roch nach salziger Fleischbrühe. Schritt für Schritt tastete er sich die Treppe hinauf. Obwohl es draußen noch warm war, fröstelte Ly. Die Luft war klamm. Im ersten Stock stand eine Tür weit offen. Auf einem Bett lag eine Frau, klein wie ein Kind und sehr alt. In ihrem Mundwinkel hing ein feuchter Zigarettenstummel, ihre Lippen waren vom Betelkauen rot schwarz verfärbt. Sie lag still da und starrte an die Decke, als sei sie alleine. Dabei saß um sie herum auf niedrigen Hockern gut ein Dutzend Männer und Frauen. Auf ihren Knien balancierten sie Suppenschalen und aßen schlürfend. Sie beachteten

Ly nicht weiter, er war in ihren Augen wohl nur ein weiterer Hungriger.

Er drängte sich zu der Gastwirtin durch, einer dicken Frau mit wulstigem Doppelkinn, die breitbeinig hinter einem dampfenden Topf saß und eine Schale mit Nudeln, Fleisch und Brühe zubereitete. Ohne zu fragen, reichte sie Ly die Schale. Angewidert schaute Ly auf das zur Unkenntlichkeit kleingehackte Fleisch auf den Nudeln.

»Ich bin Kommissar Pham Van Ly«, sagte er. »Ich bin wegen Nguyen Van Nam hier. Er hat hier gewohnt?«

»Oben. Da vermiete ich.« Gleichgültigkeit lag in ihrer Stimme.

»Sie wissen, dass er tot ist?«

»Er schuldet mir noch zwanzig Tagesmieten. Hatte wieder sein ganzes Geld verzockt.«

»Er hat gespielt?«

»Immer«, sagte sie. »Wer zahlt jetzt die Miete?«

Ly ignorierte ihre Frage. »Für wen hat Nguyen Van Nam gearbeitet?«

»Keine Ahnung. Interessiert mich auch nicht.« Sie fixierte Ly mit kleinen zusammengekniffenen Augen. »Oder meinen Sie, die zahlen noch seine Miete?«

Oben im Treppenhaus standen mehrere Männer und rauchten. Die Tür zu dem Zimmer hinter ihnen stand weit offen. Eine Glühbirne unter der Decke erhellte den kleinen Raum. Schlafmatten lagen eng an eng auf dem Boden. Zwei Frauen saßen dort und flochten konische Hüte in Puppengröße, wie sie überall an Touristen verkauft wurden. Neben ihnen auf dem Boden lag ein Baby und schlief. Ly sah zwei weiß-rot-blau gestreifte chinesische Plastiktaschen, die in einer Ecke standen, und Plastiktüten, die an Nägeln an der Wand hingen. Fenster sah er nicht, nur mehrere schmale Luftluken unterhalb des Bambusdaches. Ly wusste, wie die Leute vom Land hausten, wenn sie in die Stadt kamen, um Geld zu verdienen und sich ihren Anteil am neuen Wohlstand zu ergattern. Trotzdem, es entsetzte ihn immer wieder.

Er stellte sich den Männern im Treppenhaus vor und beeilte sich zu sagen, dass er nicht wegen irgendwelcher Meldepapiere gekommen sei. Es gehe ihm lediglich um Nguyen Van Nam.

»Er war Fahrer«, sagte Ly. »Für wen?«

Die Männer sahen ihn misstrauisch an, aber immerhin antwortete einer von ihnen: »Das hat er nie gesagt. Wir kannten ihn nicht gut. Er war oft weg.«

»Ich würde gerne seine Sachen sehen.«

»Die Vermieterin. Sie hat alles mitgenommen. Seine Tasche, sein Geld, sogar die Schlafmatte.«

Die Vermieterin schien alles andere als erfreut, dass ihre Untermieter Ly von Nams Sachen erzählt hatten. Sie stemmte sich aber aus ihrem Stuhl hoch und schlurfte zu dem Bett, auf dem die alte Frau lag. Die Gäste, die in ihrem Weg saßen, rückten wortlos beiseite.

Die Frau kniete sich hin und zog eine blaue Sporttasche unter dem Bett hervor, die sie Ly vor die Füße schob.

»Und die Matte«, sagte Ly.

»Wofür brauchen Sie die denn?«

»Die Matte«, wiederholte Ly.

Die Frau schimpfte vor sich hin, während sie auch die Matte unter dem Bett hervorzog.

Ly nahm die Sachen an sich und verließ das Haus. Die Matte legte er auf die Eingangsstufen eines der Nachbarhäuser. Die brauchte er nun wirklich nicht.

☆

In Nams Tasche steckte neben einigen wenigen Kleidungsstücken ein Adressbuch. Die meisten Adressen darin waren aus Nams Heimatort. Außerdem fand Ly den Namen eines Massagesalons, Mua Xuan, an der Ausfallstraße Nummer 3 Richtung Flughafen. Lan sollte das überprüfen, aber die Massageläden da draußen waren in der Regel billige Puffs. Die einzige innerstädtische Adresse, die Nam notiert hatte, war 56, Phung Hung. Luftlinie waren das kaum fünfhundert Meter vom Literaturtempel entfernt.

☆

Der Besuch in Phuc Tan hatte Ly niedergeschlagen. Er freute sich jetzt auf einen Abend mit Thuy. Nach der letzten Nacht hatte er dieses Kribbeln im Magen, das er so lange nicht mehr gespürt hatte. An einem Straßenstand vor dem Hom-Markt kaufte er Bananenblüten-Salat mit Krabben und dicke Scheiben Schweinebraten. Den Salat machte die Händlerin vor seinen Augen frisch an. Das Fleisch war noch warm und glänzte saftig. Im Laden beim alten Dung nahm er eine Flasche chinesischen *Taiyuan*-Chardonnay mit.

Als er die Stufen zu seiner Wohnung hinaufkam, ahnte er allerdings, dass es kein gemütlicher Abend werden würde.

»Du musst das nicht mitmachen. Geh endlich«, hörte er Thuy sagen.

Tam, Lys jüngere Schwester, saß auf dem Bett, blaue Flecken an Hals und Kiefer, ein Auge zugeschwollen. Ihre rechte Hand hatte sie auf ihre Brust gepresst, es sah aus, als fiele es ihr schwer zu atmen. In Lys Magen zog sich alles zusammen. Es war nicht das erste Mal, dass Tams Mann Ngoc sie so zugerichtet hatte. Aber das machte es für Ly nicht einfacher, seine Schwester so zu sehen.

Gerne hätte er sie in den Arm genommen, aber er traute sich nicht. Allzu oft hatte sie aggressiv auf seine Versuche reagiert, sie zu trösten. Ly wusste nicht, warum das so war. Vielleicht hatte sie Angst, ihren Mann zu verraten, wenn sie sich darauf einließ.

»Verlass Ngoc …«, sagte Thuy.

»Er hat versprochen, das nie wieder zu tun«, antwortete Tam leise.

»Er wird nie aufhören«, fuhr Ly dazwischen. Er kannte Ngoc, der nicht nur sein Schwager, sondern auch ein Polizeikollege war, seit der Schulzeit. Ngoc war schon als Kind ein Schläger gewesen.

»Ich liebe ihn«, sagte Tam.

»Das geht so nicht weiter«, sagte Thuy in bestimmendem Tonfall. »Ly, rede du mit Ngoc. Auf dich hört er.«

»Nein«, sagte Tam mit tränenerstickter Stimme.

Ly sah zwischen den beiden Frauen hin und her. Was sollte er tun, wenn Tam seine Hilfe ablehnte? Er hatte sie ihr schon oft angeboten. Erfolglos. Er deutete ein Kopfschütteln an.

»Du bist so ignorant«, sagte Thuy.

Das stimmt nicht, dachte Ly. Nicht in diesem Fall zumindest. Aber Tam musste endlich selbst etwas ändern. Er nahm ein Glas und die Weinflasche, kletterte die an der Wand befestigte Metallleiter hoch und zog sich durch die Dachluke auf das Flachdach.

Die ausladenden Kronen der Bäume wuchsen mittlerweile bis über das Dach. Es war fast ein bisschen wie im Wald hier oben. »*Banh bao day, banh bao nong day …*«, hallte es aus dem Megaphon des Dampfbrötchen-Verkäufers, der sein Rad durch die Gassen schob.

Ly setzte sich auf die niedrige Mauer, die das Dach umrandete, und schenkte sich von dem Wein ein. Er fühlte sich elend und einsam. Er trank und rauchte und dachte über den Tag nach. Wie mussten diese Wanderarbeiter sich fühlen, weit weg von ihren Familien?

Nach dem dritten Glas kletterte er hinunter in die Wohnung. Thuy und Tam waren weg, dafür war Duc jetzt da. Er lag dicht an die Wand gedrängt im Bett. Der Hamster rannte durch sein Rad, das leise knarrte. Diese Viecher konnten auch nicht mal zu vernünftigen Zeiten Ruhe geben, dachte Ly.

»Papa?«, rief Duc.

»Du schläfst noch nicht?«, fragte Ly.

»Mama ist noch mal weg. Kommst du schlafen?«

Ly strich seinem Sohn das lange Haar aus den Augen. »Ich warte, bis du eingeschlafen bist«, sagte er und legte sich neben ihn auf das breite Bett, froh, seinen kleinen warmen Körper an sich drücken zu können. Nach einer Weile atmete Duc gleichmäßig, und Ly stand leise auf. Er holte die Mappe, die Lan ihm über Na Cai zusammengestellt hatte, und setzte sich damit wieder auf das Dach. Es war jetzt bereits nach elf Uhr. Nur noch hin und wieder war ein einzelnes Motorengeräusch eines vorbeifahrenden Fahrzeuges zu hören. Die Lichter der St.-Josephs-Kathedrale waren erloschen und die zwei Kirchtürme in der Dunkelheit nur noch schemenhaft zu erkennen. Ly zündete sich eine Kerze an und begann, die Unterlagen durchzugehen.

Der Grenzchef, Nguyen Duy Cao, 52 Jahre alt, geboren in Moc Chau, war viele Jahre bei der Armee gewesen, ohne allerdings groß Karriere gemacht zu haben. Während seiner Militärzeit war es gewesen, dass sich auf einer Patrouille in den Wäldern von Son La der Unfall mit dem Bären ereignet hatte. Fast ein Jahr hatte er in einem Armeekrankenhaus verbracht. In dieser Zeit hatte seine Frau ihn verlassen und war nach China gegangen. Den Sohn, Bang, hatte sie bei den Eltern ihres Mannes zurückgelassen. Nach seiner Entlassung aus dem Krankenhaus war Nguyen Duy Cao nach Na Cai gezogen. Anfangs arbeitete er in der Dorfverwaltung, bevor er dann, sobald der neue Grenzposten eröffnet worden war, Grenzchef wurde.

Die Baronin, Le Thi Phuong, stammte aus Na Cai. Sie war 62 Jahre alt. Bis zu ihrem zehnten Lebensjahr hatte sie in Na Cai gelebt und war dann mit ihrer Familie nach Hanoi gezogen. Über diese Zeit hatte Lan nicht viele Informationen ausfindig machen können. Vermutlich waren sie bei Verwandten untergekommen, so wie es üblich war. Noch als Jugendliche meldete Le Thi Phuong sich freiwillig an die Front. Sie kämpfte hauptsächlich an der Grenze zu Südvietnam, wo schwerste Bombardements stattfanden, und wurde dafür mit dem Tapferkeitsorden ausgezeichnet. Kurz vor Kriegsende heiratete sie. Sie bekam drei Kinder. Zwei Söhne lebten heute in Saigon und waren Ärzte. Die Tochter hatte nach Deutschland geheiratet. Der Mann der Baronin, ein Leutnant beim Militär, war vor sechzehn Jahren verstorben. Nach seinem Tod zog Le Thi Phuong zurück in ihren Heimatort und baute ein Import-Export-Geschäft auf. Anfangs hatte sie Motorräder aus China importiert. Dann war sie dazu übergegangen, Plastikwaren nach Laos zu exportieren. Stühle, Tische, Geschirr, Besteck. Im Gegenzug kaufte sie in Laos Tropenhölzer, mit denen sie vor allem den Holzhandel in Thuong Tri, nördlich von Hanoi, belieferte.

Ly sah sich die Geschäftsberichte an, die Lan ausgegraben hatte. Die Motorräder waren damals über die chinesische Grenze weiter im Norden gekommen. Und ihre Import-Export-Geschäfte mit Laos wickelte Le Thi Phuong über Grenzen in Mittelvietnam ab, nicht über den Grenzübergang bei Na Cai. Wegen dieser Geschäfte schien sie also nicht zurück in ihren Heimatort gegangen zu sein.

Heimweh, fragte Ly sich, oder gab es da noch andere Gründe? Er dachte an die Gäste auf dem Karaokeabend bei ihr im Haus. Auf jeden Fall war die Baronin gut vernetzt. Und sie genoss einen guten Ruf. Sie engagierte sich sozial, hatte in der nächstgelegenen Kreisstadt Moc Chau den Bau eines Krankenhauses finanziell unterstützt und in Na Cai eine Krankenstation bauen lassen. Außerdem bezahlte sie ihrem Heimatdorf eine eigene Krankenschwester. Eine neue Schule war auch in Planung.

In einer Polizeiakte fand Ly Hinweise darauf, dass ihr vor einigen Jahren Beziehungen zu einem Schmugglerring unterstellt worden waren, der Drogen über die grüne Grenze zwischen der Provinz Houaphan in Laos und Son

La in Vietnam gebracht haben sollte. Nachweisen hatte man ihr das allerdings nicht können.

Auf ihrer Geburtsurkunde fand Ly zudem die handschriftliche Notiz, dass die Mutter der Baronin eine Hmong gewesen war. Sonst war das nirgends erwähnt. Es schien fast so, als habe sie versucht, es zu verheimlichen.

Ly las vollkommen vertieft, als ein lauter Knall ihn hochschrecken ließ. Glas splitterte. Eine Frauenstimme unten auf der Straße keifte laut. Ly kannte diese Stimme nur zu gut, es war die ewig schlecht gelaunte Nachbarin. Was da wieder für ein Streit im Gange war, fragte Ly sich. Erst als er nach seiner Weinflasche greifen wollte, ging ihm auf, dass es die Flasche war, die da auf die Straße geschlagen war. Vorsichtig sah er über die Dachkante, aber die Nachbarin war, Himmel sei Dank, schon wieder verschwunden.

☆

Für elf Uhr am nächsten Morgen hatte Ly sich mit Lan am Da-Markt verabredet. Sie wollte mitkommen zu der Adresse, die er im Notizbuch von Nam, dem Unfallfahrer vom Literaturtempel, gefunden hatte. Vorher aber musste er noch in Ducs Schule. Die Direktorin hatte angerufen. Es müsse dringend ein Elternteil vorbeikommen. Da Thuy in aller Morgenfrühe mit einer Reisegruppe in die Ha-Long-Bucht aufgebrochen war, musste er das übernehmen.

»Kommissar Pham Van Ly!« Die Schuldirektorin sah ihn mit strenger Miene an, als sie ihm in ihrem Büro entgegentrat. »Wie stehen Sie zu unserer Partei?« Die Höflichkeitsfloskeln, die üblicherweise so einem Gespräch vorausgingen, ließ sie aus.

»Wie bitte?« Es war Jahre her, dass Ly das zuletzt gefragt wurde.

»Es geht mir darum«, erklärte sie in kühlem Tonfall, »ob Ihr Sohn seine nachlässige Einstellung von zu Hause hat?«

»Nachlässig? Also, ich bin bei der Polizei. Ich … arbeite für diesen Staat …« Er stockte. Hatte er sich hier überhaupt zu rechtfertigen?

»Duc verweigert sich dem morgendlichen Fahnenappell«, sagte sie. »Er kann die Nationalhymne immer noch nicht auswendig. Zweimal hat er sich während des Appells auf den Toiletten eingeschlossen.«

Ly musste sich anstrengen, nicht zu lachen. Deshalb machte diese Frau solch ein Aufheben? Trotzdem, er versprach ihr, mit Duc zu reden.

Kurz vor elf parkte Ly seine Vespa in der Tiefgarage des Da-Marktes. Lan wartete schon. Von hier aus war es nur eine Fußminute in die Phung-Hung-Straße, die am äußersten Rand der Altstadt lag und entlang der Bahngleise verlief, die sich mitten durch die Stadt zogen. Die Häuser waren eng an die Schienen gebaut und nur über einen schmalen Pfad zugänglich. In einem offenen Hauseingang saß ein Großvater und hütete, noch im Schlafanzug, zwei Kleinkinder. Ein kräftiger Mann mittleren Alters, mit Boxershorts und bloßem Oberkörper, rasierte sich vor einem Spiegel an der Hauswand. Eine Frau wusch sich über einer Plastikschüssel neben den Gleisen die langen Haare, eine andere kochte auf einem Kohleofen vor ihrem Haus Babyflaschen aus. Ly kam es vor, als drangen sie in eine Privatsphäre ein, in der sie nichts zu suchen hatten. Die Blicke der Leute verstärkten sein Gefühl noch.

»Hier war ich noch nie«, sagte Lan, deren Sommersandalen laut auf dem Boden klackten. Sie flüsterte, und Ly war sich sicher, sie kam sich hier ebenso fremd vor wie er.

Das Haus Nummer 56 war ein einstöckiger Bau mit Wellblechdach. Die Tür war nur angelehnt. Lan schob sie ein Stück weiter auf. Irgendwo im Haus lief laute Musik. »Ist wer zu Hause?«, rief sie. »Hallo!«

Sie traten ein. In dem Raum, dessen einzige Lichtquelle die Tür war, standen ein Sofa, ein Wandschrank aus Resopal und ein alter Röhrenfernseher. Neben dem Sofa parkte eine Honda Dream. »Puh, stinkt das hier«, sagte Lan. Es war ein unangenehmer, säuerlicher Geruch.

»Ja?« Eine Frau war aus dem hinteren Teil des Hauses gekommen und stand jetzt im Türrahmen zum Gang. Sie war sicherlich noch keine fünfzig, sah aber verlebt aus, mit faltigem Gesicht und unordentlich zusammengesteckten grausträhnigen Haaren. Sie rieb sich die Hände an ihrer Schürze. »Was wollen Sie?«

»Polizei«, sagte Lan etwas ungeübt, aber mit Nachdruck, und hielt ihren Ausweis hoch.

Die Frau starrte sie an. Alle Farbe war aus ihrem Gesicht gewichen.

»Wie heißen Sie?«, fragte Lan.

»Le My Lien«, sagte die Frau mit brüchiger Stimme.

»Frau Lien«, sagte Lan. »Wir sind wegen Nguyen Van Nam hier. Sie kennen ihn?«

Die Frau nickte.

»Sie wissen sicherlich schon, dass er tödlich verunglückt ist.«

Wieder nickte sie. Gleich würde sie anfangen zu weinen, dachte Ly.

»In welcher Beziehung standen sie zueinander?«, fragte Lan.

Ly fuhr zusammen. Ein tiefes, dumpfes Hupen ertönte direkt hinter ihnen. Der Boden unter seinen Füßen vibrierte. Dicht vor der offenen Haustür schob sich eine massige Diesellok vorbei. Hinter der Lok folgten von Kohlestaub schwarze Lastwaggons, deren Räder bei jeder Drehung hart auf die Schienen schlugen.

Lan wiederholte ihre Frage schreiend. Die Frau antwortete, aber Ly hörte nichts. Er sah nur, wie ihr Mund sich bewegte. Er ging ein paar Schritte auf die Frau zu. Er wollte sich im Haus umsehen. Der unangenehme Geruch hatte ihn neugierig gemacht. Doch die Frau versperrte ihm den Weg. Ly trat noch näher an sie heran. »Bitte, ich würde mich gerne umsehen«, sagte er laut.

Sie wich nicht zur Seite, presste nur die Lippen zusammen und schüttelte den Kopf. Sie hatte jetzt Tränen in den Augen. Ly drückte sie mit den Händen ein Stück zur Seite und wollte sich an ihr vorbeischieben, als sie sein Handgelenk fasste und ihn flehentlich ansah. Ly riss sich los und trat in den Gang, der in den hinteren Teil des Hauses führte. Es war dunkel, und der Geruch war hier noch intensiver. Er öffnete eine Tür, die seitlich abging, und tastete nach dem Lichtschalter. Eine Neonröhre flackerte schwach. Es war das Badezimmer. Die rosa Wanne war braun verschmiert. Es stank nach Blut und Kot.

Ly musste einen Würgereiz unterdrückten. Eilig zog er

die Tür wieder zu und ging langsam weiter bis zu einem überdachten Innenhof. Auf einem Gasofen stand ein großer rußiger Kessel. Ein brauner Sud, aus dem Blasen aufstiegen, kochte vor sich hin. Vor der kahlen Rückseite des angrenzenden Nachbarhauses stand etwas Hohes, Rechteckiges, über dem eine LKW-Plane lag. Mit einem Ruck zog Ly die Plane herunter. Zwei übereinander gestapelte Käfige kamen zum Vorschein. Im oberen kauerten zwei Gibbons, die Hände gegenseitig in das Fell gekrallt. Im unteren saß ein junger Bär. Er wimmerte leise und schob seine Schnauze durch die Gitterstäbe. Ly schaute sich um, entdeckte aber nichts Essbares, was er ihm hätte geben können.

Von der einen Seite des Hofes ging ein weiterer Raum ab, den zwei große Kühltruhen vollkommen ausfüllten. Ly hob den Deckel einer der Truhen an und ließ ihn sofort wieder fallen. »*Ma quy*«, rief er aus. Geister und Dämonen. Er hob den Deckel noch einmal an. Ein Tiger starrte ihn aus weißtrüben Augen an. Sein Maul war weit aufgerissen, die Schnauze von Eis überwuchert.

Vorne im Wohnzimmer saß Le My Lien reglos auf dem Sofa und weinte tonlos.

»Sie ist vollkommen aufgelöst«, flüsterte Lan.

»Sicher nicht wegen ihres toten Fahrers«, sagte Ly barsch. »Ruf bei der Umweltpolizei an. Dieser Tu soll verdammt noch mal kommen. Sofort. Und mit Verstärkung.«

☆

Zwanzig Minuten später kam Tu mit einigen seiner Leute die Schienen entlang. Er würdigte Ly immer noch keines Blickes. Der Parteikommissar hatte recht, dachte Ly. So jemanden konnte man nicht wirklich ernst nehmen.

☆

Während Tu und seine Leute noch im Haus an den Gleisen waren, folgte Ly dem Gefängniswagen nach Cau Dien. Die Untersuchungshaftanstalt lag eine gute halbe Stunde westlich vom Stadtzentrum. Es dauerte, bis die Formalitäten erledigt waren. Fotos, Fingerabdrücke, zahllose rote Stempel … das Übliche. Als Le My Lien endlich ins Verhörzimmer geführt wurde, war Ly schon vollkommen erschlagen von der langen Warterei.

Das Verhörzimmer war ein kleiner, sehr hoher Raum im Erdgeschoss. Ein winziges, vergittertes Fenster war so weit oben eingelassen, dass man unmöglich hinausschauen konnte. Der türkisfarbene Putz war an einigen Stellen abgerieben und hatte ein schmutziges Grau hinterlassen. Ly zog sich einen Stuhl heran und setzte sich neben den Ermittlungsrichter. Le My Lien saß ihnen gegenüber auf einem Holzstuhl, knetete ihre Hände und stierte ins Leere.

Der Ermittlungsrichter fing mit den biographischen Fakten an. Alter, Beruf, Familie. Die Frau antwortete in monotonem Tonfall. Sie war in Hanoi geboren, 48 Jahre alt, Bahnangestellte, verwitwet, ein Sohn. Der Sohn arbeitete schon seit einigen Jahren in Dubai. Auf die Frage, ob er ihr Geld schickte, sagte sie mit Bitterkeit in der Stimme: »Selten.«

Der Richter verlas den Tatvorwurf und den Haftgrund sowie zahlreiche Belehrungen über ihre Rechte, die, wie Ly nur zu gut wusste, in der Praxis nicht unbedingt existent waren. Nachdem er geendet hatte, nickte der Richter Ly zu.

»Der Tiger, den wir bei Nguyen Van Nam aus dem Wagen geholt haben, war für Sie bestimmt. Liege ich da richtig?«, übernahm Ly die Befragung.

Le My Lien zuckte mit den Schultern.

»Woher haben Sie die Ware?«, fragte Ly.

»Ich weiß nicht. Nam war der Chef.«

»Wer sind Ihre Abnehmer?«

»Das hat alles Nam gemacht.«

Ly stützte die Hände auf den Tisch und lehnte sich vor. »Nam hat in einer Massenunterkunft gehaust. Alle paar Wochen hat er ein paar tausend Dong abgezweigt, um sie seinen Eltern zu schicken.« Er war laut geworden. »Er war verdammt noch mal nicht Ihr Chef. Er war Ihr Fahrer.«

Keine Antwort, die Frau knetete nur weiter ihre Hände. Ly stand auf und zündete sich eine Zigarette an. Der Rauch in den Lungen tat gut. »Die Tiere waren in Ihrem Haus«, setzte er nach.

»Die haben das als Lager benutzt.«

»Wer?«

Sie schüttelte den Kopf.

Ly trat gegen einen der Stühle, der laut polternd umkippte. Der Ermittlungsrichter zog die Brauen hoch und legte die Stirn in Falten, sagte aber nichts.

»Wer?«, fragte Ly noch einmal.

Le My Lien hob den Kopf und sah ihn an. »Ich habe das Recht zu schweigen.«

Ly beugte sich zu ihr hinunter, so dass sein Gesicht nah vor ihrem war, schaute ihr in die Augen und sagte: »Sie sollten lieber reden.« Für den Bruchteil einer Sekunde meinte Ly, Wut zu sehen. Dann nahm der Gesichtsausdruck der Gefangenen wieder einen leeren Ausdruck an.

Von außen hämmerte jemand mit der Faust gegen die schwere Stahltür. Der Wärter, der die ganze Zeit schweigend neben der Tür gestanden hatte, klappte das Guckloch auf. Ly hörte ihn leise reden, ohne dass er etwas verstand. Dann öffnete der Mann die Tür. Draußen stand Tu und winkte Ly heraus. Er atmete schwer, als sei er gerannt. »Ich wollte Ihnen das persönlich mitteilen. Es ist der größte Fund dieses Jahres. Wir haben zehn Bärentatzen gefunden, drei Schuppentiere, zweiundzwanzig Fledermäuse. Dann den Tiger in der Kühltruhe. In Einzelteile zerlegt. Außerdem Dutzende getrocknete Gallenblasen von Bären. Hirschgeweihe. Nashorn-Horn. Einen Waran. Der Waran lebt noch. Ebenso das Bärenjunge und zwei Gelbwangen-Gibbons. Und einen Kessel, in dem verschiedene Tierknochen eingekocht wurden.«

Ly konnte der hastigen Aufzählung kaum folgen. Da waren ihm seine menschlichen Leichen fast lieber. Er zündete sich eine Zigarette an und inhalierte tief. Wo zum Himmel sollte er hier bloß ansetzen? »Schick den Bericht zu Lan rüber«, sagte er und hatte sich schon abgewandt, als er Tus Hand auf seiner Schulter spürte. Er drehte sich noch einmal zu ihm um.

»Kommissar Ly«, sagte Tu, wobei er Lys Blick auswich, »ich möchte um Entschuldigung bitten.«

»Ich hab mich echt nicht um diesen Tigerfall gerissen. Das kannst du mir glauben.«

»Ich weiß. Es tut mir wirklich leid. Es war einfach so …«, er schien nach den richtigen Worten zu suchen, »… so unfair.«

»War es das? Viel habt ihr ja wirklich nicht herausgefunden«, sagte Ly kühl.

Tu presste die Lippen aufeinander, nickte, dann sagte er: »Ich will mich nicht verteidigen. Aber der Tiger ist nicht unser einziger Fall. Unsere anderen Fälle interessieren den Chef nur nicht. Die sind nicht ausreichend öffentlichkeitsrelevant.«

Ly sah seinen jungen Kollegen an und meinte etwas hinter diesem Selbstbewusstsein und der Arroganz zu sehen, das ihm bislang entgangen war. Der Junge war frustriert. Vielleicht waren sie sich in dem Punkt gar nicht so unähnlich.

Sie setzten das Verhör gemeinsam fort. Tu legte die Fotos aller Tiere und Tierteile, die sie in dem Haus gefunden hatten, vor Le My Lien aus und redete wie ein Anfänger ununterbrochen auf die Frau ein. Immer wieder fielen die Wörter brutal, grausam, Quälerei. Le My Lien starrte nur auf ihre Finger.

»Die Fotos, schauen Sie sich die Fotos an«, schrie Tu und schlug mit der flachen Hand auf den Tisch.

Keine Reaktion.

Ly versuchte sich vorzustellen, wie die Frau in diesem Haus an den Gleisen gelebt hatte. Zwischen all den Tieren, in diesem Gestank. Was hatte sie empfunden? War für sie ein toter Tiger etwas anderes als ein totes Schwein? Vermutlich nicht. Tu hatte ihr Quälerei vorgeworfen. Aber das war es doch gar nicht, worum es hier ging. Der

Handel mit diesen Tieren war einzig aus dem Grund illegal, weil die Tiere vom Aussterben bedroht waren. Die Schlachtung eines Schweins oder eines Hundes war, was die Brutalität anging, nicht weniger schlimm.

Sie bekamen an diesem Tag keine weiteren Informationen aus Le My Lien heraus. Das Einzige, was sie noch mehrmals wiederholte, war das Wenige, was sie schon gesagt hatte, bevor Tu dazugekommen war.

☆

Die schwere Tür der Haftanstalt fiel mit einem dumpfen Knall hinter ihnen zu. In langen Zügen atmete Ly die frische Luft ein.

»Vermutlich stimmt es, dass dieses Haus an den Gleisen nur ein Lager war«, sagte Tu. »Und wahrscheinlich hat Le My Lien noch ein paar Drecksjobs abbekommen. Tiere füttern, ausmisten, Knochen einkochen. So Sachen.«

»Wieso bist du dir da so sicher?«

»Sie wirkt nicht wie eine clevere Geschäftsfrau. Und das muss sie sein, um solch ein Geschaft zu organisieren. Was wir in dem Haus an den Gleisen gefunden haben, deutet auf internationalen Handel hin. Vor allem das Rhino-Horn. Es wird in der Regel aus Südafrika importiert«, sagte Tu.

»Aus Afrika? Und das lohnt sich?«, fragte Ly.

»Sie glauben gar nicht, was mit dem Tierhandel verdient wird. Die Gewinne kommen an die des Drogenhandels heran. Nur das Risiko ist viel geringer.« Drogenschmugglern drohte die Todesstrafe. Die Höchststrafe von sieben Jahren für illegalen Tierhandel wurde dagegen kaum je umgesetzt.

»Wir haben vorbildliche Tierschutzgesetze, so ist es ja nicht«, fügte Tu in zynischem Ton an. Schon 1994 habe Vietnam das Übereinkommen über den internationalen Handel mit gefährdeten Arten frei lebender Tiere und Pflanzen unterzeichnet. Es verbiete fast ausnahmslos den Handel mit den vom Aussterben bedrohten Arten. »Das Problem ist nur«, sagte Tu. »Niemand hält sich dran. Wozu auch?« Von der Justiz werde Tierhandel als Kavaliersdelikt behandelt, auch wenn die Gesetzgebung etwas ganz anderes verlangt.

☆

Draußen war es bereits dunkel, und der Berufsverkehr hatte eingesetzt. Ly hatte mal wieder das Gefühl, dass die vielen Ampeln, die in den letzten Jahren installiert worden waren, überhaupt nichts brachten. Das Chaos auf den Kreuzungen hatte sich nicht im mindesten verringert.

Bis My Dinh fuhren Ly und Tu nebeneinander, dann bog Tu ab. Er wohnte in diesem neuen, aus dem Boden gestampften Stadtteil: Hochhäuser, Reihenhäuser, breite Straßen mit Grünstreifen, Sportanlagen, Shopping-Malls, Kinos. Ly dachte, dass My Dinh irgendwie zu Tu passte.

Er selbst fuhr weiter bis in die Altstadt. Hier wurde auch abgerissen und neu gebaut, aber es blieb doch immer eng und etwas gammelig. Er sog den moosigen Geruch der Häuser ein, der sich mit dem von Tigerbalsam, Abfall, Abgasen und Räucherstäbchen mischte.

Was für ein Tag, dachte Ly. Der Tigerfall, der sich zunehmend verkomplizierte, und die Tatsache, dass er in seiner Ermittlung um Truongs Tod nicht weiterkam, deprimierten ihn. Er hielt vor Minhs *bia hoi*. Die Vorstellung, sich jetzt zu Hause von Thuy weitere Vorwürfe wegen seiner Schwester anhören zu müssen, überforderte ihn vollkommen.

Sein erstes Bier trank er in einem Zug aus, lehnte seinen Rücken gegen den Stamm des alten Mandelbaums und schloss die Augen. Sein Arm schmerzte nicht mehr, und das taube Gefühl war verschwunden, dafür juckte der Arm jetzt.

Von den Gesprächen um ihn herum drang nur ein Stimmenwirrwarr zu ihm durch. Ohne dass Ly bestellt hatte, brachte Minh ihm knusprig gegrillte Rippchen, gekochte Erdnüsse und ein zweites Bier, ging aber gleich wieder. Minh kannte ihn gut genug, um zu wissen, dass er jetzt nicht reden wollte.

Die Augen halb geschlossen, ließ Ly seine Gedanken treiben. Was hatte Le My Lien gesagt? »Die haben das als Lager benutzt!« Eigentlich war das die einzige relevante Aussage gewesen, dachte Ly. »Die.« Wer waren »die«?

Er fragte sich, ob nicht doch dieser Unfallfahrer vom Literaturtempel Le My Liens Chef gewesen war. Seine Vermieterin hatte gesagt, er habe gespielt. Vielleicht hatte er sein Geld immer gleich verwettet und nur deshalb in dieser Absteige gehaust. Aber Ly verwarf den Gedanken wieder. Dieser Nam war doch auch nur eine weitere armselige Gestalt, kein cleverer Geschäftsmann. Dem Obduktionsbericht zufolge hatte er nicht mal Plomben in seinen kaputten Zähnen gehabt. So jemand war nicht der Boss eines kriminellen Netzwerks.

Als Ly nach Hause kam, schliefen schon alle. Er lag noch lange wach und fiel dann in einen unruhigen Schlaf.

☆

»Du bist so ein Feigling.« Das war das Erste, was Thuy am Morgen zu ihm sagte. Er lag noch im Bett und blinzelte verschlafen. Von draußen drang das Zwitschern von Vögeln herein und der Lärm von Motoren und quietschenden Bremsen.

»Du könntest dich wirklich mal für Tam einsetzen. Sie ist deine kleine Schwester«, setzte Thuy nach.

Ly hatte keine Lust, sich zu verteidigen. Er hatte Durst und sein Kopf dröhnte. Er hatte gestern zu viel getrunken. Er stand auf, griff seine Klamotten und verließ, ohne ein Wort zu sagen, die Wohnung.

»Hau nicht immer ab!«, schrie Thuy ihm hinterher.

Ly zündete sich eine Zigarette an und drehte sich nicht mehr um. Unten im Hof hielt er seinen Kopf unter den Wasserhahn und drehte kalt auf. Enttäuschung kroch in ihm hoch. So schnell waren Thuys und sein Versuch, einen anderen Umgang miteinander zu finden, gescheitert.

Mit ruppigen Bewegungen zog er sich an und ging durch den langen Gang nach vorne. Sein Bruder Hieu hockte mit nacktem Oberkörper in der Werkstatt und schrubbte mit einer Stahlbürste Ruß von einer Zündkerze. Er beachtete Ly wie immer nicht weiter. Neben ihm stand schon ein erstes Bier. Er ist noch schlimmer als ich, dachte Ly, und schenkte sich aus einer Kanne auf dem Verkaufstisch seiner Mutter einen kalten Tee vom Vortag ein. Sein Blick fiel auf die Volkszeitung, die auf dem Tisch lag.

»Hanoi: Tiger in Kühltruhe gefunden« lautete die Schlagzeile. Darunter ein Foto von Tu neben dem tiefgefrorenen Tiger. Das Tier lag, seine Einzelteile ordentlich arrangiert, auf einem weißen Tuch. Dem Hintergrund nach zu urteilen, musste das Foto noch im Haus an den Gleisen aufgenommen worden sein. Ly griff nach der Zeitung und las. Es wurden keine Details erwähnt, nur dass die Polizei ein Lager illegal gehandelter Tiere in der Innenstadt von Hanoi ausgehoben hatte. Tu wurde kurz zitiert.

Das durfte doch nicht wahr sein. Wie kam Tu dazu, mit der Presse zu sprechen? Kein Aufsehen, das war die Forderung des Parteikommissars gewesen. Außerdem war es immer noch Lys Fall, ob Tu das nun gefiel oder nicht.

»Ly!«, rief seine Mutter aus ihrem Zimmerchen, das mit einem in den Raum gezogenen Schrank von der Werkstatt abgetrennt war. »Ly?«

Ly ging zu ihr. Sie war noch im Bett. Sie sah winzig aus, wie sie dort unter der Decke lag. Angst kroch in Ly hoch. Er murmelte ein *»lay troi lay dat«*, seine hilflose Beschwörungsformel, mehr um sich selbst zu beruhigen, als um damit wirklich die bösen Geister zu vertreiben.

»Die Schmerzen«, sagte sie mit müder Stimme.

Ly setzte sich neben sie auf die Bettkante, nahm ihre alte dürre Hand und strich über die fast durchsichtige Haut.

Das, was er in den letzten Tagen über den Tierhandel erfahren hatte, gefiel ihm nicht. Und der Fund gestern im Haus an den Gleisen hatte ihn mehr entsetzt, als er es sich hatte eingestehen wollen. Aber es ging um seine Mutter. Wenn Tigerknochenpaste wirklich das Beste für sie war, würde er sie ihr kaufen. Notfalls würde er Geld von dem

Ersparten für Huongs Universitätsstudium nehmen. Die Gedanken an die Einwände von Thuy, deren er sich sicher war, schob er weg.

☆

Die Tore zu den vielen kleinen Tempeln in der Altstadt standen an diesem Morgen offen. Es war der fünfzehnte Tag des Mondmonats, und die Menschen pilgerten mit ihren Bitten und Opfergaben zu den Altären.

Ly war zu Fuß in die Lan-Ong-Gasse gegangen. Doktor Song hatte gerade eine Patientin da. Ly klopfte eine *Thang Long* aus der Packung und wartete vor dem Haus. Es war noch früh. Anwohnerinnen hatten sich zum Tai-Chi zusammengefunden. Ein junger Mann stemmte Gewichte, die er mitsamt der Hantelbank auf den Gehweg geschleppt hatte. Jogger rannten an Ly vorbei. Am Straßenrand hockten Landfrauen mit ihren Körben mit Bananen, Wasserspinat, Knoblauch und frischen Kräutern. Irgendwo lief ein Radio. Zwei alte Männer saßen in Wohnzimmersesseln vor einem Haus und spielten Karten.

Sobald die Patientin gegangen war, winkte Doktor Song Ly herein. Während er Tee aufgoss, sprach Ly ihn noch einmal direkt auf die Tigerknochenpaste für seine Mutter und auf den Preis dafür an.

»Ich kann an dem Preis nichts machen. Ich weiß, es ist schlimm, wie teuer die Paste ist. Wer kann sich das leisten?«, sagte Doktor Song. »Früher, als wir selbst produziert haben, war das besser. Aber mit diesen ganzen Gesetzen und den dauernden Kontrollen ist das Geschäft in den Untergrund gerutscht.«

»Wer hat das Geschäft jetzt inne?«, fragte Ly.

»Es gibt keine regulären Händler. Irgendwelche Leute tun sich zusammen, kaufen einen Tiger und mieten sich jemanden, der die Knochen für sie einkocht.«

»Bis wann können Sie mir etwas besorgen?«, hakte Ly nach.

»Ich kann nie sagen, wann. Manchmal wird mir etwas angeboten, aber immer seltener. Die wollen die Paste meistens ohne Zwischenhändler verkaufen, oder sie behalten sie für sich, um sie zu verschenken. Die Gunst erkaufen … Sie wissen schon.«

Doktor Song reichte Ly eine Tasse des frisch aufgebrühten Artischockentees.

»Es geht meiner Mutter wirklich schlecht«, sagte Ly.

Doktor Song trank seinen Tee, den Blick nach draußen gerichtet, wo jetzt ein Bus durch die für ihn viel zu enge Gasse rollte. Plötzlich stand er unvermittelt auf. »Dass ich nicht vorher daran gedacht habe. Ich könnte Ihnen … warten Sie.« Er ging an seinen Apothekerschrank, stieg auf einen Schemel und zog mehrere Schubladen in der oberen Reihe heraus, bis er fand, wonach er gesucht hatte. Er reichte Ly etwas, das aussah wie ein dunkelbraunes Stück Seife. Es roch allerdings gar nicht gut, sondern ranzig und fischig.

»Diese Tigerknochenpaste habe ich mal für einen Notfall zurückgelegt«, sagte Doktor Song.

Ly nahm sie und drückte seinen Fingernagel in die Masse, die die zähe Konsistenz von Kaugummi hatte. Die Bezeichnung Paste erschien ihm dafür nicht ganz angebracht.

»Lösen Sie davon kleine Stücke in Schnaps auf«, sagte der Arzt.

»Meine Mutter wird es Ihnen danken«, sagte Ly. »Das Geld bringe ich später vorbei.«

Doktor Song machte eine abwehrende Handbewegung. »Lassen Sie mal. Ich kenne ihre Mutter so lange. Das ist schon in Ordnung.«

Ly nickte dankend und sagte: »Könnte das unter uns bleiben. Ich …« Er stockte. »Sie haben sicher von diesem Tiger am Literaturtempel gehört. Das ist mein Fall.«

Doktor Song sah ihn einen Moment überrascht an, dann lachte er. »Da haben sie ja den Richtigen auf den Fall angesetzt.«

Ly zündete sich eine Zigarette an. Nach dem zweiten Zug sagte er: »Könnten Sie … Ich will Sie nicht aushorchen. Ich versuche einfach zu verstehen, wie dieses Geschäft mit der Paste funktioniert. Woher die Tiere kommen, wie sie verarbeitet werden …«

Doktor Song sah ihm ins Gesicht, dann schüttelte er langsam den Kopf. »Ich bin kein Informant«, sagte er, und Ly meinte aus seiner Stimme unterdrückte Wut herauszuhören. Die Reaktion des Arztes verletzte ihn. Er hatte gedacht, Doktor Song würde ihm mehr vertrauen. Andererseits hatte er ihm gerade ein sehr teures und auch nicht ganz unverfängliches Geschenk gemacht. Er sollte es gut sein lassen, dachte Ly bei sich und hob entschuldigend die Hände. Doktor Song schenkte noch einmal Tee nach, doch Ly brach auf.

Der Arzt folgte ihm auf die Straße. »Kommissar«, sagte er leise, wobei er Ly die Hand auf die Schulter legte. »Seien Sie vorsichtig. Das Geschäft mit den Tieren … diese Leute schrecken vor nichts zurück.«

☆

Ly ging die Lan-Ong hinunter und hielt sich im Schatten der alten Bäume. Am Himmel war keine Wolke zu sehen, und in der Sonne war es warm. Die Frühsportler waren verschwunden, dafür waren die Ladentüren mittlerweile überall aufgezogen. Der süßlich-herbe Geruch der Heilpflanzen hing schwer in der Luft und mischte sich mit dem abgebrannter Räucherstäbchen und aufgeschnittener Mangos.

Es gab nicht ein Haus in der Gasse, in dem nicht traditionelle Medizin verkauft wurde. Vor einigen Läden standen die Kunden an. Auch wenn westliche Medizin verbreitet war, vertrauten die meisten Menschen, die Ly kannte, immer auch in die traditionelle Medizin, vor allem bei Fällen chronischen Leidens.

Vor einem Haus blieb Ly stehen. Es war ein schmales Haus, kaum zwei Meter breit und mit nur einer niedrigen Lageretage über dem Erdgeschoss. Im Oberfenster gab es keine Glasscheibe, sondern nur ein Gitter, das von innen mit Säcken zugestellt war. Auf dem Gehweg vor dem Eingang standen Kisten mit Baumrinden, Beeren und Kräutern. Tiere konnte Ly außer ein paar getrockneten Geckos, die auf einer Schnur aufgefädelt in der Tür hingen, keine entdecken. Ein Mann saß auf einem Schemel und schnitt mit einem Klappmesser einen tellergroßen *linh chi*-Pilz in dünne Streifen.

Ly fragte nach Doktor Ha. Sie war Ärztin für traditionelle Medizin, genau wie Doktor Song. Eine Frau Mitte dreißig, die das Geschäft, das seit Generationen in Familienhand war, bereits seit einigen Jahren leitete. Er kannte sie, weil Thuy und die Kinder zu ihr gingen, wenn sie krank waren. Thuy hatte nie gesagt wieso, aber sie hatte sich immer geweigert, Doktor Song zu konsultieren. Ly vermutete, sie wollte sich nicht demselben Arzt anvertrauen wie die Großfamilie, in die sie eingeheiratet hatte. Ly wusste nur zu gut, dass sie immer versuchte, eine gewisse Distanz zu halten.

»Ha!«, rief der Mann. »Ha! Kundschaft.«

Frau Ha kam nach vorne und wischte ihre Hände an einem Tuch ab. »Herr Ly? Sie hier?«

Ly machte ein entschuldigendes Gesicht und erklärte umständlich, weshalb er gekommen war. Es war ihm etwas unangenehm, nie als Patient zu ihr zu kommen und sie jetzt wegen seiner Ermittlungen um Informationen anzugehen. Doch sie lachte nur, wobei sie den Kopf in den Nacken warf.

»Natürlich, ich habe gehört, dass das Ihr Fall ist. Haben Sie denn zur Umweltpolizei gewechselt?«

»Bewahre, nein«, sagte Ly. Dass Frau Ha schon wusste, dass er die Ermittlung leitete, wunderte ihn nicht besonders. Auch wenn Hanoi mittlerweile mehr als sechs Millionen Einwohner zählte, war es in seiner Seele doch ein Dorf geblieben. Die Leute tratschten, wo es nur ging.

»Also, was wollen Sie wissen?«, fragte Frau Ha. »Ob ich Tigerknochenpaste verkaufe?«

Ly musste grinsen. »Würden Sie es mir denn verraten?«

Sie lachte wieder. Kleine Fältchen zogen sich um ihre Augen. »Ich hab da nichts zu verraten.« Sie erklärte Ly, dass die meisten Apotheker und Ärzte längst Abstand genommen hätten von Produkten, in denen Teile illegal gehandelter Tiere verarbeitet wurden.

»Aber können Sie so einfach darauf verzichten? Sind es nicht altbewährte Mittel?«, hakte Ly nach, ohne genau zu wissen, ob er das sagte, um sie zum Reden zu bringen oder um von ihr zu hören, dass die Paste, die er von Doktor Song bekommen hatte, doch die für seine Mutter ersehnte heilende Wirkung bringen würde.

»Ach was.« Sie schnalzte mit der Zunge. »In meiner Familie arbeiten wir schon immer fast nur mit Heilpflanzen. Sie glauben doch nicht, dass sich die Kranken früher den Luxus von Tigerknochenpaste oder Bärengalle leisten konnten. Außer ein paar ganz wenigen vielleicht.« Sie hielt Ly einen kurzen Exkurs über die Geschichte der traditionellen Medizin und fing dann an, näher auf das einzugehen, was ihn wirklich interessierte: die Tiere. Heute wolle jeder Dahergelaufene irgendwelche Mittelchen mit Schlange, Tiger, Bär oder Affe. Je wilder und seltener das Tier, desto größere Kräfte sprächen sie ihnen zu. Sie pustete die Wangen auf. »Diese ganzen Schmiergeld-Milliardäre. Die stopfen das in sich rein, ohne überhaupt krank zu sein. Das ist doch reine Angeberei.«

Ly rang sich ein Lächeln ab und verbarg die Tüte mit der Paste, die Doktor Song ihm gegeben hatte, so gut es ging, hinter seinem Rücken.

»Verstehen Sie mich nicht falsch«, sagte Frau Ha und bewegte die Hände flach vor sich in der Luft auf und ab, als wolle sie sich selbst beruhigen. »Sicherlich haben auch tierische Produkte ihre Wirkung. Und wenn ich schwer krank wäre, würde ich auch alles versuchen und meinen letzten Dong, wenn's sein müsste, für Rhino-Horn ausgeben. Aber darum geht's den meisten ja nicht mal. Und glauben Sie mir, es gibt immer Alternativen. Und oft sind sie günstiger und besser. Dieses ganze Tiergeschäft bringt doch nur unsere Medizin in Verruf.«

☆

Nachdenklich ging Ly nach Hause und brachte seiner Mutter die Tigerknochenpaste. Er hoffte nur, sie würde helfen, egal, was Doktor Ha davon hielt.

Auf dem Weg ins Präsidium kehrte er in der Suppenküche der alten Ba ein, die ihm eine Schüssel *bun rieu* zubereitete, wie immer mit einer Extraportion Krebsfleisch und Nudeln. Ly löffelte die von Tomaten und Chili rote Brühe, bis ihm der Schweiß die Stirn hinunterlief, und verfolgte dabei die Nachrichten im Fernseher an der Wand. Die Reisernte in den nördlichen Provinzen konnte in diesem Jahr um fünfzehn Prozent gesteigert werden. An der Grenze zu China waren zwei Mädchen aus den Fängen von Menschenhändlern befreit worden. Sie hatten als Ehefrauen verkauft werden sollen. Und in Hanoi hatte es eine Protestaktion gegen China gegeben. Dabei war es aber nicht um die Mädchen gegangen, sondern mal wieder um die Paracel-Inseln im Südchinesischen Meer, die China Vietnam streitig machen wollte. Die Demonstranten, vor allem alte Männer, hielten Schriftbanner in die Kamera: »No China«, »Raus mit den Aggressoren«, »Sich China unterordnen? Ho Chi Minh hat gesagt: NIEMALS!«

☆

In der Eingangshalle des Präsidiums waren mehrere junge Männer in den Anzügen der *Viettel*-Telecom dabei, eine Wand aufzureißen. Der Lärm der auf Stein schlagenden Hämmer hallte durch das ganze Gebäude. Lan hatte oben schon ihre Tür geschlossen, was sie sonst nie tat. Ly ging zu ihr hinein. Sie saß am Computer. Ihre Finger glitten schnell über die Tastatur.

»Da ist Kaffee. Bediene dich«, sagte sie, ohne aufzublicken.

»Danke. Gerade nicht.« Ly schaute ihr über die Schulter. »Was machst du da?«

»Es geht wieder um die Entschädigungen.«

»Wie war denn eigentlich dein Gerichtstermin?« Ly hatte vollkommen vergessen, sie danach zu fragen.

»Immer noch kein Geld«, sagte Lan. »Wenn das so weitergeht, können wir auf unserem neuen Baugrundstück ein Zelt aufschlagen.«

»Wenn ich dir irgendwie helfen kann«, sagte Ly.

Lan sah kurz auf und lächelte ihn an. »Lass mal.«

»Hat sich der Parteikommissar gemeldet?«, fragte Ly.

»Der kommt später. Es ist der Fünfzehnte des Mondmonats. Da begleitet er doch immer seine Frau in die Pagode.«

Ly sah Lan überrascht an. Das hatte er nicht gewusst und dem alten Genossen auch nicht zugetraut.

»Ich hatte dir die Handynummer dieser Jacky gegeben. Konntest du da schon was rausfinden?«

»Eine Prepaid-Karte, wie du schon vermutet hast. Darüber bekommen wir keine Informationen«, sagte Lan. »Ich habe aber noch mal mit ein paar Leuten im Dorf dieses Unfallfahrers vom Literaturtempel telefoniert.«

»Und?«

»Die einen sagen, er war ein netter Junge. Allerdings immer mit dem Nachsatz, sie wollten nicht schlecht über Tote reden. Die anderen sagen, er war ein Nichtsnutz. Faul. Und nicht der Cleverste.«

»Also nicht derjenige, der ein großes illegales Geschäft aufzieht.«

»Eher nicht«, sagte Lan.

Ly nickte und schenkte sich jetzt doch einen Kaffee ein.

»Du hast übrigens Besuch«, sagte Lan. »Ein Junge. Er sagt, du hast ihn eingeladen. Er wartet drüben.«

Es war Bang, der Junge des Grenzers aus Na Cai, der vor Lys Aquarium stand, die Hand in der Dose mit Fischfutter. »Nicht so viel«, rief Ly. Doch es war zu spät. Futter für eine ganze Woche trieb auf der Wasseroberfläche. Ly hatte nicht damit gerechnet, dass Bang so schnell in Hanoi auftauchen würde. Er dachte an den Vater des Jungen. Er wusste sicherlich nicht, dass Bang im Präsidium war.

»Bist du mit dem Bus gekommen?«, fragte Ly.

»Die Baronin hat mich mitgenommen«, sagte Bang. »Sie hat hier eine Wohnung. In der Hang-Trong.«

Ly horchte auf. Von einer Wohnung in Hanoi hatte in den Unterlagen, die Lan zusammengestellt hatte, nichts gestanden.

»Ich musste ein paar Sachen für meinen Vater einkaufen. Er …« Der Junge fuhr sich mit der Hand über die linke Gesichtshälfte. »Er ist nicht gern unter Menschen.«

Bang erzählte Ly, dass sein Vater fast nie das Dorf verließ. Und wenn er mal nach Hanoi kam, dann nur, um ein paar alte Freunde aus Armeezeiten zu besuchen, die unten am Fluss lebten. Die Stadt würde er meiden.

»Führen Sie mich im Präsidium herum?«, fragte Bang und hatte wieder dieses Glitzern in den Augen, das Ly schon vorher bei ihm aufgefallen war. Er wollte den Jungen nicht enttäuschen, hatte aber auch keine Lust, dem Parteikommissar im Präsidium über den Weg zu laufen. Dessen zu erwartender Ärger über den Artikel in der Volkszeitung sollte ruhig erst mal etwas abflauen.

»Ein anderes Mal«, sagte Ly, griff nach dem kleinen Kescher, der neben dem Aquarium lag, und fischte das Futter aus dem Wasser, bevor es absinken konnte.

»Bitte«, setzte Bang nach.

Ly seufzte. »Ich kann dich mit dem Streifenwagen in die Stadt fahren. Wie wär das?«

»Okay«, sagte Bang.

Ly ließ den Jungen einen Moment alleine und ging zu Lan hinüber, um einen Wagen zu organisieren, der sie vor dem Tor abholen sollte.

Auf dem Weg nach unten lenkte Ly das Gespräch auf die Hmong. Er fragte sich schon die ganze Zeit, weshalb der Ranger ihm bei seinem nächtlichen Besuch von dem verstorbenen Sohn des Schamanen erzählt hatte. Was war da passiert?

»Kanntest du eigentlich Xangs Bruder?«, fragte Ly.

»Kaum. Er war viel älter«, sagte Bang.

»Er soll verunglückt sein.«

»Heißt es, ja. Aber ich hab keine Ahnung, was passiert ist. Niemand redet darüber.«

☆

Die Hang-Trong war kaum fünf Autominuten vom Präsidium entfernt. Ly bat den Fahrer des Streifenwagens, einen Umweg zu nehmen. Der Junge sollte zumindest etwas von der Fahrt haben.

Bang saß neben Ly auf der Rückbank und lehnte sich weit zwischen den Vordersitzen vor, so dass er durch die Frontscheibe sehen konnte. Der Fahrer hatte die Sirene angestellt und sichtlich Spaß daran, die anderen Verkehrsteilnehmer von der Straße zu scheuchen.

Sie fuhren über die Straße der Jugend am Ufer des Westsees entlang. Alte Frauen in braunen Kitteln, in rotes Papier eingewickelte Räucherstäbchen in den Händen, liefen Richtung Tran-Quoc-Pagode. Am Straßenrand brannten kleine Feuer mit falschen Geldscheinen und anderen Opfergaben.

Ly hatte ein flaues Gefühl im Magen. Was hatte es mit dem Tod von Xangs Bruder auf sich? Ein Tod, über den niemand redete.

»Haben Sie eigentlich Ihren Freund gefunden?«, fragte Bang unvermittelt.

Ly fuhr aus seinen Gedanken hoch.

»Truong?«, fragte Ly. »Er ist tot.«

Bang riss den Kopf herum. »Wie? Tot?«

Ly biss sich auf die Zunge. Das war wohl etwas zu direkt gewesen. »Er ist …« Ly stockte. »Er hatte auch einen Unfall.«

»Bei uns?« Bang sah Ly mit offenem Mund an.

»Nein. In Hanoi. Aber kurz vor seinem Tod war er in Na Cai«, sagte Ly.

»Dann haben Sie mich angelogen? Er war schon tot, als Sie bei mir an der Grenze waren. Er ist gar kein Freund.

Es ist einer Ihrer Fälle.« Bang redete schnell, in seinem Gesicht hatte er mit einem Mal rote Flecken, die sich bis über den Hals zogen.

»Truong war wirklich ein Freund von mir. Und ja, ich ermittle. Allerdings nur für mich. Ich wollte wissen, ob sein Besuch in Na Cai irgendwas mit seinem Tod zu tun hatte.«

»Und, hat er?«, fragte Bang schroff.

»Ich weiß es nicht«, sagte Ly und fragte sich, wieso Bang so verstört reagierte. War Truongs Tod der Grund oder die Tatsache, dass Ly ihm nicht die Wahrheit gesagt hatte? Oder war es einfach eine dieser jugendlichen Launen? Er kannte den Jungen ja kaum.

Bang war bis an die Seitentür gerutscht. Der Fahrer stellte die Sirene aus. Sie waren jetzt in Höhe des Ho-Chi-Minh-Mausoleums, da wurde kein Spaß verstanden. Ly spürte Bangs Blick auf sich. Sobald er jedoch zu ihm hinsah, guckte er weg. Ohne ein weiteres Wort durchquerten sie die Altstadt.

»Hier«, rief Bang und hatte schon eine Hand am Türgriff. Sie waren noch nicht einmal in die Hang-Trong-Gasse eingebogen. Bevor der Fahrer noch richtig bremsen konnte, hatte Bang die Tür aufgerissen. Ein Moped, das eng neben ihnen fuhr, konnte gerade noch ausweichen.

»Wenn du willst, zeige ich dir morgen das Präsidium«, sagte Ly. Doch Bang war bereits aus dem Wagen gesprungen und schlug die Tür hinter sich zu.

Ly wartete einen Moment, dann stieg er auch aus und folgte Bang. Der Junge ging schnell und wich immer erst im letzten Moment den Souvenirverkäufern aus, die hier mit ihren Reisstrohhüten, T-Shirts, Postkarten und Reiseführern standen. Die Hang-Trong war eine Hauptroute der Touristen. Sie verband die alte französische Kathedrale mit der Hang-Gai-Straße, in der sich ein Seidengeschäft an das nächste reihte.

Vor einem Souvenirgeschäft blieb Bang stehen. Ly machte einen Schritt hinter mehrere Ausländer, die mit ihren klobigen Rucksäcken auf dem Gehweg standen und nicht recht zu wissen schienen, wohin.

Bang schaute sich kurz um, als wolle er sich versichern, dass ihm niemand folgte, schob die Tür zu dem Laden auf und trat in den Innenraum. Die gesamte Vorderfront war verglast, so dass Ly sehen konnte, wie Bang den Laden durchquerte und durch eine Tür nach hinten verschwand. Ly kannte die Häuser in der Hang-Trong. Sie gingen nicht so tief nach hinten wie in vielen anderen Gassen. Dieses Haus hatte höchstens noch einen einzigen kleinen Hof oder Anbau. Ly zündete sich eine Zigarette an und schaute an dem Haus hoch. Es war eines der alten Häuser mit nur einem Obergeschoss. Dort in der ersten Etage musste die Wohnung der Baronin sein.

Ly überquerte die Straße und blieb im Schatten einer verschlissenen Markise stehen. Sein Telefon klingelte. Es war Lan. »Du kannst wiederkommen«, sagte sie. »Der Parteikommissar hat sich gerade schon Tu wegen des Artikels vorgenommen.« Sie kicherte. »Weißt du, was Tu ihm gesagt hat? Die Leute hätten ein Recht auf Information.«

Ly verdrehte die Augen über so viel Naivität. Ein Recht auf Information. Wo waren sie denn? »Der hat echt zu lange im Ausland gelebt«, sagte Ly.

An einem der kleinen Straßenstände in der Hang-Trong kaufte er ein *banh my pate*. Knuspriges Baguette, belegt mit

Fleischpastete, Bauchspeck, dunkelroten Tomaten, Gurken. Das Haus, in dem Bang verschwunden war, behielt er weiterhin im Auge. Er hatte noch nicht gezahlt, als zwei Frauen das Souvenirgeschäft betraten. Gleichzeitig trat eine Frau auf die Straße. Ly hatte sie vorher nicht kommen sehen. Die Frau blickte sich um und kam ihm über die Straße entgegen. Schnell drehte er sich weg. Es war die Frau, die er kürzlich im Quan Ruou No. 1 gesehen hatte. Sie war ihm noch aufgefallen, weil sie in dieser Männerbar ohne Begleitung seltsam fehl am Platz gewirkt hatte. Und der Gastwirt, Quynh, hatte sie die ganze Zeit wenig freundlich angestarrt. Ihre Lippen waren grell geschminkt gewesen, und sie hatte eine grüne Handtasche bei sich getragen. Heute war sie ungeschminkt und trug einen rosafarbenen, nicht mehr ganz neuen Jogginganzug. Aber sie war es, da war er sich ganz sicher. Er zahlte schnell sein *banh my pate*, griff, ohne auf das Wechselgeld zu warten, nach der Tüte und lief der Frau hinterher, die schon um die Ecke zur Kathedrale abgebogen war.

Es fiel Ly nicht allzu schwer, ihr ungesehen zu folgen. An diesem fünfzehnten Tag des Mondmonats waren die Straßen noch voller als sonst. Frauen gingen mit Tüten voller Obst und Räucherstäbchen durch die Gassen, und die Verkäufer der Opfergaben hatten ihre Stände vor den vielen kleinen Tempeln und Pagoden aufgebaut.

Die Frau lief in die Altstadt hinein. Vor einem Laden mit Zubehör für Hausaltäre blieb sie stehen und betrachtete die Auslage, kaufte aber nichts. Ein Stück weiter betrat sie eine kleine Pagode. Von der Straße aus beobachtete Ly, wie sie vor dem Hauptaltar betete und Geldscheine in eine Spendenkiste steckte.

Dann ging sie die Hang-Chieu, die Mattengasse, hinunter und nahm den Weg durch ein winziges Gässchen, in dem Garküchen eng an eng aufgebaut waren. Eingeklemmt zwischen Tischen und Töpfen saßen die Köchinnen. Im Angebot waren Wasserschnecken, Frühlingsrollen, alle Arten von Suppen. Die Luft war vernebelt vom Rauch der Holzkohlegrills und dem Dampf aus den Töpfen. Der Geruch nach frischer Minze, Chili und würziger Brühe stieg Ly in die Nase. Ein Moped kam ihnen entgegen, und Ly wie auch die Frau, die er verfolgte, drängten sich zwischen die Tischreihen, um es vorbeizulassen. Wenn sie sich jetzt umdrehte, würde sie ihn sehen, dachte Ly und war erleichtert, als sie endlich weitergehen konnten und aus dem engen Gässchen heraustraten. Sie waren jetzt am Dong-Xuan-Markt, den die Frau durch einen Seiteneingang betrat. Vorne in der Abteilung für getrocknete Meeresprodukte blieb sie stehen und kaufte einen Beutel Krabben. Ly war in ausreichender Entfernung stehen geblieben, um sie zu beobachten, als ihn etwas von hinten in die Rippen stieß und er herumfuhr. »Verdammt. Was soll das?«

»Freundlich wie immer«, sagte Ngoc. Es war sein verhasster Schwager, Tams Mann. Ein Lächeln umspielte seinen Mund.

Ly holte tief Luft. Jetzt bloß keinen Streit anfangen, murmelte er zu sich selbst. Er musste an der Frau dranbleiben. Sie verschwand schon im hinteren Teil der Halle zwischen all den Ständen und Menschen. Er ließ Ngoc stehen und rannte hinterher, sprang über Stoffballen, die in den Gängen lagen, drängte sich vorbei an Händlerinnen, die auf Säcken hockten, und Männern, die Kisten auf ihren

Köpfen trugen. Die Frau in ihrem rosafarbenen Jogginganzug allerdings sah er nicht mehr. Er suchte die Halle mit den Augen ab, lief durch die Gänge und den abgetrennten Marktteil mit den Garküchen. Vergebens. Er hatte die Frau im Gedränge des Dong-Xuan-Marktes verloren.

Fluchend verließ er die Halle und weckte einen *xe om*-Fahrer, der rücklings auf dem Sattel seiner Honda Dream schlief, eine Zeitung über dem Gesicht. Ly handelte einen Preis aus und ließ sich in die Trieu-Viet-Vuong fahren.

☆

Das Quan Ruou No. 1 hatte geschlossen, trotzdem war die Tür nur angelehnt. Im Gastraum war es düster, lediglich durch die Ritzen der geschlossenen Fensterläden fielen einzelne Sonnenstrahlen. Phu, Quynhs ältester Sohn, packte *Tiger*-Bier in den Kühlschrank. Immer vier Flaschen auf einmal.

Ly fand Quynh in der Küche. Er schwenkte einen Wok mit Jakobsmuscheln über den hohen Flammen des Gasherds. Als er Ly sah, stellte er ihn beiseite und wischte sich mit einem Tuch den Schweiß von der Stirn. »Hey, du schon wieder. Hast du das Geld für deinen Tiger zusammengekratzt?« Er lachte.

»Ich muss mit dir reden«, sagte Ly, ohne weiter auf den Scherz einzugehen.

Quynh musterte ihn und nickte. »Lass uns nach hinten gehen.« Er hob den Wok an und schob den Inhalt auf einen Teller, griff zwei *Tiger*-Bier aus dem Kühlschrank, nahm Stäbchen und schob Ly durch eine offene Tür in den Hinterhof.

Entlang der Wände standen aufeinandergestapelte Käfige. Bis auf einen, in dem ein Stachelschwein saß, waren sie leer. Die Echsen, von denen Quynh neulich geredet hatte, waren anscheinend alle schon verkauft. Sie setzten sich auf die beiden einzigen Stühle, die im Schatten eines Hibiskusbaums standen.

Ly probierte von den Muscheln. Butterweich, mit einem Hauch von Anis und Limette. Er nickte anerkennend und fragte: »Wer war die Frau letztens, an der Bar?«

Quynh kniff die Augen zusammen, als sei es ihm mit einem Mal zu hell. »Welche Frau?«

»Lange Haare, blass, greller Lippenstift, grüne Handtasche.«

Quynh gab ein Brummen von sich.

»Ich muss wissen, wer das ist«, sagte Ly mit Nachdruck.

»Und wenn ich's nicht weiß?« Trotz lag in Quynhs Stimme.

»Quynh, es ist wichtig. Und du weißt, ich kann meinen Mund halten.«

Quynh trank von seinem Bier und schien nachzudenken. Schließlich machte er eine Kopfbewegung zu den Käfigen hin und sagte: »Bei ihr bestelle ich die Tiere.«

»Weißt du, ob sie ihre eigene Chefin ist?«, fragte Ly.

»Nein. Bestimmt nicht. Die nimmt nur die Bestellungen auf und kassiert das Geld.«

»Hast du eine Adresse? Einen Namen?«

»Sie nennt sich Jacky. Ihren richtigen Namen kenne ich nicht.« Quynh zog sein Telefon aus der Hosentasche und diktierte Ly eine Telefonnummer. Sicherlich die Nummer einer Prepaid-Karte, mit der Ly nichts würde anfangen können.

»Du magst die Frau nicht«, sagte Ly.

»Ist das so?« Quynh machte ein abfälliges Gesicht. »Sie sammelt das Geld ein. Wer mag das schon?«

Ly aß noch etwas von den Muscheln und sah Quynh abwartend an.

Quynh seufzte. »Okay, sie wollte, dass ich für drei Zibetkatzen zahle, die nie bei mir angekommen sind. Wurden bei einer Straßenkontrolle konfisziert. Sie meinte, das sei mein Risiko. Das sehe ich anders.«

»Aber du hast gezahlt?«

»Mit diesen Leuten ist nicht zu scherzen.«

»Wer sind diese Leute?«

Quynh zog die Schultern weit hoch und schüttelte den Kopf. »Keine Ahnung, wirklich«, sagt er, und Ly glaubte ihm.

Natürlich konnte diese Jacky in dem Haus in der Hang-Trong gewesen sein, um ein Souvenir zu kaufen. Aber das glaubte Ly nicht. Vielmehr war er sich sicher, dass es eine Verbindung gab zwischen ihr und der Baronin. Und wenn dem so war, gab es sicher auch eine Verbindung zwischen der Baronin und dem illegalen Tierhandel. Das würde auch erklären, warum Truong in Na Cai gewesen war und danach so dringend mit ihm hatte sprechen wollen. Tiere waren letztendlich das Einzige, wofür Truong sich wirklich interessiert hatte. Und vielleicht war ja aus dem neugierigen Biologen längst ein Aktivist geworden. Die Fotos, die er in seiner Wohnung gefunden hatte, würden darauf hindeuten. Und Ly hatte ja bereits gemerkt, dass er so einiges vom Leben seines Freundes nicht mehr mitbekommen hatte. Er zog seine letzte *Thang Long* aus der Packung. Seine Hände zitterten. Er behielt den Rauch lange in den Lungen.

☆

Ly nahm wieder ein *xe om* und ließ sich noch einmal in die Hang-Trong fahren. Bang wäre vermutlich nicht begeistert, wenn herauskam, dass er im Präsidium gewesen war. Aber darauf konnte er jetzt keine Rücksicht nehmen. Er musste sich vergewissern, dass die Wohnung der Baronin wirklich in diesem Haus war, aus dem er Jacky, die Mittelsfrau mit der grünen Handtasche, hatte kommen sehen. Und dass die beiden Frauen sich kannten.

Ly betrat den Souvenirladen im Erdgeschoss. Auf dem Boden neben der Tür stand der Schrein für *than tai* und *tho dia*, den Heiligen des Wohlstandes und den kleinen Erdgott, die als Schutzpatrone in jedem Geschäft zu finden waren. Eine frische pinkfarbene Drachenfrucht lag vor den kleinen Porzellanfiguren.

Die Verkäuferin, ein Mädchen von höchstens zwanzig Jahren, saß mit angezogenen Beinen auf dem Stuhl hinter der Kasse, das Kinn auf die Knie gelegt, und schaute eine dieser koreanischen Seifenopern, die Lys Tochter Huong auch so liebte.

Langsam ging Ly an den Regalen vorbei und sah sich die Auslagen an. Lackschalen, Schals aus den Webstoffen ethnischer Minderheiten, handgeschnitzte Holzstempel mit Drachenmotiven, Klangfrösche, bei denen man Laute erzeugte, indem man mit einem Holzstab über den Rückenkamm schrappte.

Etwas widerwillig riss das Mädchen sich vom Bildschirm los und schlurfte in ihren *Hello-Kitty*-Pantoffeln zu

Ly hinüber. Sie beobachtete genau, was er sich ansah, bevor sie fragte: »Was suchen Sie denn?«

»Eigentlich suche ich Frau Le Thi Phuong«, sagte Ly. Er ging nicht davon aus, dass man sie hier als Baronin kannte. So einen Spitznamen konnte sie sich nur in einem Dorf wie Na Cai leisten.

»Die ist vorhin abgefahren«, sagte das Mädchen und spähte schon wieder zum Bildschirm hinüber.

»Ist sie oft in Hanoi?«, fragte Ly.

»Hmm.«

Ly seufzte. Gesprächig war das Mädchen ja nicht gerade. »Und Bang, ist er auch mitgefahren?«

Als er Bang erwähnte, ging ein Lächeln durch ihr Gesicht. Der Junge wusste wirklich die Leute für sich einzunehmen, das war Ly nicht anders ergangen.

»Der ist mitgefahren. Klar«, sagte sie.

»Ist vielleicht Jacky da?«

»Diese Freundin von Frau Le Thi Phuong? Nee, die kommt nur, wenn Le Thi Phuong hier ist.«

»Weißt du, wo sie wohnt? Oder ihren richtigen Namen?«

»Nee«, sagte das Mädchen und ging wieder zu ihrem Fernseher, auf dem sie jetzt gebannt eine seichte Liebesszene verfolgte.

Ly nahm eine dunkelrot lackierte Schale in die Hand. Ohne die Herzchen, die auf der Innenseite eingelassen waren, wäre sie ganz hübsch. »Kann ich vielleicht kurz die Toilette benutzen?«, fragte er.

»Im Hof.« Ohne den Blick vom Fernseher abzuwenden, machte das Mädchen eine Handbewegung zu der Tür, durch die Bang vorhin verschwunden war.

Gleich hinter dem Ladenraum, den eine Schiebetür vom Rest des Hauses trennte, lag das Treppenhaus, dahinter der Hof. Zerrupft aussehende Hühner rannten frei herum und pickten zwischen den Bodenplatten nach Essenresten. Unter einem Dach aus Plastikplanen standen ein Gasofen und eine Waschmaschine. Der Abwasserschlauch lag offen im Hof. Der Boden war feucht und mit einer schmierigen Schicht überzogen. Die Hofmauern waren von Moos bewachsen, unterhalb der Regenrinne war die Wand schwarz. Die Tür zur Toilette, die sich in einer Wellblechhütte befand, stand offen. Es war ein altmodisches Plumpsklo, wie auch bei Ly zu Hause. Das Wasser musste mit einem Eimer aus der nebenstehenden Regentonne nachgeschüttet werden.

Was für ein Unterschied zum Haus der Baronin in Na Cai, dachte Ly.

Er trat in das Treppenhaus, sah und hörte niemanden und stieg die Stufen hinauf. Oben gab es zwei Türen. Ein Zimmer zur Straße hin und eines zum Hof. Er wollte gerade die Klinke zum vorderen Raum drücken, als ein Mann die andere Tür aufriss.

»Was wollen Sie?«, fragte er. Es hörte sich an wie ein Knurren, aber das konnte auch einfach an seinem hohen Alter liegen. Der Mann musste mindestens Mitte achtzig sein.

»Ich wollte zu Frau Le Thi Phuong!«, sagte Ly und versuchte, an dem Mann vorbei in den Raum hinter ihm zu gucken. Das Einzige, was er durch den Spalt sehen konnte, war ein Ahnenaltar. Ein aufwendiges Stück aus schwerem Holz, mit Intarsien und groß wie ein Wandschrank.

»Die ist weg. Was wollen Sie von ihr?«

»Ich bin ein alter Freund. Sind Sie Ihr Vater?«

Er gab ein hustendes Lachen von sich. »Nein, nur ihr Nachbar.«

»Wissen Sie vielleicht, wann sie wieder in Hanoi ist?«

Der Mann musterte Ly. »Nein, weiß ich nicht. Rufen Sie sie doch an, wenn Sie ein Freund sind.« Er trat jetzt in den Flur hinaus, zog die Tür hinter sich zu und stieg die Treppe hinunter. Alle paar Stufen wartete er, dass Ly ihm auch wirklich folgte und das Haus wieder verließ.

☆

Ly beeilte sich, ins Präsidium zu kommen. Er wollte mit Tu sprechen und ihm von Truong und der möglichen Verbindung zum Tierhandel erzählen. Vielleicht konnte Tu ihm ja doch mal helfen, und wenn auch nur mit ein paar Informationen für Lys eigene private Ermittlung.

In der Eingangshalle des Präsidiums hatten die *Viettel*-Handwerker die Wand mittlerweile über mehrere Meter aufgerissen und dabei ein Wasserrohr getroffen, ohne dass es sie zu kümmern schien. Sie ließen das Wasser einfach plätschern. Ly ging kopfschüttelnd an ihnen vorbei die Treppe hinauf. Etwas zu sagen würde ja doch nichts bringen.

Lan saß barfüßig, die Beine hochgelegt, auf ihrem Sofa und war in ein Buch vertieft.

»Hallo«, sagte Ly. »Rufst du bitte mal Tu an, er soll hochkommen.« Doch Lan schien ihn nicht zu hören. »Hey, Lan!«, rief er.

Sie sah auf und schaute ihn überrascht an. »Ah, hallo Ly. Ich hab dich gar nicht kommen hören.« Sie hielt ihm das Buch hin, das sie gerade las. »Guck mal. Das habe ich vorhin in einem der Buchläden an der Oper gekauft.«

Auf den ersten Blick sah es nach einem Tierbuch aus, wie Ly sie in Truongs Wohnung gefunden hatte. Auf dem Cover war ein Gecko abgebildet. Der Titel allerdings lautete: »Tiere in der traditionellen Medizin«.

Ly nahm das Buch und blätterte es durch. Es war alphabetisch nach Tierarten sortiert. Neben Feldgrillen, Hasen und Ziegen waren auch Tiere wie Bären, Schildkröten, verschiedene Affenarten, Nashörner, Elefanten, Zibetkatzen und Tiger aufgelistet. Unter den jeweiligen Tieren folgten die Rezepte für die Herstellung der Medikamente.

Ly blätterte zum Tiger auf Seite 154 und überflog die sechs eng bedruckten Textseiten. Da gab es Rezepte für Medikamente gegen schwache Knochen und Rheuma, Ekzeme, Haarausfall, zur allgemeinen Kräftigung, gegen stechende Schmerzen in den Sehnen und gegen Durchfall. Für fast alle Rezepte wurden entweder Knochen in pulverisierter Form benötigt oder Knochenpaste, für die die Knochen vorher über sieben Tage eingekocht werden sollten. Nur gegen Ekzeme war es ein Tigerzahn, von dem die heilende Wirkung ausgehen sollte. Er musste in Alkohol eingelegt werden, um damit dann die betroffenen Hautpartien einzureiben.

»Das Buch ist gerade erst rausgekommen«, sagte Lan, während er noch las. »Mit keinem Wort wird da erwähnt, dass es illegal ist, die Medikamente herzustellen. Die zensieren doch sonst immer alles.«

☆

Nachdem Lan Tu angerufen hatte, war er sofort zu ihnen hochgekommen, und Ly hatte ihm knapp von seiner Fahrt nach Na Cai in der Provinz Son La erzählt, von der Baronin und von seinen Zweifeln am Unfalltod Truongs. Dann trug er Tu seine Theorie vor, dass es zwischen der Baronin und dem Tierhandel einen Zusammenhang gab. Vielleicht, so sagte er, hatte Truong sterben müssen, weil er der Baronin oder den Wilderern, die für sie arbeiteten, auf die Spur gekommen war. Das würde zu der Tatsache passen, dass Truong im Wald unterwegs gewesen war.

»Ach was«, sagte Tu. »Die Tiere, die in den Handel gehen, werden mittlerweile illegal gezüchtet oder, wenn sie gejagt werden, dann im Ausland. Hier bei uns sind die Wälder fast leer. Da lohnt sich die Jagd kaum noch.«

»Dann eben Tierschmuggel. Gleich bei Na Cai gibt es einen Grenzübergang«, setzte Ly nach und ärgerte sich, dass Tu immer widersprechen musste.

»Tierschmuggel in Son La, im großen Stil?« Tu biss nachdenklich auf seiner Unterlippe herum und schüttelte den Kopf. »Nein.«

»Es muss so sein«, sagte Ly.

»Nicht in Son La.« Tu erklärte, dass der Tierschmuggel auf dem Landweg fast ausschließlich über Cau Treo lief, einem Grenzposten viel weiter südlich in der Provinz Ha Tinh. Die Schmuggler hätten sich da ein zuverlässiges Netzwerk aufgebaut. Polizei und Grenzbeamte seien involviert, vermutlich sogar Leute vom Militär. Kaum ein Ermittler würde sich da reinwagen. Letztens erst seien da unten zwei Polizisten, die es doch versucht hatten, tot aus einem Kanal gezogen worden.

»Das heißt aber doch nicht, dass sie nicht auch über

Son La schmuggeln können. In Na Cai kontrolliert kein Mensch an der Grenze«, sagte Ly. Er dachte daran, wie Bang den Wagen einfach mit dem Argument »man kenne sich« durchgewinkt hatte.

Aber Tu schüttelte nur immer wieder den Kopf, wobei er seine Mundwinkel herunterzog.

»Wieso nicht?«, hakte Ly weiter nach. »Jeder weiß, in Son La gibt es ausgefeilte Schmugglerrouten für Drogen aus Laos. Die können sie doch genauso gut für die Tiere nutzen.«

»Nein, können sie nicht«, sagte Tu. »Von Cau Treo aus sind die Tiere rasch über die Schnellstraße Nummer 1 bei den Abnehmern in Hanoi. Die Straße ist gut ausgebaut. In Ihrem Son La da oben ist die Infrastruktur doch viel zu schlecht, und auf der anderen Seite der Grenze ist es noch schlimmer. Drogen zu transportieren ist was anderes als Tiere.«

Ly knetete mit den Fingern seine Schläfen. Das passte doch nicht. Wieso hatte er dann diese Jacky aus dem Haus in der Hang-Trong kommen sehen? Es musste einen Zusammenhang geben. Und wenn die Baronin früher in Drogenhandel verwickelt gewesen war, wäre es doch für eine schlaue Geschäftsfrau wie sie nur sinnig, auf Tierhandel umzusteigen. Tu hatte selbst gesagt, die Gewinne wären ähnlich hoch. Die Strafverfolgung beim Tierhandel sei dagegen – anders als beim Drogenhandel – nicht weiter beachtenswert.

»Warte«, sagte Ly und ging in sein Büro hinüber, um die Fotos der Tierkäfige, die er in Truongs Wohnung gefunden hatte, zu holen. Er zog eine Schreibtischschublade nach der anderen heraus und durchwühlte sie.

»Lan«, rief er durch den Flur. »Hast du die Fotos von Truong gesehen?«

»Auf deinem Schreibtisch!«

Ly schob alle Papiere auf dem Tisch zur Seite. Die Mappe, in die er die Fotos gelegt hatte, lag wirklich unter einer alten Tageszeitung. Aber sie war leer. Er suchte weiter, irgendwo mussten doch diese verdammten Bilder sein. Sicher waren sie herausgerutscht. Er bückte sich und schaute auf dem Boden unter dem Schreibtisch nach. »Lan! Die Fotos sind hier nirgends.«

»Müssen sie aber«, rief sie zurück.

Ly fluchte. Lan könnte ruhig mal rüberkommen und ihm suchen helfen. Sie war in so etwas besser als er. Aber schließlich fand er die Fotos doch selbst. Sie lagen auf der Kommode neben dem Aquarium. Bang, dachte Ly sofort. Er muss die Fotos da liegen gelassen haben. Er hatte die ganze Zeit beim Aquarium gestanden. Und neugierig genug, um in seinen Unterlagen zu wühlen, war er. Daran zweifelte Ly nicht.

Mit den Fotos in der Hand ging er in Lans Büro zurück. Sie saß an ihrem Computer. Tu stand weit über sie gebeugt neben ihr. Er musste ihr etwas erzählt haben, das sie zum Lachen gebracht hatte. Sie wischte sich eine Träne aus dem Auge. Die beiden hatten Ly nicht kommen hören. Er räusperte sich. Tu fuhr hoch, und Lan lächelte ihn an, als sei nichts. Nur ihre Wangen waren mit einem Mal auffallend rot.

»Das sieht aus wie ein Lager irgendwelcher Tierhändler«, sagte Tu, während er die Bilder durchblätterte. »Einer dieser Orte im Wald, an denen sie die Tiere verstecken, bis die Bestellungen eingehen und sie liefern können. In

Hanoi will heute kein Gastwirt oder Apotheker mehr Tiere als nötig auf Lager haben.«

»Na, siehst du«, sagte Ly. »Also doch Tierhandel.«

»Das beweist gar nichts«, sagte Tu. »Die Fotos kann er überall aufgenommen haben. Das muss doch nicht in diesem Na Cai gewesen sein.«

Ly biss die Zähne zusammen. Musste Tu immer das letzte Wort haben? Er riss ihm die Fotos aus der Hand. Er würde Tu ja doch nicht von seiner Theorie überzeugen können.

☆

Ly hatte für heute genug und fuhr in die Bat-Dan, um eine *pho bo* zu essen. Vor der beliebten Suppenküche im Haus Nummer 49 hatte sich eine lange Schlange gebildet. Ly stellte sich an und sah zu, wie die Herrin des Hauses mit einem Hackbeil geschickt die Rinderbrust zerteilte und in hauchfeine Stücke schnitt. Es hatte fast etwas Meditatives. Hinter ihr an einem Tisch stand ihr Mann, vor sich ein Dutzend große Schüsseln. In jede warf er eine Handvoll frische Reisnudeln, gab dünne Rinderbruststreifen dazu und schöpfte mit einer großen Kelle dampfende Fleischbrühe in die Schalen. Der halbwüchsige Sohn streute Frühlingszwiebeln über die Suppen und teilte die Schüsseln an die Wartenden aus. Ly trug seine *pho bo* an einen der niedrigen Holztische im Innenraum und bediente sich großzügig am Chili, der neben Schalen mit geviertelten Limetten auf dem Tisch stand. Der Dampf legte sich warm auf sein Gesicht. Um ihn herum schlürften die Gäste ihre Brühe, redeten, lachten.

Ly hatte noch nicht aufgegessen, als er aus dem Augenwinkel einen Mann sah, der vor der Suppenküche stehen geblieben war. Er kannte ihn. Es war der blinde Wahrsager, dem er schon früher mehrmals begegnet war. Der Mann betrat den Gastraum. Leicht vorgebeugt schlug er alle paar Zentimeter mit einem langen Bambusstock auf den Boden und suchte sich so seinen Weg zwischen den eng gestellten Tischen hindurch. Er steuerte geradewegs auf Ly zu. »Kommissar, da sind Sie ja«, sagte er. Eine Gänsehaut lief Ly über den Nacken. Wie zum Himmel hatte er ihn erkannt? Mit seinen farblosen Pupillen konnte er ihn doch unmöglich sehen.

»Haben Sie schon gegessen?«, fragte Ly und bemühte sich, gleichgültig zu klingen. Er glaubte nicht an Wahrsagerei. Aber dieser Mann war ihm unheimlich. Er behauptete, die Toten redeten mit ihm.

»Noch nicht«, sagte der Blinde.

Ly zog ihm einen Hocker heran. Der Gastwirtin rief er zu, sie möge eine zweite *pho bo* bringen und zwei *Hanoi*-Bier.

Ly sah dem Blinden zu, wie er mit einem der tiefen Keramiklöffel die Suppe zum Mund führte. Seine Hand zitterte, und Brühe schwappte auf seinen dürren nackten Unterarm. Es musste heiß sein, aber er zuckte nicht zusammen. Nachdem er die halbe Schale geleert hatte, tastete er nach der Bierflasche und trank, wobei seine Gurgel klackende Geräusche von sich gab. »Fast noch ein Kind«, sagte er zwischen zwei Schlucken. »Im Wald sind die Bäume gefallen. Der Boden ist schwer und nass.«

»Was?«, fragte Ly und merkte selbst, wie gereizt er sich anhörte. »Was soll das bedeuten?«

»Ich weiß es nicht«, sagte der Blinde und lächelte. »Ich wiederhole nur ihre Worte.«

Die Worte der Toten, dachte Ly. Es war nicht das erste Mal, dass der Mann ihm mit solchen kryptischen Sätzen kam.

»Diesmal sollten sie schneller sein«, sagte der Wahrsager. »Sie haben letztes Mal schon versagt.«

»*Ma quy*«, flüsterte Ly. Geister und Dämonen. Musste er ihn daran erinnern. An die Ermittlung, auf die er anspielte, dachte Ly nur ungern zurück. Ihr Ausgang quälte ihn immer noch.

☆

Den Abend hatte Ly mal wieder bei Minh im *bia hoi* verbracht, und als er nach Hause gekommen war, hatten Thuy und die Kinder schon geschlafen.

Am Morgen wachte er nassgeschwitzt auf. Sein Mund war trocken, und seine Zunge fühlte sich pelzig an. Ohne dass er sich an den Inhalt erinnern konnte, wusste er, dass er einen schlechten Traum gehabt hatte.

Draußen krähte ein Hahn, ansonsten war es still. Die Wohnung war leer. Gut so, dachte er. Er hätte sich ja doch nur wieder mit Thuy gestritten. Einen Moment blieb er noch liegen und stand dann auf. Er musste feststellen, dass die Dose mit dem Kaffeepulver leer war. Er zog sich an und ging hinunter in den Hof. Seine ältere Schwester, die auch noch mit ihren erwachsenen Kindern im Haus wohnte, kochte auf dem Herd im Innenhof das Mittagessen vor. Aus Hieus Wohnung tönte laute Musik, romantische Schnulzen. Ly konnte sich das nur damit erklären, dass sein Bruder schon betrunken war.

Ly fuhr ins Café Mai, setzte sich neben das Aquarium mit den sternfruchtgelben Fischen und bestellte einen *Buon-Me-Thuot*-Kaffee, einen hauseigenen Kaffee aus dem mittelvietnamesischen Hochland. Der Motor der Kaffeemühle brummte, und die Kaffeebohnen klackerten laut, wann immer ein neuer Sack in den Metalltrichter gekippt wurde. Ly liebte den Duft der frisch gemahlenen Bohnen.

Er trank seinen Kaffee und rief im Quan Ruou No. 1 an. Er wollte Quynh bitten, diese Jacky unter irgendeinem Vorwand anzurufen und um ein Treffen zu bitten. Er wollte noch einmal versuchen, ihr zu folgen. Diesmal am besten mit Verstärkung. Doch Quynhs Sohn, der abnahm, sagte ihm, sein Vater habe ganz spontan weggemusst. Eine Tante habe gestern einen Schlaganfall erlitten. Er sei zu ihr nach Saigon geflogen. Wann er zurückkomme, stehe noch nicht fest.

☆

Im Präsidium verbrachte Ly seine Zeit erst mal damit, irgendwelche Papiere, die Lan ihm hingelegt hatte, ungelesen zu unterschreiben. Danach streckte er sich auf dem Sofa aus und beobachtete, wie seine neuen Zwergfadenfische um das Pagodentürmchen kreisten. Ly hatte keine Ahnung, wie er weiter vorgehen sollte. Auch wenn ihn seine private Ermittlung zu Truongs Tod gerade weitaus mehr fesselte, musste er endlich irgendeinen Fortschritt in dem Tigerfall vorweisen. Nur wie? Er versuchte, seine Gedanken zu ordnen, als er Lan durch den Flur rufen hörte: »Ly, mal wieder junge Leute für dich.«

Lan schob Huong und Lam, diesen Tierschützerfreund

seiner Tochter, durch die Tür. Ly sprang auf. »Was macht ihr denn hier?«

»Wir müssen mit dir reden«, sagte Huong. Sie war blass. Ly sah sie an und hatte sofort ein ungutes Gefühl. Wieso kam seine Tochter mit diesem Lam hier an? Sie war doch nicht etwa schwanger?

»Setzt euch«, sagte er hastig. Seine Stimme zitterte.

»Wir dachten, vielleicht interessiert es dich, Papa.«

»Was soll mich interessieren?«

»Es ist wegen diesem Fall mit dem Tiger.«

»Der Tiger?« Ly konnte nicht behaupten, begeistert zu sein, dass Huong sich in seine Ermittlung einmischte, aber es war doch besser als das, was er eben einen Moment lang befürchtet hatte. So einen wie diesen Lam als Schwiegersohn, das wäre es noch gewesen. Was hatte Thuy gesagt, wie alt er war? Neunzehn? Ly fand, er sah älter aus. Er war groß und sein Gesicht kantig. Seine langen Haare hatte er zu einem Pferdeschwanz gebunden. Auf sein T-Shirt war ein Nashorn gedruckt, dazu die Worte: »Mein Horn ist keine Medizin«.

Lam zog ein Notebook aus seiner Umhängetasche und fuhr es hoch. Ly beobachtete, wie er dabei auf dem Piercing in seiner Lippe herumkaute.

»Also?«, fragte Ly.

Als habe Lam nur auf das Stichwort gewartet, fing er an zu reden: »Es gibt neun registrierte Tigerfarmen in Vietnam. Insgesamt leben da rund hundert Tiere. Die Betreiber sagen, sie würden die Tiere züchten, um sie später auszuwildern. Aber das ist Unsinn.« Zumindest von fünf Farmen sei bekannt, dass sie den Schwarzmarkt belieferten. Tiere würden einfach von den Farmen verschwinden,

Geburten würden gar nicht erst gemeldet und auffallend oft starben Tiere, die dann vermutlich verkauft worden waren. Nachschub ließen diese Leute sich im Wald fangen, vor allem in Myanmar und Thailand, wo noch mehr Tiger lebten als in Vietnam.

Lam sprach ruhig und sachlich, was Ly so nicht von ihm erwartet hatte. »Wenn das stimmt, wieso verbietet man die Farmen nicht?«, fragte Ly.

»Hat man versucht. Und es sah ganz gut aus«, sagte Lam.

»Der Premierminister«, sagte Huong. »Er hat sich eingemischt. Er hat so einem reichen Brauereibesitzer persönlich erlaubt, Tiger zu halten.« Daran, dass Huong so schnell sprach, erkannte Ly, wie aufgewühlt sie war.

»Wir haben eine Datenbank aufgebaut«, sagte Lam. »Mit allen Tigern, die in Vietnam in Gefangenschaft leben. Auch die in staatlichen Zoos und Tierparks.« Er drehte das Notebook so, dass Ly den Bildschirm sehen konnte, und stellte mehrere Tigerfotos nebeneinander. Ly fragte sich, wieso diese Tierschützer so eine Datenbank hatten und nicht die Umweltpolizei.

»Jeder Tiger ist anders«, sagte Lam. »Die Streifen der Tiger sind wie Fingerabdrücke.«

»Ihr habt den Tiger vom Literaturtempel in eurer Datenbank?«, fragte Ly. Vielleicht könnte er diesen leidigen Fall doch schneller lösen, als er gehofft hatte.

»Nein«, sagte Lam. »Der kommt vermutlich aus dem Ausland. Aber …« Anstatt den Satz zu Ende zu führen, legte Lam die Volkszeitung mit dem Artikel über den Fund im Haus an den Gleisen neben das Notebook. Ly sah zwischen dem Foto in der Zeitung und denen auf dem

Bildschirm hin und her. »Der Tiger aus der Kühltruhe kommt von einer Farm?«, fragte Ly.

»Er kommt aus dem Zoo«, sagte Huong.

Ly sah sie fragend an. »Aus welchem Zoo?«

»Hanoi. Der Tiger hieß Dong«, sagte Huong.

»Der Hanoier Zoo?« Das war nicht das, was Parteikommissar Hung hören wollte.

»Der Zoo hat vor drei Wochen mitgeteilt, dass der Tiger gestorben ist«, sagte Huong. »Er soll an einer Plastiktüte erstickt sein.«

»Also war er tot, als er verkauft wurde?«, fragte Ly nach.

»Ein Verkauf ist illegal, so oder so«, sagte Lam. »Verstorbene Zootiere müssen verbrannt werden, gerade damit sie nicht im illegalen Handel landen. Jedes einzelne Tier auf dem Schwarzmarkt heizt nur die Nachfrage weiter an.«

☆

Keine zehn Minuten später saß Tu in Lys Büro. »Das kann ich mir nicht vorstellen«, sagte er, nachdem Ly für ihn zusammengefasst hatte, was er erfahren hatte.

»Sag mal, musst du immer dagegen halten?«, fuhr Ly ihn an. »Schau dir die Fotos von dem Tiger aus dem Zoo an. Es ist ganz sicher unser Tiger aus der Kühltruhe.« Lan hatte sich die Fotos von Lams Notebook kopiert und war gerade dabei, sie auszudrucken.

»Das mag ja sein«, sagte Tu. »Vielleicht haben die Leute vom Krematorium den Tiger verkauft. Aber direkt aus dem Zoo?« Er schüttelte den Kopf. »Diese Direktorin hat ihren Laden ziemlich gut im Griff. Der würde so etwas nicht entgehen.«

Ly hatte die Frau nur einmal getroffen, aber er konnte sich gut vorstellen, dass sie alles, was in ihrem Tierpark passierte, genau kontrollierte. »Und wenn sie von dem Verkauf wusste?«, schlug er vor und fragte sich insgeheim, was dann Truong von dem Handel mitbekommen hatte. Immerhin war er der Bestandsverwalter der Zootiere gewesen. Vielleicht hatte sein Tod gar nichts mit der Fahrt nach Na Cai, sondern mit diesem Tigerverkauf zu tun.

»Die Direktorin?« Tu lachte und rieb sich mit der flachen Hand über seine gegelten Haarstoppeln. »Nein. Das kann sie sich gar nicht leisten. Wenn es um Tierschutz geht, ist sie bei jeder internationalen Delegation ganz vorne dabei.«

Ly seufzte. »Wir müssen noch mal die Frau vom Haus an den Gleisen verhören.«

Er war sich sicher, sie wusste mehr, als sie bislang gesagt hatte. Sie müssten sie nur weiter unter Druck setzen.

»Ich würde erst mit der Zoodirektorin sprechen«, sagte Tu und erklärte Ly, dass sie ziemlich hoch in der Partei angesiedelt sei und der Zoo direkt dem Volkskomitee der Stadt Hanoi unterstehe. Das war eine dieser – wie der Parteikommissar es bezeichnen würde – sensiblen Situationen. Ly rief also, wenn auch widerwillig, die Zoodirektorin an. Tu hatte ihre Mobilnummer, da die Umweltpolizei regelmäßig mit ihr zusammenarbeitete.

Am anderen Ende der Leitung ertönte eine automatisierte Frauenstimme. Die Ansage war auf Russisch. Ly vermutete, sie sagte, dass der Teilnehmer nicht erreichbar sei. Aber sicher war er nicht. Von der Sprache des großen sozialistischen Bruders, die er wie alle seiner Generation in der Schule hatte lernen müssen, verstand er kein Wort mehr.

Von einer Sekretärin des Zoos erfuhr er dann, dass die Direktorin auf einer Konferenz in Moskau gewesen war und um vierzehn Uhr mit der *Aeroflot*-Maschine zurückerwartet wurde. Ly sah auf die Uhr. Das würden sie gerade noch schaffen.

☆

Lan fuhr mit Tu auf dessen glänzend polierter schwarzer Honda Forza. Ihre Arme hatte sie eng um Tus Bauch geschlungen. Ly fuhr mit seiner noch immer verbeulten Vespa. Er müsste sie seinem Bruder dringend mal einen Tag zur Reparatur überlassen.

Obwohl die Straße Richtung Flughafen teilweise sechsspurig ausgebaut war, stockte der Verkehr. Erst kurz vor der Thang-Long-Brücke über den Roten Fluss wurde es etwas besser, und sie konnten Gas geben. Auf der anderen Uferseite wechselten sich Reisfelder mit den eng an die Straße gebauten Häusern ab. Der Horizont war so diesig, dass Ly die Berge, die am Horizont aufragten, nur erahnen konnte. Ein Wasserbüffel trottete gemächlich über die Schnellstraße. Alle paar Meter standen große Werbetafeln auf Pfeilern in den abgeernteten Feldern. Handgemalte Plakate mit muskulösen Arbeitern und kämpfenden Frauen in grünen Uniformen waren nicht mehr darunter. Der Sozialismus hatte sich modernisiert. Es wurde für Smartphones, Energydrinks und Billigflüge von *Air Asia* geworben, mit denen sich auch der Durchschnitts-Hanoier wie Ly mal eine Reise nach Bangkok leisten konnte. Links der Straße kam bereits der Flughafen in Sicht, als Ly ein ungewöhnliches Werbeplakat ins Auge fiel. Darauf waren zwei identische Fotos eines Tigerjungen abgebildet. Auf dem einen war über die Augen des Tieres das Zielkreuz eines Gewehrobjektivs gezeichnet, auf dem anderen das Fokus-Quadrat einer Digitalkamera. Darunter der Satz: »Ändern Sie Ihre Perspektive.« Vor einer Woche noch, dachte Ly, wäre ihm das Plakat gar nicht aufgefallen.

Sie stellten ihre Motorräder direkt vor dem Eingang des Flughafens ab. Lan ging los, um einen Raum zu organisieren, in dem sie mit der Zoodirektorin sprechen konnten. Ly und Tu eilten in die Ankunftshalle. Die *Aeroflot*-Maschine musste schon gelandet sein.

Sie warteten zwischen Großfamilien und Taxifahrern, die hinter der Zollschranke standen. Die einen mit Blumensträußen, die anderen mit Namensschildern.

Mit energischen Schritten trat die Zoodirektorin durch die automatische Schiebetür zu ihnen heraus, und Ly und Tu gingen auf sie zu. Zuerst erkannte sie die beiden nicht, dann huschte ein überraschter Ausdruck über ihr Gesicht, der aber sofort wieder verschwand.

Ly erklärte ihr, sie hätten ein paar dringende Fragen zum Tierhandel und bräuchten unbedingt ihre Hilfe. Sie stimmte zu, kurz für Fragen zur Verfügung zu stehen, und kam mit. Tu zog ihren Koffer.

Lan erwartete sie in einem kleinen Raum der Flughafenpolizei im ersten Stock. Sie hatte ihr charmantestes Lächeln aufgesetzt. »Frau Nga, schön, dass Sie Zeit gefunden haben.« Sie reichte ihr einen Cappuccino, den sie noch schnell in der Flughafenhalle geholt haben musste.

Die Zoodirektorin nahm die Tasse, ignorierte Lan aber ansonsten und wandte sich Tu und Ly zu. »Also, meine Herren, wie kann ich Ihnen behilflich sein?«

»Sie waren ein paar Tage in Moskau?«, fragte Ly. »Dann haben Sie vermutlich noch nicht von unserem neuen Fund gehört.«

»Nein. Ich denke nicht.«

»Ich zeige Ihnen jetzt einige Fotos. Ich würde gerne Ihre Meinung dazu hören.« Ly legte die Fotos jedes einzelnen Tieres, das sie im Haus an den Gleisen gefunden hatten, vor sie auf den Glastisch.

Sie betrachtete die Fotos eines nach dem anderen, wobei sie an ihrem rechten Ohrläppchen zupfte und die Augen zusammenkniff, als wäre sie kurzsichtig.

Ly klopfte sich eine *Thang Long* aus der Packung, ohne seinen Blick von der Frau abzuwenden, und zündete sich die Zigarette an.

»Wirklich unglaublich«, sagte sie und wedelte mit der Hand den Zigarettenrauch weg. »Wo ist das?«

»Den Fund haben wir in einem Privathaus in der Phung-Hung-Straße gemacht«, sagte Tu und fasste in groben Zügen die Details zusammen. Ly ließ ihn erst mal reden. »Wir müssen Ihnen leider mitteilen«, sagte Tu schließlich und tippte auf das Foto mit dem tiefgefrorenen Tiger, »dieses Tier kommt aus Ihrem Zoo.«

Ly war sich für einen Moment nicht sicher, ob die Zoodirektorin überhaupt gehört hatte, was Tu gesagt hatte. Sie verzog keine Miene, schaute nur weiter auf die Fotos. Dann lachte sie laut auf, gekünstelt wie über einen schlechten Scherz. »Ich glaube, hier liegt ein Missverständnis vor.«

Tu schüttelte den Kopf. »Nein. Der Tiger kommt aus dem Zoo. Die Frage ist nur, wie er in die Kühltruhe gelangt ist.«

»Mir ist klar, dass das einer meiner Tiger ist. Dong hieß er«, sagte sie. »Er ist vor ein paar Wochen gestorben. Erstickt an einer Plastiktüte. Wir haben leider immer wieder diese Fälle, wo Besucher ihren Müll in die Käfige werfen.«

Tu hatte sich jetzt vorgebeugt. »Frau Nga, das wissen wir. Wir sind aber nicht wegen irgendwelcher Plastiktüten hier. Ein Tiger aus Ihrem Zoo ist auf dem Schwarzmarkt gelandet.«

Sie sah Tu an, lächelte. »Junger Mann, der Zoo hat noch eine Geschäftslizenz von 1982. Wir dürfen Tiere verkaufen, die in Gefangenschaft geboren worden sind.«

Tu starrte die Zoodirektorin an, und es dauerte einen Moment, bis er sich wieder gefasst hatte. »Um einen Tiger zu verkaufen …«, sagte er endlich, als Ly schon eingreifen wollte, »hätten Sie die Zustimmung des Forstministeriums gebraucht. Aber sogar dann hätte ein Verkauf für kommerzielle Zwecke, und das ist dieser illegale Handel ja wohl, gegen internationales Recht verstoßen.«

»Ich bin Zoodirektorin, keine Juristin.« Sie hob entschuldigend die Hände, immer noch dieses Lächeln im Gesicht.

»Der Tiger hätte verbrannt werden müssen«, schob Tu hinterher. »Das wissen Sie.«

»Ach, hören Sie doch auf! Der Tiger war sowieso tot. Und wir brauchten das Geld. Und wissen Sie, wofür? Für die Tiere, die Sie bei uns abliefern. Was meinen Sie, was es kostet, die alle durchzufüttern.«

»Wir beschlagnahmen die Tiere, und Sie verhökern sie wieder?«

»Alles für den Zoo«, sagte die Direktorin entschieden

und gleichzeitig schnippisch. Ly misstraute dieser Frau mehr und mehr.

»Wem haben Sie das Tier verkauft?«, fragte Tu.

Sie schien kurz nachzudenken und nahm dann ihr iPhone zur Hand. Es dauerte nur Sekunden, bis sie gefunden hatte, wonach sie gesucht hatte: »Hier. Eine gewisse Frau Le My Lien. Zehntausend Dollar. Damit kann ich eine Menge anderer Tiere satt bekommen.«

Diese Frau vom Haus an den Gleisen, dachte Ly. Hatte sie also doch etwas mit dem geschäftlichen Teil des Handels zu tun gehabt. »Welche Tiere von diesen Fotos hier kommen noch aus dem Zoo?«, mischte Ly sich jetzt in das Gespräch ein.

»Keine«, versicherte die Zoodirektorin.

»Und das soll ich Ihnen glauben?«

»Tun Sie, was Sie wollen.« Die Zoodirektorin sah auf ihre Armbanduhr und erhob sich. »Ich muss jetzt wirklich los. Ich habe noch ein *mit tinh* im Volkskomitee.«

»Bleiben Sie sitzen«, fuhr Ly sie in scharfem Ton an. Sein Telefon klingelte, und er drückte den Anruf weg. »Wir sind noch nicht fertig. Wir gehen mittlerweile davon aus, dass Ihr ehemaliger Mitarbeiter Le Ngoc Truong ermordet worden ist. Hat er Ihren Handel entdeckt? Deswegen der Stromschlag? Sie wollten verhindern, dass er es publik macht.«

»Das meinen Sie nicht ernst, oder?«

»Doch«, sagte Ly. Er musste sich zusammenreißen, um ruhig zu bleiben. »Sie haben das Recht zu schweigen und einen Verteidiger zu Rate zu ziehen. Sie können auch Beweisermittlungsanträge stellen«, spulte er den Standardsatz herunter, ohne ihm besonderes Gewicht zu verleihen.

»Kommissar, bei allem Respekt. Aber das habe ich nicht nötig«, sagte die Direktorin.

»Sie haben ein Motiv«, sagte Ly, obwohl er sich da nicht so sicher war. Sie hatte ja sofort den Verkauf zugegeben und sich mit dieser veralteten Lizenz gerechtfertigt. Und sie wirkte nicht wie jemand, der so verzweifelt war, einen Mord zu begehen, nur um ihre Tat zu vertuschen.

Wieder klingelte Lys Telefon. Diesmal nahm er ab. »Hallo?«, raunzte er in den Hörer. Dieses Sturmklingeln nervte ihn.

»Herr Ly, Ihr Sohn hat Bauchschmerzen. Könnten Sie ihn bitte abholen?« Es war die Direktorin aus Ducs Schule.

Verdammt. Das kam jetzt wirklich zum ungünstigsten Zeitpunkt. Thuy war mit einer Reisegruppe zur Phat-Diem-Kathedrale gefahren und würde erst am späten Abend wieder in der Stadt sein. Es war also an ihm, Duc abzuholen.

»Ich bin mitten in einem Verhör«, sagte Ly. »Es kann noch etwas dauern.«

»Es geht ihm nicht gut. Schicken Sie bitte jemanden vorbei. Oder nehmen Sie sich selbst die Zeit für Ihr krankes Kind.«

Ly presste die Lippen zusammen. Er konnte es nicht leiden, wenn jemand versuchte, ihm ein schlechtes Gewissen zu machen. Trotzdem sollte er jetzt losfahren. Tu und Lan mussten das Verhör alleine zu Ende führen.

☆

Ly nahm den Weg über den Deich zurück. Er war staubig. Aber so war er schneller, als wenn er die Straße durch die Stadt genommen hätte. Als er um die Straßenbiegung zur Schule bog, sah er Duc vor dem Tor stehen. Er kickte eine leere Plastikflasche gegen die Mauer und rannte Ly entgegen, als er ihn kommen sah. Dann bremste er ab, drückte seine Hand auf den Bauch und setzte eine leidende Miene auf. Ein besonders guter Schauspieler war er nicht, dachte Ly verärgert.

»Duc«, sagte er streng. »Du weißt, dass ich arbeiten muss.«

»Ich hab wirklich Bauchweh.«

»Du hattest nicht zufällig eben Mathe?«

Darauf antwortete Duc nicht, sondern guckte nur auf seine Zehenspitzen, die aus neongrünen Sandalen schauten. Ly seufzte, hob Duc hoch, gab ihm einen Kuss auf die Wange und setzte ihn auf die Vespa. »Ich fahr dich jetzt zu Oma. Da legst du dich ins Bett«, sagte er. »Und denk bloß nicht, du darfst fernsehen.« Aber natürlich wusste Ly, sobald er weg war, würde seine Mutter ihrem geliebten Enkel den Fernseher einschalten.

☆

Fast zeitgleich mit Lan und Tu kam Ly wieder im Präsidium an. Etwas kleinlaut sagte Lan ihm, dass sie den Parteikommissar noch vom Flughafen aus kontaktiert hatten, um ihn über die Entwicklung in dem Fall zu unterrichten. »Wir dachten, weil die Zoodirektorin doch politisch so gut vernetzt ist.«

»Und? Was hat der Chef gesagt?«

Wie Ly nicht anders erwartet hatte, war der Parteikommissar wenig begeistert gewesen über die Verbindung zwischen der Zoodirektorin und dem Tierfund im Haus an den Gleisen. Er hatte angeordnet, sie dürften vorerst nichts gegen die Zoodirektorin unternehmen. Er müsse sich erst mit Richter Cang und den Genossen vom Volkskomitee besprechen und werde ihnen Bescheid geben, ob und wann ein Termin für eine weitere Vernehmung angesetzt werde. Bis dahin dürfe nichts an die Öffentlichkeit gelangen.

»Wir sollen den Fall ruhen lassen?«, fragte Ly.

Lan setzte ein etwas gequältes Lächeln auf. »Nein, sollen wir nicht. Wir sollen uns um den Tiger vom Literaturtempel kümmern. Der sei ja nicht aus dem Zoo. Und überhaupt viel wichtiger.«

»Was ist mit Truongs Tod? Hast du den Chef darauf noch mal angesprochen?«

»Hab ich.«

»Und?«

»Bis du nicht die Sache mit dem Tiger vom Literaturtempel geklärt hast, sollst du dich hüten, in irgendeinem anderen Fall zu ermitteln.«

»Und wenn die Zoodirektorin den Mord in Auftrag gegeben hat?«

»Hab ich auch versucht zu fragen. Aber den Satz durfte ich nicht einmal zu Ende bringen«, sagte sie.

Ihnen blieb also nichts anderes übrig, als den Literaturtempel-Tigerfall schnell aufzuklären.

☆

Das Licht fiel in schrägen Strahlen durch das winzige vergitterte Fenster des Verhörzimmers im Erdgeschoss des Präsidiums. Ein Wärter der Untersuchungshaftanstalt führte Le My Lien in den Raum und drückte sie grob auf einen Stuhl. Sie trug jetzt den grauen Hosenanzug der Untersuchungshäftlinge. Unter ihrem linken Auge hatte sie einen dunklen Bluterguss, der Ly beim letzten Mal noch nicht aufgefallen war. Füße und Hände lagen in Ketten.

Sie mochte mit Tieren gehandelt haben. Trotzdem gefiel Ly nicht, wie er sie hier sah. Sie wurde alleine für etwas verantwortlich gemacht, an dem so viele mitwirkten. Er selbst konnte sich da nicht ausnehmen und versuchte, den Anflug eines schlechten Gewissens zu unterdrücken. Er wies den Wärter an, ihr die Handfesseln zu lösen. Die Frau würde ihn schon nicht anfallen.

Le My Lien rieb mit den Fingern über ihre wunden Gelenke und sah Ly aus trüben Augen an.

»Frau Lien«, sagte Ly in einem möglichst freundlichen Tonfall. Er hatte das Gefühl, das war es, was sie jetzt brauchte. »Reden Sie mit mir. Dieser Tiger vom Literaturtempel, woher kam er?«

Sie schwieg. Ihre Kiefer mahlten.

»Ich weiß, dass der Tiger in Ihrer Kühltruhe aus dem Hanoier Zoo kam«, sagte Ly. »Und ich weiß, dass Sie es waren, der ihn gekauft hat.«

Le My Lien zuckte zusammen, und Ly wartete einen Moment, bevor er fortfuhr. »Was ist mit den anderen Tieren bei Ihnen im Haus? Waren die auch aus dem Zoo?«

Le My Lien atmete tief ein, ihr Brustkorb hob sich.

»Waren sie?«

»Ich habe früher schon mal Affen vom Zoo bekommen«, sagte Le My Lien mit schwacher Stimme. »Aber diesmal war es nur der Tiger.«

Ly rückte mit dem Stuhl näher an sie heran. Die Stuhlbeine schabten über den Steinboden. Er beugte sich so weit zu ihr vor, dass sein Mund vor ihrem Ohr war. »Was ist mit den anderen Tieren?«

»Ich …« Sie schüttelte den Kopf. »Ich hab doch schon gesagt, die haben mein Haus nur als Lager benutzt. Ich weiß es nicht.«

»Und der Zoo-Tiger? Der kam nicht von diesen Leuten, oder? Das war ihr privates Geschäft.«

»Mein Sohn«, flüsterte sie. »Er hat Schulden.«

»Ich denke, er ist in Dubai?«

»Ich wollte so gerne, dass er wieder nach Hause kann. Deswegen habe ich …« Sie stockte und wischte sich mit der Hand über die Augen.

»Woher hatten Sie die zehntausend Dollar für den Tiger?«

»Geliehen.«

Jetzt war es Ly, der den Kopf schüttelte. Sie hatte sich zehntausend Dollar geliehen, auf einen hohen Profit hoffend, wenn sie die Knochen in Paste verarbeitet bekommen hätte. Und nun hatte sie nichts als Schulden. Die Frau tat ihm leid, aber davon durfte er sich jetzt nicht aus dem Konzept bringen lassen. »Die Zoodirektorin hat Ihnen das Tier verkauft. Wer im Zoo wusste noch von dem Verkauf?« Der Tiger war nicht das erste Tier aus dem Zoo, das Le My Lien gekauft hatte. Truong musste doch etwas davon mitbekommen haben.

»Ich hatte nur Kontakt zu der Direktorin«, sagte sie.

»Niemand sonst wusste davon?«

»Weiß ich nicht.«

»Und die, die all die anderen Tiere in Ihrem Haus gelagert hatten. Wissen die von Ihrem kleinen privaten Nebengeschäft?«, setzte Ly nach.

Le My Lien riss die Augen auf und fuhr hoch. Ihre Körperhaltung hatte für einen Moment etwas Aggressives. Der Wärter, der die ganze Zeit schweigend neben der Tür gestanden hatte, trat sofort einen Schritt auf sie zu. Doch da ließ sie sich schon wieder auf ihren Stuhl fallen. Ihr kurzer Ausbruch schien sie vollkommen erschöpft zu haben.

Vorbei an dem oder den anderen Tierhändlern hatte Le My Lien versucht, ihr eigenes Geschäft zu machen. Da war ihre Angst berechtigt, dachte Ly. Diese Art von Leuten duldete so etwas sicherlich nicht.

☆

Von der Untersuchungshaftanstalt fuhr Ly zu Minh ins *bia hoi*. Es war ein angenehm warmer Abend, und es war noch nicht allzu viel los, so dass Minh Zeit hatte, sich zu Ly zu setzen. Eine Kellnerin stellte einen tragbaren Herd mit einem Topf heller Brühe auf den Tisch und brachte Bier, in Sesam-Öl mariniertes Ziegenfleisch, Wasserspinat, Pilze, Reisnudeln und einen Korb frischer Kräuter. Minh drehte den Hahn des Herds auf, bis blaue Flammen hochschlugen. Sobald die Brühe dampfte, hielt Ly mit den Stäbchen kurz ein Fleischstück hinein und aß es pur. Es war zart und saftig.

Sie aßen, ohne zu reden. Eigentlich hatte Ly Minh von seinen Ermittlungen erzählen wollen. Doch er war zu müde und ließ es bleiben. Auch Minh sagte nichts, aber das war egal. Zwischen ihnen wurde es nie unangenehm, wenn sie schwiegen.

Ly beobachtete die fliegenden Händlerinnen, die mit ihren Körben am Schulterjoch vorbeiliefen. Mit dem typischen federnden Gang von Menschen, die schwere Lasten gewohnt waren. Die Knie gebeugt und etwas hastend, so als ob sie dem Gewicht der Körbe immer einen Schritt voraus sein wollten.

Sie saßen eine Weile so zusammen, als Do Van Dang, der Chef der Spurensicherung, mit seinem alten chinesischen Roller, dessen Motor laut schepperte, neben ihnen hielt.

»Wusste ich doch, dass ich dich hier finde«, sagte Dang und stieg ab. Seinen Motorradschlüssel gab er einem der beiden Jungs, die Minh extra dafür angeheuert hatte, die Fahrzeuge seiner Gäste in einer nahegelegenen Seitengasse zu parken. Die Verkehrspolizisten verlangten in letzter Zeit zu viel Schmiergeld dafür, dass sie die Gäste direkt vor dem *bia hoi* unbehelligt parken ließen.

Minh holte mehr Bier und ein zusätzliches Schälchen für Dang, der sogleich Fleisch und eine Handvoll Pilze in die Brühe warf.

»Du hast mich gesucht?«, fragte Ly.

»Dein Telefon war ausgestellt.«

Ly sah auf das Display. Der Akku war mal wieder leer. Er würde es nie lernen.

»Hm, lecker. Wirklich gut«, sagte Dang mit vollem Mund. Minh strahlte. Er war immer stolz auf seine gute Küche.

»Ich dachte, du willst es sofort wissen«, sagte Dang kauend. »Ich weiß jetzt, wer in der Wohnung deines Freundes war. Wir konnten die Fingerabdrücke identifizieren.«

»Was? Wer?« Darauf hatte Ly nicht zu hoffen gewagt.

Umständlich erklärte Dang, dass er seine Forensikstudenten für ein paar Tage in die Rechtsmedizin geschickt hatte. Und Dr. Quang habe wohl versucht, sie irgendwie zu beschäftigen. Er ließ sie von allen Toten, die er da noch liegen hatte, Fingerabdrücke nehmen. Das gehöre sonst nicht zur Routine.

»Dang, komm zur Sache. Wer?«, unterbrach Ly ihn.

»Es war Nguyen Van Nam, der in der Wohnung war. Der Unfallfahrer vom Literaturtempel.«

Ly sah Dang einen Moment sprachlos an. In seinem Kopf ratterten die Gedanken kreuz und quer durcheinander. »Warte, warte«, sagte er hastig. Er schloss die Augen, drückte seine Finger an die Schläfen. Das hieß doch … Der Mord an Truong war ein Teil in diesem verfluchten Literaturtempel-Tigerfall. Nam, der Unfallfahrer mit dem Tiger im Wagen, war in Truongs Wohnung gewesen und hatte dafür gesorgt, dass Truong ein tödlicher Schlag traf. Und kurz vor seinem Tod war Truong in Na Cai gewesen. Und dann war da die Verbindung zwischen der Baronin aus Na Cai und dieser Jacky, die auf jeden Fall in den Tierhandel involviert war. Das hing doch alles zusammen.

Und wenn dieser Unfallfahrer vom Literaturtempel ein Handlanger für die Tierhändler gewesen ist, wäre es doch möglich, dass auch der Mord an Truong für ihn nur ein Auftrag gewesen war. Vielleicht war sogar sein eigener tödlicher Unfall kurz darauf geplant gewesen. Es könnte Absicht gewesen sein, dass der Tiger zu früh aufwachte – mit dem Ziel, den Auftragsmörder von Truong aus dem

Weg zu schaffen. Er war ein Mitwisser gewesen und ein Spieler. Das war manchmal eine riskante Mischung. Etwas allerdings passte nicht. Durch den Tiger im Wagen war die Polizei erst auf die Spur dieses ganzen Geschäfts gekommen. Das konnte kaum der Plan gewesen sein.

Ly sprang auf. Er musste unbedingt noch einmal mit der Frau vom Haus an den Gleisen sprechen. Er musste sie irgendwie zum Reden bringen.

☆

Für die fünfzehn Kilometer zur Untersuchungshaftanstalt brauchte Ly diesmal über eine Stunde. Es war Feierabendverkehr. Um den Stau auf den Straßen zu umfahren, fuhren viele Motorräder einfach über die Gehwege, woraufhin Fußgänger auf die Fahrbahn auswichen. Autos zogen auf die Gegenfahrbahn, und immer wieder kamen Ly Lastwagen und Busse auf seiner Spur entgegen. In all dem Gedränge fuhren Kinder Rad oder Inlineskates. Einmal musste Ly für einen Jungen bremsen, der auf einem Bobbycar versuchte, die Straßenseite zu wechseln.

In den Kegeln der Scheinwerferlichter hingen Staub und Dreck. Lys Haut klebte, und er hatte das Gefühl, kaum noch atmen zu können. Als er endlich vor dem Tor der Haftanstalt ankam und sich mit seinem weißen Hemdsärmel über das Gesicht wischte, war der Stoff danach grau.

Er klingelte mehrmals, bis eine Stimme aus der Gegensprechanlage ertönte: »Hallo?«

»Kommissar Pham Van Ly, Mordkommission. Ich muss …«

»Wer?«

»Mordkommission. Machen Sie bitte auf.«

»Moment.«

Ly musste ein paar Minuten warten. Unruhig lief er hin und her. Schließlich öffnete ein Wärter eine der Seitentüren. Sein Hemd war zerknittert, hatte dunkle Schweißflecken unter den Achseln und spannte an der Stelle, wo der Mann seine Hand zwischen Hose und Gürtel geschoben hatte. Im Gang hinter dem Mann bellte ein Hund.

»Ich muss mit Le My Lien sprechen. Sie sitzt in Haftzelle 45 A«, sagte Ly und hielt dem Mann seinen Ausweis vor die Augen.

»Zu spät.«

»Es ist wichtig.«

Der Wärter musterte Ly von oben bis unten und schob die Lippen vor, was ihm einen verächtlichen Ausdruck verlieh. »Die sind alle schon in ihren Zellen.«

»Dann holen Sie sie verdammt noch mal raus.« Ly war laut geworden und machte einen Schritt auf den Mann zu. Doch der stellte sich nur noch breitbeiniger hin und verschränkte die fleischigen Arme über seinem Bauch. »Lebendkontrolle ist für heute durch«, sagte er. »Jetzt geht nichts mehr.«

Ly atmete tief durch. In seinen Fingern zuckte es. Doch bevor ihm seine Hand ausrutschen konnte, hatte der Mann ihm schon die Tür vor der Nase zugeknallt.

☆

Ly fuhr zurück in die Innenstadt. Der Verkehr hatte etwas nachgelassen. Er war wütend und fuhr zu schnell. Er überholte sogar die Jugendlichen auf ihren aufgemotzten Maschinen. Am See des zurückgegebenen Schwertes nahm er fast zwei Chinesen mit, die mit Dutzenden ihrer Landsleute über die Straße strömten und dabei, statt auf den Verkehr zu achten, auf ihre Telefone schauten. Im letzten Moment wich er laut fluchend aus.

Hinter dem Dong-Xuan-Markt parkte er seine Vespa und setzte sich in eines der Restaurants, die hier unter Zeltdächern aufgebaut waren, bestellte eine Flasche *Hanoi*-Bier und von dem getrockneten Tintenfisch, der über dem Grill röstete. Langsam entspannte er sich etwas.

Was bloß hatte Truong alles herausgefunden, dass dieser Unfallfahrer vom Literaturtempel ihn umgebracht hatte?

Ly nahm eine der himmelblauen Servietten, die in einer Kiste auf dem Tisch lagen, und ließ sich von der Bedienung einen Stift geben. In großen Buchstaben schrieb er »Zoo« auf die Serviette und »Haus an den Gleisen«. Er kreiste die Wörter ein und zog einen Strich zwischen den Kreisen.

Truong musste dahintergekommen sein, dass Zootiere verkauft worden waren. Und dass Le My Lien, die Frau vom Haus an den Gleisen, welche gekauft hatte. Hier fing alles an. Und dann? Truong war in Na Cai gewesen. Hatte er eine Verbindung zwischen der Baronin und dem Tierhandel gezogen? Und würde das dann heißen, dass die Baronin die Auftraggeberin für seine Ermordung gewesen war? Oder hatte die Zoodirektorin doch mehr mit dem Ganzen zu tun, als es den Anschein hatte?

Er musste unbedingt noch einmal mit Le My Lien sprechen. Wieder stieg seine Wut über diesen Gefängniswärter in ihm hoch. Es konnte doch nicht sein, dass er eine wichtige Spur verfolgte und an so einem Kerl nicht vorbeikam. Er knüllte die Serviette zusammen und warf sie auf den Boden.

»Ein Bier noch«, rief er und trank direkt aus der Flasche. Um ihn herum war es längst ruhig geworden. Nur die Müllfrauen schoben noch ihre hochbeladenen Metallkarren vorbei, den Geruch von faulendem Obst hinter sich herziehend. Neben der Markthalle war eine der zentralen Sammelstellen, an denen Lastwagen den Müll abholten.

Als die Bedienung, ein junges Mädchen, das so spät eigentlich längst nicht mehr arbeiten sollte, ihren Kopf auf den Tisch legte und leise anfing zu schnarchen, brach Ly auf. Das Geld legte er unter seinen Teller und schob seine Vespa nach Hause. Er genoss die Ruhe und wollte sie nicht durch den Motor seines Rollers stören. Es war dunkel, die Straßenbeleuchtung längst ausgeschaltet. Niemand außer Ly war unterwegs. Nur Kakerlaken rannten vor ihm über den Gehweg – und fette Ratten.

☆

Zu Hause zog er so leise wie möglich die Gittertür zum Erdgeschoss auf. Er wollte seine Mutter nicht wecken, doch sie schlief gar nicht. »Los, geh schon«, hörte er sie sagen.

»Tam, komm mit!«, sagte eine andere Stimme. Ly ballte instinktiv seine Hände zu Fäusten. Das war Ngoc.

»Bitte, lass mich los.« Tams Stimme war kaum mehr als ein Hauchen. Ly sah es bildlich vor sich, wie Ngoc versuchte, seine kleine Schwester mit sich zu zerren.

»Raus jetzt.« Die Stimme seiner Mutter hatte einen Tonfall angenommen, den Ly nur allzu gut kannte. Er erlaubte keine Widerrede.

Kurz darauf trat Ngoc aus dem Zimmerchen hinter dem querstehenden Schrank, die Hände tief in den Hosentaschen vergraben. Es war zu dunkel, als dass Ly sein Gesicht hätte sehen können, aber er spürte Ngocs Wut. Als Ngoc Ly in der Tür entdeckte, schnaubte er. »Du auch noch?«

Ly sagte nichts, blieb einfach in der Türöffnung stehen.

Ngoc stieß ihn mit der Schulter beiseite und zwängte sich durch die Öffnung.

»Ngoc«, rief Ly ihm leise hinterher und machte einen Schritt nach draußen.

Sein Schwager drehte sich um und trat nah an Ly heran. »Misch dich bloß nicht auch noch ein.«

»Lass Tam in Ruhe.«

»Sie ist meine Frau. Das geht dich gar nichts an.«

»Und ob«, sagte Ly.

»Nein, verflucht.«

Wie eine Welle strömte die Wut durch Lys Körper. Bleib ruhig, sagte er sich, lass dich von dem nicht provozieren. Er atmete tief durch. »Ich warne dich, lass die Finger von meiner Schwester. Wenn du sie noch einmal schlägst …«, sagte er durch zusammengebissene Zähne.

»Du warnst mich?« Ngoc lachte. »Du?«

In dem Moment schnellte Lys Faust vor. Unter seinen Knöcheln fühlte er Fleisch, das über Knochen rutschte und nachgab. Ngoc stöhnte auf, krümmte sich, die Hände über dem Gesicht. Ly sah ihn an und musste lächeln. Endlich, dachte Ly. Das hätte er viel früher tun sollen.

Rückwärts trat Ly wieder ins Haus und zog schnell die Gittertüren hinter sich zu. Er spürte, wie Ngoc versuchte, von außen aufzuziehen, doch er hielt dagegen. Ngoc fluchte.

»Ly!« Es war seine Mutter, die rief. »Ly! Was ist da los?«

»Nur die Nachbarn«, antwortete Ly, schloss ab und ging durch den dunklen Gang in den Hof und die Stiege zu seiner Wohnung hinauf.

Oben vor der Tür zog er seine Schuhe aus und schlich hinein. Huong und Duc lagen im Bett und schafften es mal wieder, den gesamten Platz einzunehmen. Thuy schlief auf der Matte auf dem Boden.

Gerne hätte er jetzt noch etwas getrunken, aber die Flasche Weißwein, die im Kühlschrank gestanden hatte, lag leer in der Spüle. Thuy trank in letzter Zeit auch gerne mal ein Glas.

Ly legte sich neben sie, stopfte sich ein Kissen unter den Kopf und versuchte, auf dem harten Boden eine bequeme Schlafposition zu finden. Halb schon im Schlaf fiel ihm sein leerer Akku ein. Er steckte noch schnell das Kabel seines Mobiltelefons zum Aufladen in die einzige freie Steckdose.

☆

Ly hatte das Gefühl, gerade erst eingeschlafen zu sein, als ihn das Klingeln seines Telefons weckte. Er setzte sich auf und tastete über Thuy hinweg nach dem Telefon.

»Hauptkommissar Pham Van Ly?«, fragte eine Stimme, die Ly nicht kannte.

»Ja.«

»Störe ich?«

»Was denken Sie denn.«

»Entschuldigen Sie«, sagte der Anrufer, setzte dann aber in abgehackten Sätzen an zu erzählen.

Während Ly noch zuhörte, stand er auf, warf sich ein Hemd über und suchte nach seinen Socken. Als er auflegte, war er hellwach.

Der Anrufer war einer der Wärter aus der Untersuchungshaftanstalt gewesen. Um Mitternacht habe ein Schrei die Wärter bei ihrem Kartenspiel unterbrochen. Sie seien sofort losgerannt, versicherte der Anrufer. Die Art allerdings, wie er das betonte, ließ Ly vermuten, dass die Männer erst in Ruhe ihr Kartenspiel beendet hatten.

Der Schrei war aus der Zelle von Le My Lien gekommen. Eigentlich hatte sie in einer Gruppenzelle sein sollen, doch aus irgendeinem Grund war sie am Tag zuvor in eine Einzelzelle verlegt worden. Die Wärter öffneten zuerst nur die Sichtklappe zur Zelle. Auf dem Boden der Zelle lag eine Schlange, den Kopf aufgerichtet, zischend. Der Mann sagte, es sei eine dieser aggressiven Giftnattern gewesen, wie sie in den Reisfeldern lebten. Es dauerte eine Weile, bis einer der Wärter den Mut aufbrachte, die Zellentür zu öffnen. Er erschlug die Schlange mit einer Schaufel, die von Bauarbeiten im Gefängnishof zurückgeblieben war. Doch sie hatte schon zugebissen. Als der Notarzt eintraf, konnte er bei Le My Lien nur noch eine tödliche Atemlähmung feststellen.

☆

Als Ly am späten Vormittag endlich aus dem *mit tinh* mit dem Parteikommissar und all diesen Uniformierten der Haftanstalt kam, dröhnte ihm der Kopf. Zu viel Gerede, bei dem nichts herumgekommen war.

Von Seiten der Untersuchungshaftanstalt wurde der Tod Le My Liens als Unfall abgetan. Parteikommissar Hung schloss sich da an. Auch wenn er es etwas geschickter formulierte, sagte er doch im Kern, dass der Tod Le My Liens unter den Tisch gekehrt werden sollte.

Typisch, dachte Ly. Ein Häftling, der in der Untersuchungshaft zu Tode kam, war nicht gut für das Ansehen des Systems.

Er brauchte frische Luft. Er ging in das kleine Café, das gleich um die Ecke des Präsidiums in der Hofeinfahrt zu einer alten Kolonialvilla seine Tische aufgebaut hatte. Ein Kanarienvogel hüpfte in seinem Käfig von Stange zu Stange, und es roch nach Rosen, auch wenn Ly nirgends welche entdecken konnte. Er setzte sich auf einen der etwas angerosteten Metallstühle und zündete sich eine Zigarette an. Er war der einzige Gast.

»Hallo, Kommissar. Was darf's sein?«, rief die Wirtin ihm zu, während sie mit einem Gartenschlauch Wasser in eine ausrangierte Badewanne laufen ließ. In dem Wasser würde sie die Bier- und Colaflaschen kühlen. Ly bestellte einen Kaffee und einen klaren Schnaps und bat sie, ihm aus der Garküche nebenan gebratene Nudeln mit Putenherzchen und Leber zu holen.

Während er noch auf seine Bestellung wartete, dachte er über den Tod von Le My Lien nach. Das war doch Blödsinn. Keine Schlange verirrte sich in eine aus Beton gegossene Sicherheitsanstalt. Aber gegen die Aussagen dieser

Wärter würde er nicht ankommen. Diese Typen hielten zusammen. Sie zu bestechen, eine Schlange in eine Zelle zu legen war sicherlich kein Problem. Vielleicht war es kein Zufall gewesen, dass man ihn gestern nicht mehr zu Le My Lien gelassen hatte.

Ly wurde das Gefühl nicht los, dass da jemand schon wieder einen Unfall inszeniert hatte. Truongs Stromschlag. Und nun der Schlangenbiss, der Le My Lien getötet hatte. Und vielleicht gehörte sogar der Unfalltote mit dem Tiger auf dem Rücksitz in diese Reihe.

Der Mörder war sicherlich keiner der Typen, die sich als Gangster aufspielten, mit Geld um sich warfen und ihre guten Beziehungen ins Spiel brachten, wenn es eng wurde. Das war jemand, der subtiler arbeitete. Heimlich. Vielleicht jemand, von dem niemand annahm, dass er zu so etwas fähig war.

Er musste diese Jacky ausfindig machen, vielleicht würde sie ihn zum Täter führen. Er rief bei Quynh im Quan Ruou No. 1 an, erfuhr aber nur, dass Quynh noch immer nicht zurück in Hanoi war. Eine andere Möglichkeit, an diese Jacky heranzukommen, fiel ihm nicht ein. Ihm fremde Gastwirte, die mit Wildfleisch handelten, auf diese Jacky anzusprechen, würde ihn sicherlich nicht zum Ziel bringen. Und noch mal mit der Souvenirverkäuferin oder dem alten Nachbarn der Baronin in der Hang-Trong zu reden, schätzte er auch als sinnlos ein.

Ly wollte gerade aufbrechen, als sein Telefon piepte. Eine Nachricht war eingegangen. Ly brauchte einen Moment, bis er es schaffte, sie zu öffnen. Es war ein Film. Er kam von Bang. Ly drückte auf den Startpfeil.

Erst sah er nur Blätter und Gestrüpp, und es ertönte ein

diffuses Geräusch wie von starkem Wind. Das Bild schwenkte auf ein Gitter aus Maschendraht. Dahinter konnte Ly zusammengekauert mehrere Makaken erkennen. Es folgte ein weiterer Käfig: darin ein junger Bär. Das Display wurde schwarz, Ly konnte aber Schritte hören, die durch Laub raschelten. Dann kamen weitere Käfige ins Bild: mit Gibbons, Lori-Äffchen, Zibetkatzen, Stachelschweinen, Schildkröten. Die Käfige waren alle klein, mit rostigen Gitterstäben.

Ly erkannte diese Szenerie wieder. Verdammt. Natürlich, das waren die Käfige, die Truong fotografiert hatte. Dann standen sie also wirklich irgendwo da oben bei Na Cai. Aber wieso hatte Bang sie gefilmt und ihm den Film geschickt? Wenn er von ihnen gewusst hatte, hätte er ihm das doch gleich sagen können, nachdem er Truongs Fotos in seinem Büro gefunden hatte. Und das hatte er, da war sich Ly sicher.

Er versuchte Bang auf der Nummer, über die er den Film geschickt hatte, zu erreichen. Aber es gab keine Verbindung, und Ly spürte, wie Panik in ihm aufstieg. Truong hatte diese Käfige fotografiert. Er war tot. Was war mit Bang? Er dachte an die Sätze des blinden Wahrsagers. »Fast noch ein Kind. Im Wald sind die Bäume gefallen. Der Boden ist schwer und nass.«

Lass dich von den Sätzen dieses Blinden bloß nicht irre machen, sagte er sich und klickte die Kontaktliste seines Telefons durch. Er hatte kürzlich noch die Nummer dieses Hauptwachtmeisters aus Na Cai gespeichert. Für alle Fälle. Er drückte auf Anruf.

»Pham Van Ly hier, Mordkommission Hanoi«, sagte er.

»Oh, der Kommissar aus Hanoi, was verschafft mir die

Ehre?«, fragte Hauptwachtmeister An Phan mit spöttischem Unterton.

»Ich muss mit Ihrem Grenzchef sprechen.«

»Da sind Sie hier falsch. Versuchen Sie es über den Grenzschutz.« Der Hauptwachtmeister lachte dumpf.

Ly fluchte kaum vernehmbar. »Was haben deine Ahnen nur für Scheiße gefressen, so einen wie dich zu zeugen.« Er hatte gerade wirklich keine Nerven für solche albernen Machtkämpfe.

»Wie bitte?«, fragte der Hauptwachtmeister.

»Nichts.«

»Sie denken auch, Sie können sich alles erlauben, was?«, brüllte der Mann.

»Idiot«, schimpfte Ly jetzt laut, doch der Hauptwachtmeister hatte schon aufgelegt.

Ly zahlte und rannte zurück ins Präsidium. In der Toreinfahrt stieß er fast mit Ngoc zusammen, der ihn am Arm packte, mit von Wut verzerrtem Gesichtsausdruck. Sein Kiefer war dunkel angelaufen, der Fleck zog sich bis zum Auge hinauf. »Ly! Wenn ich dich …«

»Lass mich los.« Ly schlug Ngocs Hand mit aller Kraft weg.

»Ly!«

Doch Ly rannte schon weiter.

»Ly!«, hörte er Ngoc noch rufen, als er schon die Stufen in den zweiten Stock hinaufsprintete. Oben riss er Lans Bürotür auf.

»Verbinde mich mit dem Grenzschutz von Na Cai«, sagte er atemlos. Dann erst sah er, dass Tu da war. Er war vom Sofa aufgesprungen, wo er neben Lan gesessen haben musste, und stopfte sich sein Hemd in die Hose. Sein Gesicht war feuerrot, genauso wie Lans. Ly atmete laut aus. Lan mochte ja über dreißig sein und bald niemanden mehr abbekommen, aber es musste doch nicht gerade Tu sein. Und überhaupt, hier im Büro.

»Ly, ich …«, stotterte Lan.

»Stell mich einfach nach Na Cai durch«, sagte Ly.

☆

Zehn Minuten später hatte Ly den Grenzchef Nguyen Duy Cao am Apparat.

»Kommissar Ly? Was wollen Sie?«, fragte der ruppig.

»Ich muss mit Bang sprechen.«

»Er war bei Ihnen, oder? Als er in Hanoi war. Wenn ich …«

»Wo ist er?«, unterbrach Ly den Grenzer.

»Weiß ich nicht. Ich bin seit zwei Tagen im Dienst.«

»Haben Sie mit ihm gesprochen, seit er aus Hanoi zurück ist?«

»Ich sagte doch, ich hab Dienst.«

»Falls er nicht im Dorf ist, melden Sie ihn als vermisst«, sagte Ly.

»Bei unserem Dorfbullen?« Der Mann lachte auf. »Und wieso überhaupt?«

»Wissen Sie etwas von Tierkäfigen?«, fragte Ly. »Sie müssen irgendwo bei Na Cai im Wald stehen.«

Für einige Sekunden hörte Ly nur das Atmen des Grenzers, bevor der Mann etwas leiser als vorher sagte: »Ich gehe nie in den Wald. Und Bang auch nicht.«

»Doch, tut er.«

»Woher wollen Sie das wissen?«

»Glauben Sie mir.«

»Er kennt sich im Wald gar nicht aus.«

»Er geht zusammen mit seinem Freund Xang in den Wald.«

»Was reden Sie da eigentlich? Ich habe Bang verboten, mit diesem Hmong rumzuhängen. Das ist kein Umgang für ihn.«

»Und Sie meinen, er hat auf Sie gehört, ja?«

Der Grenzer schnaufte und legte einfach auf. Ly stand mit dem Hörer in der Hand da. Sein Herz pochte. Ihm war heiß. Vor den Fenstern bogen sich die Königspalmen im Wind. Ein Unwetter zog auf. Irgendwo knallte eine Tür. Mehrmals drückte er die Wahlwiederholungstaste, doch Nguyen Duy Cao nahm nicht mehr ab.

Vielleicht saß Bang zu Hause vor dem Fernseher. Aber Lys Gefühl sagte ihm, dass er das nicht tat. Er musste an die Sätze des Blinden denken, die sofort wieder ihre Wirkung taten und seine Unruhe noch verstärkten. Er wollte nicht noch einmal für den Tod eines Teenagers verantwortlich sein.

Über die Fahrzentrale rief Ly sich einen Dienstwagen mit Fahrer. Gegen ein gutes Trinkgeld würde der Parteikommissar davon nichts mitbekommen. Und Ly könnte im Auto zumindest etwas Schlaf nachholen. Immerhin hatte dieser Gefängniswärter ihn mitten in der Nacht aus dem Bett geholt.

☆

Der Wagen war ein gut gefederter Jeep. Trotz seiner Unruhe schlief Ly sofort ein und wachte erst kurz vor Hoa Binh wieder auf. Es regnete ohne Unterlass. Das Wasser stand hoch in den abgeernteten Feldern, und Wolken hingen in den Bäumen. Einmal war der Regen so stark, dass sie anhalten mussten, bis die Sicht wieder besser wurde. Während Ly dem Prasseln auf dem Wagendach lauschte und zusah, wie das Wasser an der Fensterscheibe herabströmte, fragte er sich, ob er richtig lag oder seine Angst um Bang eher seiner Übermüdung zuzuschreiben war.

Als sie die Abbiegung nach Na Cai nahmen, war es früher Abend. Ly hatte noch mehrmals versucht, Bang über Handy zu erreichen, aber ohne Erfolg. Sein Telefon war entweder ausgeschaltet, oder es hatte keinen Empfang. Kurz überlegte Ly, sich in Na Cai nach dem Haus des Grenzers durchzufragen, um sich zu vergewissern, dass Bang nicht doch zu Hause war. Aber er ließ es bleiben. Er hatte Angst, Zeit zu verschwenden. Kurz vor dem Ortsschild von Na Cai stieg er aus und schickte den Fahrer in den nächstgrößeren Ort zurück, um sich ein Hotel für die Nacht zu suchen. Er selbst nahm den Pfad den Berg hinauf, über den Pao ihn mit der Vespa in den Ort gefahren hatte. Es hatte aufgehört zu regnen und war jetzt nahezu windstill. Nur entfernt am Horizont zuckten hin und wieder Blitze auf.

Der Pfad zu Paos Haus war noch schlammiger und ausgewaschener als beim letzten Mal. Ly versuchte so gut es ging, seitlich auf der Graskante zu laufen. Es wurde schnell dunkel, und bald konnte er kaum noch sehen, wohin er trat. Er wusste, dass er die Pfahlbauten der Thai erreicht hatte, als Hunde anschlugen. Von hier aus hatte er noch einen steilen Anstieg vor sich, und als er endlich bei Paos Hof ankam, klebte sein Hemd nass von Schweiß auf seiner Haut, und er war vollkommen außer Atem.

Es war still. Nur ein einzelnes Insekt zirpte, und aus einem Gebüsch neben der Pforte drang ein leises Schnarchen, als läge dort jemand und schliefe. Ly ging ein Stück näher an die Büsche heran und versuchte, etwas zu erkennen. Er musste schmunzeln. Es waren Paos Hängebauchschweine, die dort eng aneinandergedrängt lagen. Er wollte gerade zum Haus hinübergehen, als sein Telefon klingelte.

»Er ist weg!«, brüllte eine Stimme durch den Hörer. Es war Bangs Vater. »Weg, wie Sie gesagt haben. Sind Sie jetzt zufrieden?«

»Nein. Ich mache mir Sorgen.« Ly spürte, wie wieder Panik Besitz von ihm ergriff. Der Junge musste irgendwo da draußen im Wald sein.

»Mischen Sie sich nicht ein. Das hilft niemandem«, schrie der Grenzer und hatte schon wieder aufgelegt. Ly fluchte. Der Grenzer war nun schon der Zweite, der ihm sagte, er solle sich nicht einmischen.

Einen Moment blieb Ly noch in der Dunkelheit stehen, dann ging er durch den Hof zu Paos Haus. Durch die Ritzen in der groben Holzwand schimmerte es rötlich. Vor der Tür lag ein Haufen leerer Blechdosen, der bei seinem letzten Besuch noch nicht dort gewesen war. Ly klopfte, wartete kurz, klopfte noch einmal und drückte gleichzeitig die Tür auf. Es roch streng nach Knoblauch und Hochprozentigem. Die Petroleumlampe flackerte. Ein Feuer brannte allerdings nicht, und im Haus war es kaum wärmer als draußen.

»Herr Ly?« Pao stand sofort auf, als Ly eintrat, fasste mit beiden Händen nach seiner Rechten und drückte sie fest. Eine herzliche Begrüßung. Von Xang kam ein leises

»Hallo«. Khai, der Ranger, war auch wieder zu Besuch. Er sprang auf und trat nah an Ly heran. »Lassen Sie Pao in Ruhe«, sagte er. »Das hab ich Ihnen schon mal gesagt.« Diesmal redete er nicht nur wegen seiner fehlenden Zähne undeutlich. Er war eindeutig betrunken.

»Tsch, tsch«, machte Pao, fasste Khais Handgelenk und zog ihn von Ly weg.

Khai machte eine ausholende Armbewegung und verlor dabei fast das Gleichgewicht.

»Lass uns alleine«, sagte Pao.

Der Ranger schnalzte mit der Zunge. »Du musst ja wissen, was du tust.« Er griff nach dem Tropenhelm, der an einem Haken neben der Tür hing, und verließ das Haus. Sie hörten noch ein Scheppern, gefolgt von Flüchen. Khai musste über die Dosen vor der Tür gestolpert sein.

Pao bedeutete Ly, sich zu setzen, und schenkte ein Glas Reisschnaps ein.

Ly trank sein Glas in einem Zug aus. »Ich suche Bang. Er ist verschwunden«, sagte er und erzählte von dem Film, den Bang ihm geschickt hatte. Er hielt Pao sein Handy hin, um ihn ihm zu zeigen. Doch Pao würdigte das Telefon keines Blickes.

»Nicht Ihre Sache«, sagte Pao und sah zu seinem Sohn hinüber.

»Doch. Verdammt«, entfuhr es Ly. »Diese Käfige müssen irgendwo hier im Wald stehen. Mein Freund Truong hat sie fotografiert. Jetzt ist er tot.«

Pao schlenkerte mit dem Kopf hin und her und schloss dabei die Augen. Xang sagte etwas auf Hmong zu seinem Vater, es klang flehend.

»Bang hat diese Käfige gefilmt. Es kann sein, dass er in

Gefahr ist«, sagte Ly. »Ich will ihn doch nur finden. Sonst nichts.« Ly haderte kurz mit sich, ob er auch noch von der Warnung des Blinden erzählen sollte. Pao war ein Schamane, er würde ihn bestimmt nicht auslachen. Er glaubte doch sicher an solche Sachen. Vielleicht konnte er sogar – anders als Ly – etwas mit den Worten anfangen. Also wiederholte Ly die Worte des Blinden: »Fast noch ein Kind. Im Wald sind die Bäume gefallen. Der Boden ist schwer und nass.«

Pao murmelte etwas vor sich hin, das Ly nicht verstand. Dann stand er auf, kniete sich vor den Altar und wiegte den Oberkörper vor und zurück. Er wirkte wie in Trance.

Ly beugte sich zu Xang hinüber. »Bring du mich zu den Käfigen«, bat er ihn. »Du warst es doch auch, der sie Bang gezeigt hat, oder?«

Xang schaute zu seinem Vater hinüber, als wolle er sichergehen, dass er abgelenkt war und nicht zuhörte. »Käfige in Laos«, flüsterte er.

»Laos?« Es ging also wirklich um Schmuggel, dachte Ly. Und diese Tierhändler hatten ihr Lager auf der anderen Seite der Grenze. Das war wahrscheinlich sicherer. Da drüben galten die Gesetze noch weniger als hier.

»Hast du auch meinen Freund Truong zu den Käfigen gebracht?«, fragte Ly.

Xang schüttelte den Kopf. Paos Murmeln wurde jetzt lauter und ging in einen monotonen Gesang über.

»Er hat Angst«, flüsterte Xang. »Weil mein Bruder von ein …« Xang brach mitten im Satz ab.

»Was ist mit deinem Bruder passiert?«, fragte Ly. »Es war kein Unfall, oder?«

Bevor Xang etwas sagen konnte, hatte Pao sich zu ihnen umgedreht. Seine Gesichtszüge wirkten seltsam starr, und er sagte: »Wenn draußen hell, wir suchen Bang.«

☆

Mit der ersten Morgendämmerung gingen sie los. Es nieselte, und gleichzeitig brachen vereinzelt Sonnenstrahlen durch die Wolkendecke. Der Morgennebel hing tief über dem Boden. Von weit her war der hohe Ruf eines Gibbons zu hören. Wenige hundert Meter hinter Paos Haus begann der Wald. Erst liefen sie noch über einen schmalen Pfad, dann querfeldein. Je weiter sie gingen, umso dichter wurde das Gestrüpp zwischen den hohen Bäumen. Nasse Blätter streiften Lys Gesicht. Er versuchte, nicht an die Schlangen zu denken, die hier sicherlich überall lauerten. Mit einer Machete schlug Pao den Weg frei. Die Klinge, die in einem abgegriffenen Stück Holz steckte, sah aus, als sei sie selbst geschmiedet. Sie musste scharf sein. Sogar dicke Ranken fielen, ohne dass Pao große Kraft aufzuwenden schien.

Den beiden Hmong machte der Fußmarsch offenbar nichts aus. Ly dagegen fiel immer weiter zurück. Es ging steil bergauf, dann wieder bergab, was noch anstrengender war. Er hielt sich an Luftwurzeln fest, um nicht abzurutschen. Sein Arm, den er seit Tagen nicht gespürt hatte, schmerzte wieder, und obwohl es immer noch kühl war, lief ihm der Schweiß. Mehrmals mussten sie über umgestürzte Bäume klettern, und immer häufiger blieben Pao und Xang stehen, um auf ihn zu warten. Einmal schlug Pao mit der Machete so auf den Boden, dass ein Ast neben Ly hoch schoss. Erschrocken sprang Ly zurück.

»Falle«, sagte Pao und erklärte mit seinem begrenzten vietnamesischen Wortschatz die Mechanik. Eine Drahtschlaufe wurde in eine Mulde gelegt und mit Blättern überdeckt. Das andere Ende des Drahtes wurde an einem jungen flexiblen Baum befestigt, der als Feder diente. Trat ein Tier in die Schlaufe, sprang der Ast hoch, und die Falle zog zu. Die Schlaufen wurden aus den Bremsseilen von Fahrrädern geflochten.

Pao redete mit gedämpfter Stimme mit seinem Sohn, während sie einem kleinen Wasserlauf folgten. Dicke Spinnwebfäden klebten Ly im Gesicht, er schaffte es nicht, sie wegzuwischen. Die Baumstämme um sie herum waren jetzt fast alle von Schlinggewächs überwuchert, das rote Blüten trug. Pao deutete Ly, leise zu sein. Kurz darauf hörte Ly ein Fauchen. Er suchte den Wald mit den Augen ab. In der Richtung, aus der das Geräusch gekommen war, meinte er, etwas zu erkennen. Er war sich nicht sicher, aber es sah fast aus wie Holzbretter, die da durch die Blätter schimmerten. Und Maschendraht.

»Sind das die Käfige?«, fragte er flüsternd. Weder Pao noch Xang antworteten. Sie marschierten einfach weiter. Ly wollte anhalten und nachsehen, doch er hatte Angst, die beiden aus den Augen zu verlieren. Alleine würde er niemals aus dem Wald herausfinden. Er drehte sich noch einmal nach diesen Kisten um, dann eilte er ihnen hinter her.

Vor einer schroffen Felswand blieben Pao und Xang schließlich stehen. Ly brauchte eine Weile, bis er erkannte, warum. Eingekeilt in einen Felsvorsprung, war dort ein Unterstand gebaut. Die Wände waren aus Ästen und Winden geflochten, das Dach mit getrockneten Blättern gedeckt.

»Unsere Hütte«, sagte Xang. »Ich habe Bang mal mit hergenommen.«

Sie gingen auf die Hütte zu, schleichend, wie um sich vor einem möglichen Bewohner nicht zu verraten. Xang zog die Tür auf. »Bang?«, rief er. »Bang?«

In der Hütte, die kaum zwei Meter im Quadrat maß, stand eine Feldpritsche, darauf lag ein Schlafsack. Auf dem Boden lagen leere *bim bim*-Tüten. Garnelengeschmack. Das musste von Bang sein. Ly konnte sich nicht vorstellen, dass die Hmong Chips mit in den Wald schleppten. Und für einen Schlafsack hatten sie sicherlich auch kein Geld.

Xang war wieder aus der Hütte getreten und entfernte sich etwas. Die Hände um den Mund gelegt, rief er: »Bang. Baaang.«

Ly ließ sich in die Hocke sinken, den Rücken an den massigen Stamm eines Baumes gelehnt. Er musste erst mal zu Atem kommen. Dass alles nass war, störte ihn schon nicht mehr. Er zog einen Blutegel von seinem Arm, der sich festgesaugt hatte. Das Tier hinterließ eine Blutspur. Es kam ihm vor, als seien sie schon Stunden unterwegs, doch ein Blick auf seine Uhr verriet ihm, dass es gerade mal kurz vor acht war.

»Los, weiter«, sagte Pao. Ly quälte sich hoch. Er bereute, nicht den Maisbrei gegessen zu haben, den Pao ihm vor ihrem Aufbruch angeboten hatte.

Pao ging schnell, blieb aber hin und wieder stehen, betrachtete den Boden und das Gebüsch um sich herum, als suche er Spuren. Das erste Zeichen dafür, dass etwas nicht stimmte, war ein Krächzen. Sie waren einen steilen Hang hinaufgelaufen und oben auf der Kuppe stehen geblieben.

Fassungslos starrte Ly auf das, was er da auf der anderen Seite des Hügels sah: eine Schlammwüste, der ganze Hang. Die Holzwilderer hatten nichts übrig gelassen. Nichts, was die Erde noch hielt. Nur Geröll, ein paar Baumstümpfe und roter Boden. An mehreren Stellen waren Schlammlawinen den Hang hinuntergekommen. Nass und schwer. Die Sätze des blinden Wahrsagers schossen Ly durch den Kopf, und eine Gänsehaut fuhr ihm über den Rücken.

Weiter unten auf dem kahlen Hang flatterten die dunklen Körper von Vögeln auf und stürzten wieder hinab. Xang rannte los. Seine Beine versanken im Schlamm, er fiel mehrmals, rappelte sich aber immer wieder auf. Ly wollte hinter ihm her, doch Pao hielt ihn zurück.

Xang hatte die Stelle, an der die Vögel eine schwarze Traube bildeten, erreicht und trat schwer mit dem Fuß auf. Die Tiere flogen auf und kreischten. Ly drückte die Augen zu, murmelte ein »*lay troi lay dat*«.

»Nicht Bang«, sagte Pao.

Ly öffnete die Augen. Xang hielt ein totes Tier hoch, vielleicht ein junger Binturong. Auf die Entfernung konnte Ly das nicht genau erkennen.

»Da!«, rief Pao und zeigte auf eine Stelle weiter hinten am Hang.

»Was ist da?«, fragte Ly, der dort nur einen Baumstumpf sah, den eine Schlammlawine mitsamt seinen Wurzeln aus dem Boden gedrückt hatte.

Pao fasste Ly am Arm und zog ihn mit sich. Erst ein Stück die Bergkuppe entlang, dann den Hang hinunter. Lys Füße sanken tief in den Schlamm ein.

Und jetzt sah Ly auch, was Pao gesehen haben musste.

In der ausgehöhlten Stelle unterhalb der Wurzeln lag jemand. Zusammengekrümmt, teilweise von Schlamm bedeckt, die Augen geschlossen, die Haare von Erde und Blut verklebt. Es war Bang.

In Lys Schläfen pochte es hart. Die letzten Meter rannte er, ließ sich neben Bang auf die Knie fallen, griff nach dessen lebloser Hand.

Xang, der jetzt auch bei ihnen war, brach weinend zusammen. Seine Finger hatte er in das borstige schwarze Fell des toten Binturong gekrallt. Es sah aus, als halte er sich an einem Stofftier fest. »Die *dab qus*. Sie haben ihn geholt«, schluchzte er. »Die wilden Geister, sie waren es.«

»Sei still«, fuhr Pao ihn an. Seine Augen huschten unruhig hin und her. Er beugte sich vor, fühlte Bangs Puls, strich ihm sanft die verklebten Haare aus dem Gesicht und murmelte leise vor sich hin. Als ob er jetzt noch Bangs Seelen irgendwelchen Geistern entreißen konnte, dachte Ly und spürte Zorn in sich aufsteigen. Doch dann sah er, dass Bangs Brustkorb sich ganz leicht bewegte.

Auf einer Trage aus Bambus und quer gezogenen Winden, die Xang auf Paos Anweisung hin innerhalb von Minuten gebaut hatte, trugen die beiden Hmong Bang aus dem Wald. Ly stolperte hinter ihnen her.

☆

Während sie noch liefen, schaute Ly immer wieder auf sein Telefon, ob er endlich Empfang hätte. Sobald das Signal aufblinkte, drückte er die Nummer von Bangs Vater.

Die Verbindung war schlecht. Ly hörte nur ein weit entferntes »…allo«.

»Wir haben Bang«, schrie Ly. »Kommen Sie zur Hmong-Siedlung. Zu Pao.«

Dann war die Verbindung auch schon wieder abgebrochen.

☆

Sie legten Bang auf das Bett in Paos Hütte. Er war bleich wie Wachs. Ein paar Mal war er aufgewacht und hatte sich übergeben. Jetzt hatte er die Augen geschlossen und schien zu schlafen. Pao saß neben ihm auf der Bettkante und wischte mit einem Lappen über sein Gesicht.

Ly wusste nicht, wie lange sie schon zurück waren, als er draußen schwere Schritte und ein Ächzen und Keuchen hörte. Die Tür zur Hütte wurde aufgestoßen, und Nguyen Duy Cao stand im Raum. Sein vernarbtes Gesicht war puterrot, die Klappe über seinem Auge verrutscht und seine leere Augenhöhle sichtbar. Für den Bruchteil einer Sekunde starrte er auf das Bett, auf dem sein Sohn lag. Dann stürmte er auf Pao zu, packte ihn mit seinen großen Händen, riss ihn hoch, schüttelte ihn, brüllte: »Nicht Bang! Was habt Ihr mit ihm gemacht. Neeeein!«

Ly sprang vor, griff einen Arm des Grenzers und versuchte, ihn von Pao wegzuziehen. Der schwere, bullige Mann wirbelte herum, schleuderte seine Faust durch die Luft und traf Ly im Gesicht. Bevor Ly sich wegdrehen konnte, traf ihn ein zweiter Schlag, diesmal knapp neben dem Auge. Sein Kopf schlug zur Seite, seine Beine gaben unter ihm nach, und er sank zu Boden. Er schmeckte Blut, und seine Zunge fühlte sich geschwollen an.

Xang erschien in der Haustür. Das Huhn, das er an den Beinen gefasst hatte, ließ er fallen. Es rannte laut gackernd davon.

Bevor der Grenzer weiter um sich schlagen konnte, ließ ein Geräusch ihn herumfahren. Bang hustete und würgte. Wasser und Speichel liefen ihm aus dem Mund. Der Grenzer ließ sich auf die Knie fallen, griff nach der Hand seines Sohnes und drückte sie sich gegen das Gesicht. Sein ganzer Körper bebte.

☆

Noch bevor Bangs Vater aufgetaucht war, hatte Ly einen Hubschrauber aus Hanoi angefordert, der den Jungen in ein Krankenhaus in die Stadt fliegen sollte. Die Telefonverbindung nach Hanoi war aus irgendeinem Grund besser gewesen als die zu Bangs Vater unten im Dorf. Die Zentrale hatte ihm gesagt, es werde ungefähr zwei Stunden dauern, bis der Hubschrauber bei ihnen sei. Aber damit waren sie immer noch schneller, als den Jungen in eines der weit entfernten Bergkrankenhäuser zu transportieren. Und die Ärzte in Hanoi waren auch besser.

Sie hörten den Hubschrauber schon eine ganze Weile. Er kreiste über ihnen, bis der Pilot einen geeigneten Landeplatz gefunden hatte.

Während des Fluges saß der Grenzer zusammen mit dem Sanitäter hinten bei Bang, Ly vorne neben dem Piloten. Hin und wieder zeigte der Pilot nach unten und schrie Ly etwas zu. Aber durch das Dröhnen des Motors hörte Ly nicht, was er sagte. Unter ihnen lagen dicht von Wald bewachsene Berge. Ly konnte aber auch vereinzelt kahle Flächen ausmachen, und desto weiter sie sich von ihrem Abflugort entfernten, umso lichter wurde der Wald. Immer mehr Berghänge waren bis oben hin abgeholzt.

Ly fragte sich, wie Pao Bang da draußen im Wald gefunden hatte. Er konnte nicht glauben, dass es die Sätze des blinden Wahrsagers gewesen waren, die ihm den Weg gewiesen hatten. Pao hatte das behauptet. Aber eigentlich war es auch egal. Ly war nur froh, dass sie den Jungen gefunden hatten und bald im Krankenhaus sein würden. Sie konnten nicht mehr weit von Hanoi entfernt sein. Am Horizont machte er schon die für die Stadt so typische gelblich schimmernde Dunstglocke aus. Er zog sein Telefon aus der Tasche, um zu schauen, wie lange der Hubschrauber bisher gebraucht hatte, und sah, dass eine SMS eingegangen war. Sie kam von Lan. »Neue Vernehmung der Zoodirektorin: 17 Uhr. Im Volkskomitee. Zimmer 105.« Ly fluchte, das war in zwei Stunden. Und überhaupt, wieso fand die Vernehmung im Volkskomitee statt? Das konnte nur wieder eines dieser Entgegenkommen des Parteikommissars gegenüber seinen Parteigenossen aus der Stadtregierung sein.

☆

Sie flogen Bang in das Militärkrankenhaus 108 in der Tran-Hung-Dao, derselben Straße, in der sich auch das Polizeipräsidium befand. Noch während der Rotor sich drehte, zogen Sanitäter Bang auf seiner Trage aus dem Hubschrauber und trugen ihn in die Ambulanz. Nguyen Duy Cao lief neben ihnen her und hielt Bangs Hand. Ly folgte ihnen durch lange Gänge bis zu einer Tür, über der zwei rote Warnleuchten blinkten. Es roch nach Putzmittel und Blut, eine Mischung, von der Ly übel wurde.

»Sie warten hier«, sagte einer der Sanitäter.

»Ich bleibe bei meinem Sohn«, sagte Nguyen Duy Cao und wollte mit in den Untersuchungsraum gehen, doch der Sanitäter drückte ihm eine flache Hand auf die Brust und schob ihn zurück. »Sie bleiben hier«, sagte er bestimmt und schloss die Tür hinter sich. Der Grenzer stand mit hängenden Armen vor der Tür und rührte sich nicht.

»Und Sie kommen mit mir«, sagte eine Krankenschwester zu Ly. Sie kommandierte ihn in eine nur mit einem Vorhang abgetrennte Kabine und zog ihn vor einen Standspiegel. Seine rechte Gesichtshälfte war geschwollen, sein Auge blau unterlaufen. Über der Braue hatte er eine Platzwunde. So schlimm, wie es aussah, fühlte es sich gar nicht an.

»Schlägerei?«, fragte die Krankenschwester. Eine Antwort schien sie nicht zu erwarten. Sie drückte mit dem Zeigefinger auf seiner Wange herum.

»Aua«, entfuhr es Ly.

»Nun haben Sie sich mal nicht so.« Sie desinfizierte die Wunde über dem Auge, klebte ein Pflaster darüber und gab ihm Paracetamol gegen die Schmerzen.

Als Ly wieder in den Wartebereich kam, saß der Grenzer auf einem der orangefarbenen Klappstühle, die im Gang an die Wand geschraubt waren, und starrte ins Leere. Ly setzte sich neben ihn und zündete sich eine *Thang Long* an. Er wollte auf jeden Fall bleiben, bis er wusste, wie es Bang ging. Dann verpasste er eben die Vernehmung der Zoodirektorin. Das war ihm jetzt auch egal. Er machte sich Vorwürfe. Ohne ihn wäre Bang nicht alleine in den Wald gegangen. Er versuchte sich klar zu werden, was eigentlich passiert war. Er zweifelte nicht daran, dass über Na Cai Tiere von Laos nach Vietnam geschmuggelt wurden. Und er war sich ziemlich sicher, dass die Baronin dabei eine zentrale Rolle spielte. Und auch Bangs Vater musste involviert sein. Er war der Grenzchef. Ly konnte sich nicht vorstellen, dass all die Tiere über die grüne Grenze geschleppt wurden. Das Gelände war viel zu unwegsam. Und die Straße war da, warum sie also nicht nutzen? Vielleicht hatte auch Bang von dem Schmuggel gewusst, immerhin half er ab und zu an der Grenzstation aus.

Ly räusperte sich. Er musste mit dem Grenzer reden, wusste aber nicht, wie er anfangen sollte. Schließlich sprach er einfach aus, was ihm eben durch den Kopf gegangen war. Nguyen Duy Cao saß weiter regungslos auf seinem Stuhl.

»Hier, schauen Sie sich das an«, sagte Ly und hielt ihm sein Telefon mit dem Film, den Bang gemacht hatte, vor die Nase. »Die Käfige stehen bei Na Cai im Wald. Ganz da in der Nähe haben wir Bang gefunden.«

Immer noch verzog der Mann keine Miene, aber er hatte jetzt seine Fingernägel in seine nackten Unterarme gebohrt.

»Was ist da oben bei Ihnen los?«, fuhr Ly fort. Doch kaum hatte er die Frage ausgesprochen, ging die Tür zum Untersuchungsraum auf, und ein Arzt kam heraus und auf sie zu. »Nguyen Duy Cao?«, fragte er.

Der Grenzer sprang auf. »Das bin ich.«

»Ihr Sohn hat eine schwere Gehirnerschütterung«, sagte der Arzt. »Und eine Platzwunde am Hinterkopf.«

»Wie geht es ihm?«

»Den Umständen entsprechend gut.«

»Kann ich zu ihm?«

»Später.« Der Arzt sah Nguyen Duy Cao forschend an. »Ich wüsste gerne zuerst, was passiert ist.«

»Ein Unfall«, sagte der Grenzer.

»Ich habe ihn gefunden«, mischte Ly sich ein. »Er ist in einen Erdrutsch gekommen. In einem abgeholzten Waldstück.«

»Sind Sie sicher?«, fragte er Arzt. Er klang wenig überzeugt. »Diese Kopfwunde. Für mich sieht das eher danach aus, als habe da jemand ganz gezielt mit einem Stein zugeschlagen. Es ist ein Wunder, dass der Junge lebt.«

☆

»Ly, wo steckst du?«, fragte Lan, die ihn auf dem Handy angerufen hatte. »Du musst doch längst gelandet sein.«

»Im Krankenhaus.«

»Wie geht es dem Jungen?«

»Er wird wieder.«

»Der Parteikommissar hat angerufen. Die haben längst mit der Vernehmung der Zoodirektorin angefangen.«

Ly zog an seiner Zigarette und atmete langsam aus. »Tu ist doch da. Der schafft das schon alleine.«

Lan lachte auf. »Den hat der Parteikommissar nicht mal als Zuhörer zugelassen. Los, beeil dich.«

Verflucht, musste er immer alles alleine machen? Er rannte aus dem Krankenhaus und winkte sich vor dem Tor ein Taxi heran. Er trug immer noch dieselbe Kleidung, mit der er durch den Wald gelaufen war. Der Fahrer wollte ihn kaum einsteigen lassen. So wie er aussah, konnte er nicht im Volkskomitee auftauchen. Er ließ das Taxi vor einem

Bekleidungsgeschäft halten, sprang schnell in den Laden, kaufte das erstbeste Hemd in seiner Größe und eine Hose und zog sich während der Fahrt im Wagen um.

Das Volkskomitee lag am See des zurückgegebenen Schwertes direkt im Stadtzentrum. Ly versuchte noch mühsam, seine neue Hose anzuziehen, da waren sie schon angekommen.

Bei einem der Wachhabenden am Haupttor wies er sich aus und stopfte sich das Hemd in die Hose, während der Mann seinen Namen auf einer Liste suchte. »Sie werden erwartet«, sagte der Uniformierte. Er schickte ihn zum Hauptgebäude, einem klotzigen sozialistischen Bau, der, wie Ly fand, mit seiner glatten Blendfassade wie ein Hochbunker aussah, nicht wie der Sitz einer Volksvertretung.

Ly zog die schwere Tür auf und trat in die nur schwach beleuchtete Eingangshalle. Er folgte einem Wegweiser, der die Zimmernummern auswies. In dem nicht enden wollenden Flur standen zwei bewaffnete Polizisten und rauchten. Vor Zimmer 105 blieb Ly stehen und atmete tief durch, bevor er klopfte. Er hörte Stimmen, ein Frauenlachen, dann rief jemand: »Herein.«

Ly öffnete die Tür und sah zuerst Ho-Chi-Minh, dessen bronzene Büste auf einem Podest an der Rückwand des holzvertäfelten Raumes stand. Über ihm flackerte eine Neonröhre. Die Klimaanlage war mindestens zehn Grad zu kalt eingestellt. Ly hatte sofort eine Gänsehaut.

»Genosse Ly, da sind Sie ja endlich«, sagte Parteikommissar Hung. Er saß am Kopf eines langen Konferenztisches. Zu seiner Rechten saßen Richter Cang und ein Mann, den Ly nur vom Sehen kannte, von dem er aber wusste, dass er als Abgeordneter im Volkskomitee saß und den Ruf hatte, sehr einflussreich zu sein. Ihnen gegenüber saß die Zoodirektorin Nguyen Thu Nga. Sie hatte Ly den Rücken zugewandt und schaute sich auch nicht nach ihm um.

»Sie sind spät dran, Genosse.« Der Parteikommissar musterte Ly. »Und wie sehen Sie überhaupt aus?«

Ly schaute an sich hinunter. Etwas knittrig waren die neuen Klamotten, aber sauber.

»Genosse! Ich meine Ihr Gesicht«, schob Parteikommissar Hung hinterher.

»Entschuldigen Sie«, stotterte Ly. An sein Gesicht hatte er gar nicht mehr gedacht. Die Schmerztabletten wirkten. Vielleicht sollte er seiner Mutter auch mal heimlich Paracetamol unterjubeln. »Ein Unfall. Ich bin mit ...« Ly brach mitten im Satz ab. Der Parteikommissar hörte ihm sowieso schon nicht mehr zu. Er hatte sich Richter Cang zugewandt. »Also, wo waren wir stehengeblieben?«, fragte er.

»Ich denke, wir sind durch mit unserem *mit tinh*«, sagte der Richter.

Der Mann vom Volkskomitee erhob sich und sagte: »Ich bin froh, dass wir uns hier so einvernehmlich einigen konnten.«

»Ja, das ist in unser aller Interesse«, entgegnete Parteikommissar Hung.

Jetzt drehte die Zoodirektorin sich zu Ly um. Ein Lächeln umspielte ihren Mund. Ihm fiel das Parteiabzeichen auf, das am Kragen ihrer Bluse steckte. »Entschuldigen Sie«, sagte Ly. »Ich verstehe nicht ganz.«

»Es wird keine Anklage geben«, sagte Richter Cang.

»Keine Anklage?« Ly sah den Richter überrascht an. Er war nicht davon ausgegangen, dass der Richter einen Freiheitsentzug für die Zoodirektorin in Betracht gezogen hatte. Er hatte aber doch zumindest mit einer Geldstrafe und dem Verlust ihres Arbeitsplatzes gerechnet.

»Der Tiger wurde verkauft, um Gelder für den Zoo einzunehmen«, sagte Richter Cang.

»Es ist trotzdem illegal. Und es war nicht nur der eine Tiger. Sie hat auch schon vorher Affen …«

»Genosse Ly«, unterbrach der Parteikommissar ihn. »Der Fall ist abgeschlossen!«

Richter Cang nickte. »Abgeschlossen, ja. Frau Nguyen Thu Nga wollte sich nicht selbst bereichern. Unsere werte Parteigenossin hat nur an das Wohl unseres Zoos gedacht.«

Werte Parteigenossin, natürlich. Es war doch immer dasselbe. Verdammter Parteiklüngel, dachte Ly. Die Frau vom Haus an den Gleisen dagegen hatte nicht die richtigen Beziehungen gehabt. Sie hätte man an den Pranger gestellt – wäre sie nicht vorher ermordet worden.

Für einen Moment herrschte Stille. Die Zoodirektorin lächelte Ly immer noch an. Ihre Augen, die sie dabei zusammenkniff, ließen Ly an eine Schlange denken. Hinterhältiges Biest, dachte er. Diese Frau hatte genau gewusst, dass sie das Volkskomitee und ihre Genossen hinter sich hatte. Ly ärgerte sich, aber immerhin war er jetzt sicher. Mit Truongs Tod hatte sie nichts zu tun. Einen Mord, um ihre Tat zu vertuschen, hatte sie wirklich nicht nötig gehabt.

»Ja, dann«, sagte Ly matt. Mehr fiel ihm nicht ein. Er wollte nur noch raus hier, nach Hause, etwas essen und endlich schlafen.

Der Mann vom Volkskomitee klatschte in die Hände. »Wenn es nichts weiter gibt«, sagte er in gutgelauntem

Tonfall. »Zeit fürs Abendessen.« Er lud sie alle in ein teures Restaurant am Westsee ein. Jetzt gingen sie auch noch mit dieser Frau aus, dachte Ly und fragte sich, wofür er eigentlich überhaupt noch ermittelte. Er selbst schlug die Einladung dankend aus. Er wusste, etwas anderes wurde auch gar nicht von ihm erwartet.

Richter Cang war mit dem Mann vom Volkskomitee und der Zoodirektorin schon draußen im Gang, als der Parteikommissar ihn noch einmal kurz beiseitenahm.

»Genosse Ly, den Fall mit dem Tiger vom Literaturtempel«, sagte er leise. »Sie brauchen sich nicht weiter darum zu kümmern.«

»Aber der Tiger kommt nicht aus dem Zoo. Da können wir doch ermitteln«, wandte Ly ein.

»Wissen Sie, die internationale Presse hat sich schon wieder anderen Dingen zugewandt. Und …«, mit zittriger Hand wies er auf Lys Gesicht, »… Sie sind bis auf weiteres freigestellt. So wie Sie aussehen. Schlafen Sie sich erst mal aus. Und melden Sie sich, wenn Ihr Gesicht wieder vorzeigbar ist.«

Vor dem Volkskomitee wartete bereits eine schwarze Limousine mit abgedunkelten Fenstern auf die Abendgesellschaft. Die Zoodirektorin hielt Ly zum Abschied ihre Hand hin. Ly ignorierte sie. Richter Cang öffnete die Wagentür und deutete eine Verbeugung an. »Parteigenossin, darf ich bitten«, sagte er mit einem Lächeln.

Ly hätte schreien mögen.

☆

Vom Volkskomitee ging Ly die fünf Minuten zu Fuß bis in die Hang-Giay in der Altstadt. Dort gab es ein gutes *bit tet*-Restaurant, und ein herzhaftes Beefsteak war jetzt genau das, was er brauchte. Er setzte sich in den Innenraum, um alleine zu sein. Die anderen Gäste saßen alle draußen. Über die Wände waren kreuz und quer Lichterketten gezogen, die in allen nur erdenklichen Farben leuchteten, und mitten im Raum stand ein Weihnachtsbaum aus Plastik mit roten Kugeln und goldfarbenen Girlanden.

Ly bestellte eine Portion mit Spiegelei und Bratkartoffeln, die zusammen mit dem Fleisch in einer heißen gusseisernen Pfanne serviert wurden. Dazu trank er *Hanoi*-Bier.

Zweimal klingelte sein Handy. Beide Male war es Tu, und beide Male drückte Ly den Anruf weg. Es würde auch reichen, Tu morgen von der Vernehmung zu berichten. Heute wollte er mit überhaupt niemandem mehr sprechen.

Von der Hang-Giay nahm er ein *xe om* nach Hause, obwohl es nur wenige hundert Meter waren. Er war so müde, dass ihm schon ganz schwindelig war. Er schleppte sich die Stufen zu seiner Wohnung hinauf, ließ sich auf das Bett fallen und schlief sofort ein.

Irgendwann weckte ihn die Stimme seines Sohnes.

»Papa? Wieso schläfst du schon?« Duc kniete neben ihm auf dem Bett und rüttelte an seiner Schulter.

»Ich bin müde«, murmelte Ly.

»Papa, was ist los?«

»Duc, lass Papa schlafen«, hörte Ly Thuy aus der Küche rufen. »Und du gehst jetzt auch ins Bett.«

»Morgen ist doch Sonntag«, maulte Duc.

»Egal, Abmarsch«, sagte Thuy.

Fünf Minuten später hatte Duc sich neben Ly unter die Decke gekuschelt. Thuy war noch in der Küche. Ly hörte Wasser laufen und Geschirr klirren. Er legte seinen Arm über Duc und zog ihn eng zu sich heran. »Morgen unternehmen wir was, okay?«, flüsterte er ihm zu. »Vielleicht Tretboot fahren?«

»O ja«, sagte Duc und war kurz darauf auch schon eingeschlafen. Ly spürte es an seinem ruhigen Atem. Er selbst konnte nicht wieder einschlafen. »Thuy, bringst du mir noch einen Schnaps?«, rief er und sah ihr zu, wie sie die Flasche mit dem selbst gemachten Aprikosenschnaps aus dem Schrank nahm und eingoss. Mit dem Glas in der Hand drehte sie sich zu ihm um. Ein Schrei entfuhr ihr. »Meine Güte! Wie siehst du denn aus?«

»Nicht so schlimm.«

»Was ist passiert?« Sie setzte sich neben ihn auf das Bett und hielt ihm das Glas hin.

»Wirklich, es sieht schlimmer aus, als es ist«, sagte Ly.

»Ich will wissen, was passiert ist«, wiederholte sie.

»Kleine Schlägerei.«

»Ngoc?«

»Wie kommst du denn da drauf?«

»Na ja, ich dachte«, sagte Thuy, »vielleicht hat er sich gerächt?«

Ly merkte, wie er rot wurde. Ngoc zu schlagen hatte gutgetan. Aber es vor seiner Frau zuzugeben, das war etwas anderes. »Ich musste einfach …«

Thuy legte ihm einen Zeigefinger auf den Mund und lächelte. »Er hat's verdient.«

☆

Ly schlief in dieser Nacht tief und fest. Er träumte nicht einmal. Als er aufwachte, roch es nach frischem Kaffee. Thuy saß mit angezogenen Beinen neben ihm auf dem Bett, den Rücken an die Wand gelehnt und ihre Füße mit unter seiner Decke. Mit beiden Händen umfasste sie eine Kaffeetasse und pustete mit spitzen Lippen den Dampf weg.

Ly setzte sich auf, gab ihr einen Kuss und streckte seine Hand nach der Tasse aus.

»Wie geht's dir?«, fragte Thuy.

»Ausgeschlafen.«

»So siehst du nicht aus.«

Ly zuckte mit den Achseln und trank von dem Kaffee. »Gibst du mir mal mein Telefon?«

»Schon wieder«, sagte Thuy mit einem Seufzer, reichte ihm aber den Hörer. Ly wählte die Nummer von Nguyen Duy Cao. Er wollte wissen, wie es Bang ging, und sich außerdem mit dem Grenzer verabreden. Irgendwie musste er ihn doch zum Reden bringen. Aber dessen Mobiltelefon war ausgestellt. Eine Schwester im Militärkrankenhaus, wo Ly daraufhin anrief, sagte ihm, Nguyen Duy Cao sei die ganze Nacht bei seinem Sohn gewesen, gerade jetzt aber nicht im Krankenzimmer. Auf Lys Frage hin, wie es Bang gehe, sagte sie nur, er müsse noch ein paar Tage im Krankenhaus bleiben. Ly bat sie, Nguyen Duy Cao auszurichten, er würde später im Krankenhaus vorbeikommen.

»Kannst du nicht mal einen Tag Pause machen«, drängte Thuy ihn, sobald er aufgelegt hatte, und fuhr mit den Fingerspitzen sanft über seinen Rücken. Er musste sich eingestehen, er genoss es, dass seine Frau sich so um ihn sorgte. »Ich muss noch kurz einen Kollegen sprechen«, sagte er. »Dann fahren wir hoch zum Westsee. Was meinst du? Ich habe Duc versprochen, mit ihm Tretboot zu fahren. Vielleicht hat Huong ja auch Lust.«

☆

Ly schickte Tu eine SMS, er solle ins Paris Deli kommen, einem Café an der St.-Josephs-Kathedrale. Das war zwar einer dieser viel zu teuren Läden mit französischem Gebäck und Milchkaffee, aber gleich bei Ly um die Ecke und ein guter Ort, um in Ruhe zu reden.

Ly ging zu Fuß. Als er ankam, saß Tu schon an einem Tisch am Fenster und tippte mit den Fingern auf der marmornen Tischplatte herum.

»Und?«, fragte Tu, ohne auch nur ein »Hallo« vorzuschieben.

Ly fasste für ihn zusammen, was bei der Vernehmung der Zoodirektorin am Abend zuvor herausgekommen war.

»Ich hab's geahnt.« Tu schlug mit der Hand auf den Tisch und fluchte. »Die eigenen Tiere an den Schwarzmarkt verkaufen – ist das jetzt das neue Modell der Zoofinanzierung?«

Ly beugte sich zu Tu vor und legte ihm eine Hand auf den Unterarm. »Die haben die Zoodirektorin laufen lassen. Aber da sind noch andere Leute in dieses Geschäft verwickelt. Die können wir noch dranbekommen.« Dass der Parteikommissar ihn beurlaubt hatte und nicht wollte, dass der Fall mit dem Tiger am Literaturtempel weiter verfolgt wurde, verschwieg Ly. So einfach würde er den Fall nicht ad acta legen, nicht, bevor er nicht den Auftraggeber für Truongs Mord überführt hatte. Er war sich sicher, dass der oder die Hintermänner des Tierhandels Truongs Tod angeordnet hatten, ebenso wie sie die Gefängniswärter bestochen hatten, die Schlange in Le My Liens Zelle zu legen. Und vielleicht steckten sie auch hinter dem Unfall am Literaturtempel, obwohl er sie eigentlich nicht als so dumm einschätzte. Durch den Tiger war die ganze Ermittlung ja erst ins Rollen gekommen. Und was mit Bang passiert war, konnte er sich auch nicht ganz erklären, aber auch der Junge musste – wie Truong – etwas beobachtet haben, was er nicht hatte sehen sollen.

»Wenn diese anderen Leute Beziehungen haben, werden sie auch wieder davonkommen«, sagte Tu.

»Es muss ja nicht immer so sein«, wandte Ly ein.

»Ist es aber. Soll ich Ihnen mal von meinem letzten Fall erzählen? Da haben wir über Wochen eine Bärenfarm in der Nähe von Hai Phong beobachtet. Touristen aus Südkorea sind da mit Reisebussen hinkutschiert worden. Für die war das eine Attraktion zuzusehen, wie den Bären die Gallenflüssigkeit entnommen wurde. Dass das illegal ist, war denen völlig gleichgültig. Die haben das sogar gefilmt.«

Ly dachte an Huong und den Videoclip mit den Schreien, den sie ihm vorgespielt hatte.

»Wir sind da rein, als sie gerade einem Bären die Kanüle ins Fleisch gebohrt haben. Wir haben sie alle erwischt. Die Touristen, den Farmbesitzer, mehrere Angestellte. Und trotzdem gab es nicht eine Anklage. Protektion von oben, das ist doch alles, was zählt. Und ich hatte geglaubt, ich könnte durch meine Arbeit etwas verändern.«

»Diesmal ist es anders«, versuchte Ly ihn zu beschwichtigen. »Es geht nicht nur um die Tiere, sondern auch um Mord.«

Tu schüttelte den Kopf. »Mir reicht's. Vielleicht gehe ich einfach wieder nach Australien.«

»Ach komm, hör auf.«

»Ich meine das ernst. Mein alter Professor in Melbourne hat mir eine Stelle an seinem Umweltinstitut angeboten.«

»Darüber wird Lan sich aber nicht freuen.«

Tu zog eine Braue hoch und sah Ly mit einem schüchternen Grinsen an. »Vielleicht kommt sie ja mit?«

»Das glaubst du doch selbst nicht.«

»Ich werde sie fragen.«

»Untersteh dich«, sagte Ly. Die Vorstellung, auf seine Assistentin verzichten zu müssen, weil sie mit einem frustrierten Polizisten nach Australien auswanderte, gefiel ihm gar nicht.

Ly sah Tu noch hinterher, wie er mit seiner schicken Honda Forza um die Ecke verschwand. Er fuhr zu schnell, genauso wie Ly es immer tat, wenn er wütend war. Dann ging Ly nach Hause, um Thuy und die Kinder abzuholen.

☆

Sie fuhren mit der Vespa. Duc stand vorne zwischen Ly und Lenker, Thuy und Huong saßen hinter Ly. Die Kühlbox mit dem Picknick hatte Huong sich unter einen Arm geklemmt. Die Sonne schien, ohne dass es allzu heiß war. Es war lange her, dass sie zuletzt alle vier zusammen auf seiner Vespa gefahren waren. Thuy schlang ihre Arme um Lys Bauch, und Duc rief ununterbrochen: »Schneller,

schneller!« Doch schneller ging es nicht. Ly konnte so schon kaum noch lenken.

Hinter der Ampel am Leninplatz standen mehrere Verkehrspolizisten, winkten sie aber, obwohl sie so überladen waren, nicht heraus.

Sie fuhren am Ho-Chi-Minh-Mausoleum vorbei und bogen links zur Straße der Jugend ab. Hier hingen an den Straßenlaternen noch immer die roten Banner vom Nationalfeiertag im September: »Nichts ist wertvoller als Unabhängigkeit und Freiheit.«

»Halt«, schrie Huong. Ly bremste, und sie kippten seitlich weg. Gerade noch konnte er die Vespa mit dem Fuß abstützen. Huong sprang ab. Die Kühlbox, die sie gehalten hatte, donnerte auf den Boden. »Mein Bein ist eingeschlafen«, schrie sie lachend und hüpfte einen Moment wild herum, bevor sie sich wieder hinter ihre Mutter auf den Sitz drängte.

Der Tretboot-Verleih am Westsee lag direkt neben der Tran-Quoc-Pagode. Duc suchte sich ein Boot aus: ein hellblaues in Schwanenform, mit gelben Sitzschalen und einem zerfetzten roten Stoffdach. Ly zahlte für drei Stunden im Voraus.

Duc und Ly traten zuerst in die Pedale. Die Sonne glitzerte auf dem Wasser. Eine leichte Brise wehte. Misstrauisch betrachtete Ly die Fische, die Bauch oben neben dem Boot trieben. Abwasser, Hausmüll, Motorenöl – er wollte sich gar nicht so genau vorstellen, was alles im See landete. Bloß nicht kentern, dachte Ly und versuchte, möglichst nah am Ufer entlangzusteuern.

Auf der Seepromenade waren Fußgänger und Jogger unterwegs. Männer hatten ihre Angeln ausgeworfen. Hin und wieder fuhr ein Motorrad vorbei. Um die neue Promenade zu bauen, hatten die Besitzer der an den See angrenzenden Villen ein Stück ihrer Grundstücke abgeben müssen. Eine Enteignung, die ausnahmsweise mal dem Volk zugutekam, dachte Ly.

In Höhe des Tay-Ho-Tempels ließen sie das Boot treiben. Ly setzte sich nach hinten zu Thuy, die dabei war, das Picknick auszupacken. *Goi cuon vit*, Reispapier-Rollen mit Entenfleisch, dazu Pomelo mit Chili-Salz, Bananenblütensalat und frisches Baguette. Ly reichte sie eine Dose *Tiger*-Bier. Er lehnte sich zurück, legte seine Hand auf Thuys Bein und genoss die warme Herbstsonne im Gesicht. Er war kurz davor wegzudösen, als sein Telefon klingelte.

Thuy verdrehte die Augen. »Bitte, nicht jetzt.«

Ly warf ihr einen entschuldigenden Blick zu und nahm ab.

Der Anrufer war Bangs Arzt aus dem Militärkrankenhaus. »Der Junge ist weg«, sagte er.

»Was heißt das: weg?«

»Verschwunden. Vermutlich mit seinem Vater. Eine der Schwestern meint, gesehen zu haben, wie sie in ein Taxi gestiegen sind.«

Ma quy. Geister und Dämonen. Das durfte doch jetzt wirklich nicht wahr sein.

»Er braucht medizinische Versorgung«, sagte der Arzt.

»Danke, dass Sie mir Bescheid gegeben haben«, sagte Ly. »Ich kümmere mich darum.«

Er legte auf und drückte die Nummer des Grenzers, aber dessen Telefon war noch immer ausgeschaltet. Ihm gefiel das alles gar nicht. Wäre er doch nur heute Morgen gleich im Krankenhaus vorbeigefahren.

»Müssen wir umkehren?«, fragte Huong.

»Tut mir leid«, sagte Ly.

»Ach, ist nicht so schlimm«, sagte Huong. »Ich wollte sowieso nachher noch eine Freundin treffen.«

Duc reagierte weniger gelassen. Er verschränkte die Arme vor der Brust und hatte Tränen in den Augen. Huong fasste ihn am Arm. »Komm, wer schneller treten kann«, rief sie und sprang auf einen der vorderen Sitze. Schnell hatte Duc seinen Ärger vergessen. Mit lautem Gebrüll heizten sie sich gegenseitig an.

Die halbe Strecke hatten sie geschafft, als ein Ruck durch das Boot ging. Es schwankte, und Wasser schwappte über das Deck. Ly dachte zuerst, sie seien gegen einen unter der Wasseroberfläche liegenden Ast gestoßen, doch als Huong und Duc weiter traten, bewegte sich das Boot weder vor noch zurück.

»Ich glaub, die Kette ist gerissen«, sagte Huong.

»O je«, sagte Thuy, lächelte und öffnete eine Cola-Dose. Es schien sie nicht besonders zu stören, noch länger auf dem See zu bleiben.

Ly griff nach dem Deckel der Kühlbox, beugte sich über den Bootsrand und versuchte es mit Paddeln.

Huong und Duc legten sich flach auf den Bauch und halfen mit den Händen nach. Es dauerte keine fünf Minuten, und sie hatten begonnen, sich gegenseitig nass zu spritzen.

»Lasst das, diese Dreckbrühe«, sagte Ly. »Schaut euch mal die ganzen toten Fische an.«

Die beiden hielten sofort inne. »Igitt«, rief Huong. »Bääh«, schrie Duc.

Das Boot trieb wieder bewegungslos auf dem See.

»So kommen wir nie an Land«, sagte Thuy, stippte ein Stück Pomelo in das Chili-Salz und schob es sich in den Mund.

Ly hob die Hand über die Augen. Im gleißenden Licht der Sonne entdeckte er mehrere andere Boote. Allerdings waren sie alle zu weit entfernt, um sie zu Hilfe zu rufen. Und der Bootsverleiher würde erst am Abend auf den See fahren, um die letzten umhertreibenden Tretboote abzuschleppen. So lange konnte Ly nicht warten. Er zog seine Schuhe aus und ließ sich ins Wasser gleiten, wobei er den Mund zudrückte, um bloß kein Wasser hineinzubekommen. Schwimmend schob er das Boot Richtung Ufer, darauf bedacht, nicht mit den Füßen den schlickigen Boden zu berühren. Seine Kinder standen oben und lachten. Und auch Thuy verkniff sich ein Grinsen nicht.

»Das ist gar nicht lustig«, fuhr Ly sie an. Er fand dieses Wasser einfach nur widerlich.

An Land hatte sich eine Menschentraube angesammelt, die das Manöver unter johlendem Beifall verfolgte.

☆

Zu Hause duschte Ly lange heiß und schrubbte sich mehrmals mit Seife ab. Als er nach oben kam, hatte Thuy ihm von einem Straßenstand eine *mien mang ngan* geholt. Eine Glasnudelsuppe mit Ente und Bambusgemüse. Die Suppe tat gut. Sobald er aufgegessen hatte, brach er in die Hang-Trong auf. Vielleicht waren Bang und sein Vater in der Wohnung der Baronin. Die junge Verkäuferin unten im Souvenirladen versicherte Ly jedoch, dass weder die Baronin noch Bang aufgetaucht seien, seitdem er das letzte

Mal da gewesen war. Und Bangs Vater habe sie noch nie gesehen. Ly wunderte sich, dass der Grenzer nie hier gewesen sein sollte. Doch dann fiel ihm ein, was Bang im Präsidium über seinen Vater gesagt hatte. Er sei nicht gerne unter Menschen und würde die Stadt meiden. Und wenn er mal nach Hanoi kam, dann nur um ein paar alte Freunde aus Armeezeiten zu besuchen, die unten am Fluss lebten.

Phuc Tan, dachte Ly, das Stadtviertel zwischen Fluss und Deichmauer, in dem auch der Unfallfahrer vom Literaturtempel gewohnt hatte.

Noch war in den Gassen von Phuc Tan nicht viel los. Die Wanderarbeiter würden erst mit Einbruch der Dunkelheit zu ihren Unterkünften zurückkehren. Nur hier und da war schon eine Garküche oder ein *bia hoi* geöffnet, in denen Ly sich nach dem Grenzer erkundigte. Erfolglos. Nicht einmal die Kinder auf der Straße, die er nach Nguyen Duy Cao fragte, wollten ihn je gesehen haben. Und gerade sie hätten doch sein vernarbtes Gesicht und die Augenklappe nicht vergessen. Er fragte sich, ob Bang vielleicht nicht »am Fluss«, sondern »auf dem Fluss« gemeint haben konnte. Er hielt es zwar für unwahrscheinlich, dass ein Grenzer aus Na Cai Schiffer kannte, die auf dem Roten Fluss lebten. Aber er musste es versuchen, eine bessere Idee hatte er nicht.

Er nahm die geschwungene Auffahrt zur Long-Bien-Brücke. In der kleinen Bahnhofsstation stand der Zug nach Hai Phong. Die losen Wegplatten der Brücke schlugen unter den Rädern von Lys Vespa auf die Metallträger. Über hundert Jahre war die Eisenbahnbrücke alt und immer nur provisorisch repariert worden. Ly fuhr, bis er über der großen Sandbank war, die sich längs durch den Roten Fluss zog. Die Betonrampe, die von der Brücke hinunter führte, war so steil, dass Ly abstieg und die Vespa schob. Unten folgte er einem Pfad zwischen hohen Maispflanzen und Papayabäumen entlang zum Ufer. Die Nachmittagssonne stand niedrig und schimmerte auf dem rostbraunen Wasser. Hühner staksten auf der Suche nach Futter durch den Schlick. Ein einziger Sampan hatte festgemacht. Ly kannte den Mann, der am Bug des langen Holzbootes stand. Während seiner letzten Mordermittlung hatte er fast alle Sampanschiffer um Hanoi kennengelernt. Er begrüßte den Mann und beschrieb ihm Nguyen Duy Cao.

»Er soll eine Augenklappe haben?« Der Mann schüttelte den Kopf. »Nein. Ein Sampanschiffer ist das nicht.«

»Er muss Freunde auf dem Fluss haben, die er hin und wieder besucht. Es müssen alte Freunde aus Armeezeiten sein.«

»Das sind vielleicht welche von den Hausbooten«, sagte der Schiffer. »Von denen waren früher viele beim Militär.«

Der Weg zu den Hausbooten war ähnlich holprig wie die Bergpfade bei Na Cai. Ly fuhr an drei Männern vorbei, die zwischen niedrigen Erdnusspflanzen auf einer Reisstrohmatte saßen. Vor ihnen standen Teller mit gegrilltem Hundefleisch und durchdringend riechender Garnelenpaste. Ihre Gesichter waren vom Alkohol dunkelrot angelaufen. Ein Stück weiter grasten braune Kühe auf einer Wiese. Um sie herum spielten Männer Fußball. Ly musste lachen. Die Männer spielten splitterfasernackt. So etwas hatte er auch noch nicht gesehen. Die Sandbank war wirklich eine Welt für sich. Kaum zu glauben, dass sie hier mitten in Hanoi waren.

Die Hausboote lagen etwas versteckt in einer seichten Bucht. Anders als die Sampans waren sie keine fahrtüchtigen Boote, sondern eher so etwas wie schwimmende Hütten: Verschläge, gebaut aus Holzlatten, Sperrholzbrettern, Wellblech und LKW-Planen, die auf Pontons aus Ölfässern schwammen. Einige waren über Stege aus langen Bambusstangen mit dem Ufer verbunden, andere trieben weiter draußen.

Ly stellte seine Vespa zwischen Säcken mit Plastik und Metallschrott ab. Ein Hund bellte. Es war ein großes schwarzes Tier, das auf dem Ponton eines der ufernahen Hausboote stand. Ein Mann kam Ly über den Steg entgegen, und Ly fragte ihn nach Nguyen Duy Cao.

»Cao? Klar kennen wir den.« Der Mann zeigte auf eines der Hausboote, das rund zwanzig Meter vom Ufer entfernt lag.

Ly betrachtete das Wasser. Es schien ihm genauso wenig einladend wie das des Westsees. »Wie komme ich da rüber?«

»Schwimmen zum Beispiel«, sagte der Mann, zerrte aber gleichzeitig schon ein aus dicken Styroporplatten zusammengebundenes Floß ins Wasser und bedeutete Ly, sich zu setzen. Er schob ihn zum Hausboot hinüber, wobei er selbst bis zum Bauch durch das Wasser watete.

»Cao«, rief der Mann. »Cao!«

In der Tür des Hausbootes, auf das sie zusteuerten, erschien der Grenzer. Er trug Boxershorts und ein weißes Rippenunterhemd. Sein Blick war nicht freundlich, hatte aber etwas von seiner Feindseligkeit verloren.

Ly hievte sich zu ihm auf den Ponton hoch und folgte ihm in die Hütte. Er musste seinen Kopf einziehen, so niedrig war die Türöffnung. Der Raum, den sie betraten, war kaum größer als ein Doppelbett. Der Boden war mit Matten ausgelegt. Es roch nach Erbrochenem. Dicht an der Wand lag Bang. Er hatte ein Kissen unter dem Kopf und war bis zum Kinn zugedeckt. Er schien zu schlafen.

In einer kleinen Kochnische stand eine Frau. Sie war über eine Schüssel mit Reis gebeugt, den sie mit Wasser aus einem Benzinkanister wusch. Sie sah kurz auf und nickte Ly zu.

In einem zweiten, noch kleineren Raum lagen zwei Jungs in Ducs Alter und sahen fern. Das Bild flimmerte so stark, dass Ly nur an der Musik erkannte, dass der Rosarote Panther lief. Er wunderte sich, dass es hier überhaupt Strom gab. Aber dann sah er die Autobatterie, die auf dem Boden stand.

Der Grenzer ging zu den Jungs hinüber, sagte leise etwas zu ihnen und zog die Schiebetür zu dem kleinen Raum zu. Dann setzte er sich auf den Boden, rückte seine Augenklappe zurecht und sah Ly abwartend an.

»Bang braucht ärztliche Versorgung«, sagte Ly und ließ sich dem Grenzer gegenüber auf den Boden sinken. Mit einem Mal merkte er, wie erschöpft er war.

»Bang erbricht sich noch, ansonsten geht es ihm gut«, sagte Nguyen Duy Cao.

»Sie hätten ihn im Krankenhaus lassen müssen.«

»Wer ihm das angetan hat, könnte es wieder versuchen.«

»Hier in Hanoi?«, fragte Ly und zog eine *Thang Long* aus der Packung. »Warum? Was weiß Bang?«

Cao lachte heiser und gab Ly Feuer. »Zu viel. Sonst wäre ihm das wohl kaum passiert.«

»Kann er sich denn erinnern, was passiert ist?«

Der Grenzer gab ein knurrendes Geräusch von sich. »Er weiß nur noch, dass er bei diesen Käfigen im Wald war. Er hat da zwei Männer gesehen und ist weggerannt.«

»Kannte er die Männer?«

»Nein. Er meint, es seien Laoten gewesen.« Der Grenzer zündete eine Petroleumlampe an. Obwohl es draußen noch hell war, war das Licht in der Hütte schummrig.

Ly versuchte sich vorzustellen, was passiert war. Vielleicht hatten diese Männer die Käfige bewacht oder die Tiere versorgt. Dann hatten sie Bang entdeckt und Angst bekommen, er könnte sie verraten. Sie waren ihm gefolgt und hatten zugeschlagen. Vielleicht hatten sie auch Bangs Telefon mit dem Film an sich genommen. Das würde erklären, warum Bang es nicht mehr bei sich gehabt hatte.

»Cao, vor wem haben Sie Angst? Wenn es Laoten waren, werden sie Bang kaum bis nach Hanoi folgen.« Ly drückte seine Zigarette in dem Aschenbecher aus, der auf dem Boden stand, und zog sofort eine neue *Thang Long* aus der Packung. »Es ist die Baronin, habe ich recht? Sie ist diejenige, die das Geschäft organisiert. Sie hat in Na Cai die Fäden in der Hand.«

Der Grenzer antwortete darauf nicht. Er griff nach einer Schnapsflasche und zwei Gläsern, die auf einem Tablett standen, schenkte ein und trank.

Bang wälzte sich auf seiner Matte herum und röchelte leise, schlief aber weiter. »Was bekommen Sie dafür, dass Sie für die Baronin die Tierlieferungen über die Grenze lassen?«, fragte Ly.

»Meinen Sie, das tue ich?«

»Hören Sie auf! So kommen wir nicht weiter. Es geht um Ihren Sohn.«

Der Grenzer nickte, sah Ly einen Moment an und sagte: »Sie zahlt das Schulgeld für Bang. Und manchmal einen kleinen Zuschuss zu meinem Gehalt.«

»Mehr nicht?«

»Ich habe ihr viel zu verdanken.« Er ließ seinen Blick durch die Hütte schweifen, als würde er sie zum ersten Mal sehen. »Wissen Sie, die Menschen, die hier auf diesen Hausbooten leben – viele von ihnen waren jahrelang in der Armee. Und sehen Sie, was ihnen geblieben ist. Nichts. Das wäre ohne die Baronin auch aus mir geworden. Und ich habe nicht mal mehr ein Gesicht.« Der Grenzer gab wieder dieses heisere Lachen von sich. Er erzählte Ly, dass er die Baronin über ihren Mann, unter dem er bei der Armee gedient hatte, kennengelernt hatte. Nach seinem Unfall mit dem Bären hatte sie ihm geholfen. Ihr Mann war da bereits verstorben. Sie war es, die ihm in Na Cai Arbeit besorgt hatte. Ohne sie hätte er niemals etwas gefunden. Nicht so, wie er aussah.

»Und was ist mit den anderen im Dorf?«, wollte Ly wissen.

»Jeder in Na Cai weiß um ihre Geschäfte mit den Tieren, und die meisten profitieren davon«, sagte Cao. »Als Handlanger. Oder einfach, weil sie schweigen. Die Leute stehen hinter ihr. Sie tut viel für unser Dorf.«

»Was ist mit Khai? Er ist der Ranger. Unternimmt er nichts?«

»Ach was. Dem geben Sie eine Flasche Schnaps, und er ist ruhig.« Der Grenzer machte eine wegwischende Handbewegung. »Die Einzigen, die mal aufgemuckt haben, waren die Hmong.«

»Die Hmong? Wieso?«

»Ich weiß nicht genau. Wahrscheinlich ging es einfach um ihre Bezahlung. Viele von denen jagen. Aber …« Er stockte.

»Aber was?«

»Es gab da einen Unfall.«

»Der Sohn des Hmong-Schamanen?«

Der Grenzer nickte.

»Sein Tod war kein Unfall, oder?«, fragte Ly.

»Ich weiß nicht. Es gab Gerüchte.«

Der Tod von Paos ältestem Sohn war eine Warnung gewesen, dachte Ly. Deshalb war Pao ihm gegenüber so verschlossen gewesen.

»Wenn die Baronin Ihnen so sehr geholfen hat, wieso erzählen Sie mir das dann jetzt alles?«, fragte Ly.

»Mein Sohn wurde verletzt«, sagte er und atmete tief durch, bevor er weiterredete. »Nachdem Sie mich angerufen und nach Bang und den Käfigen gefragt hatten, habe ich versucht, mit der Baronin zu sprechen. Ich wollte, dass sie mich zu den Käfigen bringt. Sie hat sich geweigert. Sie hätte Bang diesem verfluchten Geschäft geopfert.«

Der Grenzer schenkte Schnaps nach. Diesmal hielt er das Glas hoch, um mit Ly anzustoßen. »Ich muss mich bei Ihnen bedanken. Und das mit Ihrem Gesicht tut mir leid.«

Ly deutete mit einem Nicken an, dass er die Entschuldigung annahm. Er konnte nachvollziehen, was in dem Mann vorgegangen war, als er seinen Sohn da im Haus des Schamanen hatte liegen sehen. Der Junge hatte ausgesehen wie tot.

Der Grenzer lächelte, und mit einem Mal wirkte sein Gesicht ganz entspannt. Es bekam fast etwas Weiches. Ly dachte, dass er einmal ein gutaussehender Mann gewesen sein musste.

»Trauen Sie der Baronin einen Mord zu?«, fragte Ly.

»Ich traue ihr alles zu«, sagte Cao. »Nur dass sie zulässt, dass Bang etwas passiert, das hätte ich niemals für möglich gehalten.«

☆

Ly ging die Hang-Trong-Gasse hinunter. Er musste mehr über die Baronin in Erfahrung bringen. Sie hatte gute Beziehungen. Da brauchte er mehr Beweise gegen sie als die Aussage eines einzigen Dorfbewohners. Und irgendwo musste er anfangen, wieso also nicht hier?

Es war kurz nach Mitternacht und still, nur von weitem tönte der Ruf des Dampfbrötchen-Verkäufers. *»Banh bao day, banh bao nong day …«* Die Straßenlaternen warfen ein mattes, gelbliches Licht. Unter einem Königsblumenbaum blieb Ly stehen und sah zu dem Haus hinüber, in dem die Baronin ihre Wohnung hatte. Die grünen Klappläden vor den Fenstern in der ersten Etage waren geschlossen, genauso wie am Mittag, als Ly unten im Laden gewesen war, um nach Bang und dem Grenzer zu fragen.

Vor die Glasfront des Erdgeschosses waren jetzt allerdings Gitter gezogen, die mit einem schweren Vorhängeschloss verriegelt waren. Das würde er kaum aufbrechen können. Vielleicht käme er aber über den Hinterhof in die Wohnung. Es gab da einen schmalen Durchgang, der zwischen den Häusern nach hinten führte.

Während Ly noch da stand und hinüberschaute, kam

ein Mann über die Straße auf ihn zu. Er hatte die Hände in den Jackentaschen vergraben. Angespannt beobachtete Ly jede seiner Bewegungen. Direkt vor ihm blieb der Mann stehen und sah ihn an. Adrenalin schoss Ly durch den Körper. Doch dann ließ der Mann nur seine Zigarette fallen, trat sie aus und ging weiter die Straße hinunter. Verflucht, dachte Ly, was war er nur so nervös?

Er wartete noch etwas, bevor er die Straßenseite wechselte und in den dunklen Gang zwischen den Häusern trat. Anfangs konnte er nichts sehen und tastete sich langsam an der Wand entlang vorwärts. Erst da, wo die höhere Hauswand aufhörte und die niedrigere Hofmauer anfing, fiel Licht ein. Ly konnte erkennen, dass oben auf der Mauerkante Glasscherben eingelassen waren.

Er zog sein Hemd aus, schnitt den Stoff mit dem Taschenmesser ein, das an seinem Schlüsselbund hing, und riss das Hemd entzwei. Die Stofffetzen wickelte er sich um die Hände. Mit ausgestreckten Armen sprang er aus dem Stand hoch und versuchte die Mauerkante zu fassen. Der Gang war zu schmal, als dass er auch nur einen Meter Anlauf hätte nehmen können.

Er musste mehrmals springen, bis er sich halten und hochziehen konnte. Die Scherben stachen durch den Stoff, und er spürte seinen Arm wieder, den er sich bei seinem Sturz in den Bergen verletzt hatte. Trotzdem schaffte er es, sich hochzustemmen. Er zog einen Fuß auf die Mauer, schwang das andere Bein hinüber und sprang in den Hof. Mit einem Fuß knickte er weg. Er unterdrückte einen Aufschrei, keuchte. Warmes Blut lief ihm das Bein hinunter. Er hatte sich auf der Mauer das Schienbein aufgeschnitten.

Den Rücken gebeugt und die Hände auf die Oberschenkel gestützt, wartete er, bis sein Atem sich beruhigte. Eine Ratte huschte über seine Füße, und das Blut sickerte durch sein Hosenbein. Immerhin blieben die Hühner ruhig und verrieten ihn nicht.

Die Tür zwischen Hof und Treppenhaus stand offen. Ly schlich die Treppe hinauf. Oben blieb er stehen und lauschte. Als er nichts hörte, drückte er die Klinke der Tür des zur Straße gelegenen Zimmers. Zu seiner Verwunderung war nicht abgeschlossen.

Er öffnete die Tür einen Spalt, zwängte sich hindurch und schloss die Tür sofort wieder. Mit dem Rücken an der Wand blieb er stehen. Niemand außer ihm war im Zimmer. Das Einzige, was er hörte, war sein eigener Atem.

Durch die Ritzen in den Holzläden drang etwas Licht von der Straße herein. Der Raum war groß, etwa fünf mal sieben Meter. In dem schummrigen Licht konnte er ein breites Bett ausmachen, einen Sekretär, einen Altar und eine Kommode, auf der ein Aquarium stand. Es wirkte alles sehr schlicht. In Hanoi hatte die Baronin vermutlich keinen Grund oder kein Interesse daran aufzufallen. Hier war sie nicht die Wohltäterin, die alles unter Kontrolle haben wollte, sondern die Geschäftsfrau, die unauffällig agierte.

Ly begann, sich genauer umzusehen. Der Sekretär war abgeschlossen. In der obersten Schublade der Kommode lagen ordentlich zusammengelegt mehrere Hosen, Blusen und Unterwäsche. Er tastete den Boden der Schublade ab, fand aber nichts weiter. Die beiden unteren Schubladen waren leer.

Er beugte sich zur Glasscheibe des Aquariums vor und

konnte mehrere Zebrawelse erkennen. Neben dem Becken stand eine Kiste mit Tierfutter-Tüten, einem Kescher und einer hübschen silbernen Dose. Ly nahm die Dose aus der Kiste und zuckte zusammen. Eine blechern klingende Synthesizer-Melodie zerriss die Stille. Neonlicht leuchtete das Aquarium pink aus. Ein goldener Buddha, der im Kies stand, klappte seinen Mund auf und zu. Die Zebrawelse jagten aufgeschreckt hin und her. Ly musste aus Versehen an den Schalter für das Aquarium gekommen sein. Hastig drückte er ihn wieder aus. Mit angehaltenem Atem wartete er, ob nun der Alte von gegenüber auftauchen würde. Aber nichts geschah.

Er öffnete die Dose. Darin lagen eine kleine Reibe und ein etwa ingwerknollengroßer Gegenstand. Erst dachte Ly, es sei ein Stück Holz. Aber die Struktur der Oberfläche war ungewöhnlich. Die eine Seite war glatt abgesägt, auf der anderen stachen splittrige, borstenartige Fasern heraus.

Ly drehte den Gegenstand zwischen seinen Fingern. Es musste ein Stück Nashorn-Horn sein. Tu hatte ihm kürzlich eines gezeigt, das sie im Haus an den Gleisen gefunden hatten. Aber was zum Himmel hatte das in der Futterkiste für die Fische zu suchen? Geröstete Schlangenhaut, ja, die gab Ly seinen Fischen auch hin und wieder. Sie hatte antibiotische Wirkung. Aber die Baronin raspelte doch nicht ernsthaft Nashorn-Horn ins Wasser? Es hieß, es helfe gegen Ohnmacht und heile Krebs. Auf dem Schwarzmarkt war es teurer als Gold. Es an Fische zu verfüttern, das war doch vollkommen absurd.

Anstatt aber lange darüber nachzudenken, sah Ly sich weiter um. Den größten Platz im Raum, abgesehen einmal vom Bett, nahm der Altar ein. Es war ein hoher Holztisch mit feinen Schnitzereien. In seiner Mitte stand das handgezeichnete Porträt eines alten Mannes. Der Vater der Baronin, vermutete Ly. Vor dem Bild lagen Mangos und Drachenfrüchte. In einer Vase standen frische Margeriten. Ly fragte sich, ob der alte Nachbar sie hingestellt hatte. Irgendjemand musste ja auch die Fische füttern, wenn die Baronin nicht da war. Allerdings fand Ly es etwas ungewöhnlich, dass sich ein Fremder um den Familienaltar kümmerte. Neben der Schale für die Räucherstäbchen lagen vier in Zeitungspapier eingewickelte Päckchen. Ly legte das Horn beiseite, nahm eines der Päckchen und schlug das Zeitungspapier auseinander.

»*Troi oi*!«, entfuhr es ihm. O Himmel! In dem Papier waren Dollarscheine eingewickelt. Hunderternoten. Ly ließ seinen Daumen über den Packen laufen, es mussten an die tausend Scheine sein. Und in den anderen drei Päckchen war vermutlich ebenso viel Geld. Ly wollte das gerade überprüfen, als auf der Straße eine Autotür schlug. Mit dem Geld in der Hand trat er ans Fenster und konnte durch die Schlitze in den Läden ein Taxi ausmachen, das vor dem Haus gehalten hatte. Dann hörte er, wie jemand das Gitter im Erdgeschoss aufzog. Schnell wickelte er die Geldscheine wieder in das Papier und legte sie zurück auf den Altar. Er wollte noch das Horn in die silberne Dose zurücklegen, als er von unten Stimmen hörte. Er eilte aus dem Raum. Das Horn ließ er in seine Hosentasche gleiten, offen herumliegen lassen konnte er es kaum.

Schritte kamen die Stufen herauf. Lys Herz pochte. Er musste sich verstecken. Nach unten konnte er jetzt nicht mehr, und vor der Tür zum Dach hing ein Schloss.

»Vielleicht verschieben wir die Lieferung besser noch

mal«, hörte er eine Frauenstimme sagen. Es war die Baronin. War sie also doch in der Stadt.

»Nein. Die Ware ist zugesagt. Wenn wir jetzt nicht liefern, sind wir den Auftrag los«, sagte eine zweite Person. Es war ein Mann. Ly kam die Stimme vertraut vor, vielleicht bildete er sich das aber auch nur ein. Er war zu müde, als dass er seinem Gespür noch vertraute.

»Es wird viel zu gefährlich«, sagte die Baronin, die jetzt schon fast oben im Flur stand. Im letzten Moment sprang Ly unter den Absatz der Treppe, die zum Dach hinaufführte, und machte sich so klein wie möglich.

»Die eine Lieferung nehme ich noch an, da steckt viel Geld drin«, sagte der Mann. »Dann sind wir weg.«

»Aber wir haben kein Lager«, wandte die Baronin ein. Ihre Stimme hatte nicht mehr die Selbstsicherheit wie auf dem Karaokeabend oben in Na Cai.

»Bis die Lieferung übermorgen hier ist, habe ich etwas organisiert. Mach dir keine Sorgen.« Der Mann sprach die Baronin mit *chi* an, was ältere Schwester bedeutete. Das hieß allerdings nicht zwingend, dass sie mit ihm verwandt war, sondern lediglich, dass sie etwas älter war als er.

»Du entscheidest«, sagte die Baronin.

Aus seinem Versteck konnte Ly sehen, dass sie die Tür zu ihrem Zimmer geöffnet hatte und hineinging. Der Mann lief im Flur auf und ab und blieb dann genau vor der Stelle stehen, wo Ly unter dem Treppenabsatz kauerte. Ly konnte den Saum einer dunklen Stoffhose sehen und Füße, die in abgetragenen Ledersandalen steckten. Wieso stand der Mann so lange dort vor ihm? Ly hatte mit einem Mal das Gefühl, dass sein Atem rasselte. Bitte, Himmel, lass ihn mich nicht hören.

»Hier«, sagte die Baronin, und endlich trat der Mann ein paar Schritte von dem Treppenabsatz weg. Ly atmete erleichtert auf.

Dem Rascheln des Papiers nach zu urteilen, öffnete der Mann die Päckchen, die eben noch auf dem Altar gelegen hatten, und zählte das Geld nach.

»Traust du mir jetzt auch nicht mehr?«, fragte die Baronin leise, fast ängstlich. Eine Tonlage, die er so von ihr auch noch nicht gehört hatte.

Der Mann lachte leise. Es war ein Lachen, bei dem Ly eine Gänsehaut über die Arme lief. Es verhieß nichts Gutes.

☆

Die Morgendämmerung hatte schon eingesetzt, als Ly endlich nach Hause kam. Er schlief sofort ein.

Als er aufwachte, war draußen längst strahlender Sonnenschein. Das Licht fiel hell durch die Dachluke. Ly blinzelte. Thuy saß am Fußende des Bettes. Vor sich hatte sie einen Wäschekorb stehen.

»Woher hast du das denn?«, fragte sie und hielt das Nashorn-Horn hoch. Sie musste es in seiner Hosentasche gefunden haben. Ly brummte vor sich hin, drehte sich zur Wand und versuchte, wieder einzuschlafen. Was sollte er Thuy auch sagen? Er konnte schlecht zugeben, dass er in eine Wohnung eingebrochen war und es mitgenommen hatte.

»Deine Mutter hat wieder starke Schmerzen«, sagte Thuy. »Doktor Song hat heute Morgen schon nach ihr gesehen.«

»Gut«, murmelte Ly und zog sich die Decke über den

Kopf. Er brauchte dringend mehr Schlaf. Thuy sagte noch etwas, aber ihre Worte drangen schon nicht mehr klar zu ihm durch, sondern vermischten sich mit einem Traum.

☆

»Ly. Ly! Wach auf.«

»Lass mich«, murrte Ly. Sein Bruder musste mal wieder betrunken sein, dass er versuchte, ihn zu wecken.

»Los, wach auf«, rief Hieu und schüttelte Ly. »Thuy ist verunglückt!«

Bei diesen Worten fuhr Ly hoch.

»Sie wollte … zum Markt … mit deiner Vespa. Ein Bus. Sie haben sie ins Krankenhaus gebracht. Das deutsch-vietnamesische.«

Hieu hatte noch nicht ausgesprochen, da war Ly längst aufgesprungen und hatte sich ein Hemd übergeworfen. Die Hose von gestern hatte er noch an. Er rannte die Stiege hinunter und aus dem Haus.

Ohne sich weiter nach dem Verkehr umzusehen, stürmte er über die Straße und hinunter zum Haupteingang des Krankenhauses, das nur wenige Meter von ihrem Haus entfernt lag. Er rannte zur Notaufnahme durch und hielt den ersten Arzt, den er sah, am Arm fest. »Nguyen Thi Thuy«, sagte er atemlos. »Sie muss hier …«

»Sind Sie der Ehemann?«, fragte der Arzt.

»Ja«, wollte Ly sagen, aber das Wort blieb ihm im Hals stecken, und er nickte nur.

Der Arzt legte ihm eine Hand auf die Schulter und sah ihn freundlich an. Ly schossen die Tränen in die Augen. Gleich würde der Mann ihm sagen, Thuy sei tot. Nett und mit mitleidendem Blick, so machte er es doch auch immer, wenn er Todesnachrichten überbringen musste.

☆

Eine halbe Stunde später saß Ly unten in Hieus Werkstatt. Er hatte die Gitter zur Straße halb zugezogen, damit keine Kunden hereinkämen. Huong hatte ihren Kopf in seinen Schoß gelegt und weinte, wobei ihr ganzer Körper zitterte. Ly streichelte ihren Rücken, ohne das Gefühl zu haben, sie irgendwie trösten zu können. Er war genauso verzweifelt wie sie. Seine Mutter kniete vor ihrem Altar und murmelte ein unentwegtes *»nam mo a di da phat«*, Ehre sei Buddha. Der Geruch von glimmenden Räucherstäbchen hing im Raum. Minh war gekommen. Und auch wenn er nur schweigend neben ihnen saß, war Ly doch froh über die Anwesenheit seines Freundes. Duc hatten sie in der Schule gelassen und organisiert, dass er später zu einem Freund ginge. Er wäre mit der Situation noch überforderter als sie alle. Was hätte Ly ihm auch sagen können? Sie wussten nichts Konkretes. Der Arzt hatte lediglich gesagt, dass Thuy schwer verletzt sei. Sie werde gerade operiert.

Die Krankenschwester, der Ly das gesamte Geld, das er noch in seiner Hosentasche hatte finden können, zugesteckt hatte, hatte auf dem Krankenblatt gesehen, dass Ly gleich nebenan wohnte. Sie hatte ihn gedrängt, zu Hause zu warten. »Bitte, Sie sehen doch, was hier los ist«, hatte sie gesagt. Der Vorraum zur Notaufnahme war überfüllt mit wartenden Großfamilien.

Die Krankenschwester hatte Ly versprochen, jemanden

vorbeizuschicken, sobald Thuy aus dem Operationssaal käme. Das war jetzt schon fast zwei Stunden her.

Ly rauchte eine Zigarette nach der anderen und sah immer wieder auf die Uhr. Sein Bruder hockte auf dem Boden und hatte begonnen, Lys Vespa auseinanderzunehmen, die auf dem ölverschmierten Werkstattboden lag. Die Verkehrspolizei hatte sie von einem Pick-up bei ihnen abgeladen. Sie war nur noch ein Haufen Schrott. Hieu zog am Tankschlauch und schnitt mit einem Metallschneider Teile aus dem Wrack. Ly wandte sich ab. Er ertrug es nicht, sich vorzustellen, mit welcher Wucht Thuy gegen den Bus geprallt sein musste. Und dabei fuhr sie doch immer so vorsichtig. Sie nahm kaum die Hand von der Bremse. Er murmelte ein *»lay troi lay dat«*. Aber seine Beschwörungsformel vertrieb nicht seine Gedanken, und schon gar nicht seine Angst. Er spürte, wie ihm wieder die Tränen kamen, und wischte sich mit der Hand über die Augen.

»Schau dir das an«, sagte Hieu.

»Jetzt nicht«, fuhr Ly ihn an. Es interessierte ihn nicht, was mit der Vespa war.

Hieu gab ein Murren von sich und griff nach dem Bier, das neben ihm auf dem Stuhl stand. Ly wollte nicht wissen, das wievielte es heute schon war. Er ärgerte sich über seinen Bruder, der immer nur seine Schrauberei und den Alkohol im Kopf hatte. Sogar jetzt, wo Thuy gerade mit der Vespa, die da vor ihm lag, verunglückt war und Ly aus Angst um seine Frau schier verrückt wurde.

Mit zittrigen Fingern zündete Ly sich eine weitere Zigarette an, als er die Krankenschwester über die Straße kommen sah. Er sprang auf und rannte ihr entgegen. Sie griff nach seinen Händen und lächelte. »Ihre Frau hat die Operation überstanden«, sagte sie.

Ly hätte die Krankenschwester jetzt am liebsten fest gedrückt. »Kann ich zu ihr?«, fragte er.

»Jetzt nicht.«

»Welche Verletzungen hat sie?«

»Da müssen Sie mit dem Arzt sprechen«, sagte sie. »Kommen Sie am Nachmittag rüber.«

»Geht das nicht gleich?«

»Nein. Der Doktor hat schon die nächste OP.«

Ly sah ihr hinterher, wie sie zurück ins Krankenhaus eilte. Er nickte Minh zu, nahm Huong in die Arme und flüsterte: »Alles wird wieder gut.« Er hoffte inständig, dass dem auch wirklich so war. Minh stand auf und klopfte ihm auf die Schulter. »Ich komme nachher noch mal«, sagte er.

»Ja, danke«, sagte Ly mit belegter Stimme.

»Hey, Ly«, rief Hieu. »Schau dir das doch endlich mal an.« Er hielt Ly ein Bremsseil vor die Augen.

Ly schob es mit der Hand weg. »Lass mich damit jetzt echt in Ruhe«, schnauzte er seinen Bruder an.

»Ly, wie wär's, du hörst mir einmal zu.«

Dafür, dass sein Bruder sonst nie seine Meinung äußerte, kam dieser Satz fast einem Wutausbruch gleich. Ly sah ihn überrascht an.

»Da hat jemand nachgeholfen«, sagte Hieu. Er hielt immer noch das Bremsseil in den Händen.

☆

Das Bremsseil mit einem Seitenschneider so weit durchzukneifen, dass es beim ersten Bremsversuch riss, konnte kein Problem gewesen sein. Tagsüber standen die Motorräder auf dem Gehweg, um im Erdgeschoss des Hauses Platz zu schaffen. Der Saboteur hätte nur einen Moment abwarten müssen, in dem die neugierigen Nachbarn abgelenkt waren.

Ly stellte das Duschwasser so heiß, dass es auf dem Rücken brannte. Der Anschlag hatte ihm gegolten. Thuy hatte es nur erwischt, weil sie mit seiner Vespa zum Markt gefahren war. Wut stieg in ihm hoch. Mit den Fäusten schlug er gegen die Wand. Eine dicke Schicht Putz bröckelte ab und fiel auf den Boden. Wer auch immer Thuy das angetan hatte, er würde ihn dafür dranbekommen.

Er rief sich die Stimme aus dem Haus der Baronin ins Gedächtnis. Konnte es sein, dass dieser Mann ihn gestern Nacht in seinem Versteck unter der Treppe doch gesehen hatte? Er war ja nur davon ausgegangen, dass er nicht entdeckt worden war, weil der Mann sich nichts hatte anmerken lassen. Aber vielleicht hatte er auch nur vor der Baronin verheimlichen wollen, dass Ly da war. Aber warum?

Ly schloss die Augen und ließ sich das Wasser über das Gesicht laufen.

Er spulte die Worte ab, die er in seinem Versteck unter der Treppe belauscht hatte. Wieder und wieder. Diese Stimme – woher kannte er sie? In Gedanken ging er jeden durch, den er irgendwie mit der Baronin in Verbindung brachte. Da waren die Männer, die er auf dem Karaokeabend in Na Cai getroffen hatte. Aber die Art, wie die Baronin und dieser Mann gestern Nacht miteinander gesprochen hatten, ließ Ly nicht daran zweifeln, dass in dieser Beziehung nicht sie der Chef war, sondern er. Und die Männer auf der Karaokeparty hatten alle vor der Baronin gekuscht. Bis auf den Grenzer, aber seine Stimme war knarrend und rau, diejenige des Mannes gestern Nacht dagegen war ruhig gewesen und weich.

Ly prustete. Das Wasser war kalt geworden. Er schlug gegen den Boiler, der unter der Decke hing, und kurz darauf dampfte es wieder.

Die einzige Person oben aus den Bergen, deren Stimme ähnlich gewesen war, war Pao. Aber nein, dachte Ly. Der Hmong-Schamane konnte es nicht sein. Der Mann gestern Nacht hatte akzentfrei Vietnamesisch gesprochen, das Vietnamesisch des Hmong-Schamanen war brüchig. Oder hatte Pao das nur vorgetäuscht? Möglich war es. Pao hatte diese Tiere im Hof gehabt. Er hatte den Standort der Käfige im Wald gekannt. Und er hatte genau gewusst, wo er nach Bang zu suchen hatte. Und Paos Sohn, der unter mysteriösen Umständen umgekommen war – Ly wusste nicht, was es damit wirklich auf sich hatte.

Aber war Pao jemand, der der Baronin sagen konnte, was sie zu tun und zu lassen hatte? Das hatte die Baronin doch überhaupt nicht nötig. Wieso sollte sie, die so gute Beziehungen hatte, überhaupt irgendjemand anderen als Chef respektieren? Ly konnte sich nur einen Grund erklären: Verwandtschaft.

Wieder wurde das Wasser kalt. Diesmal half ein Schlag gegen den Boiler nicht. Das Wasser blieb kalt. Natürlich, dachte Ly. Die Notiz in der Geburtsurkunde! Die Mutter der Baronin, sie war eine Hmong gewesen. Ly merkte, wie er plötzlich zitterte. Er musste sofort Lan anrufen. Vielleicht konnte sie herausfinden, ob es irgendeine familiäre Beziehung zwischen den beiden gab. Er drehte das Wasser aus und trocknete sich ab.

☆

»Das verstehe ich nicht«, sagte Lan, nachdem er ihr von seinem Verdacht erzählt hatte. »Dieser Pao hat dir doch noch geholfen, Bang zu finden. Warum hätte er das dann tun sollen?«

»Vielleicht, um sich zu tarnen?«

»Du hast erzählt, er hat nicht mal Strom in seiner Hütte. Wenn er der Chef dieses Netzwerkes ist, was macht er mit dem ganzen Geld?«

»Ich weiß es nicht, aber …«

»Ly, das ist Unsinn. Das passt doch alles nicht«, sagte Lan. »Meinst du nicht, die Baronin würde eher mit jemandem zusammenarbeiten, der die Kontakte zu den Abnehmern hat?«

»Und wer sollte das sein?«

»Jemand aus Hanoi«, sagte Lan.

Er drückte die Augen zu und presste seine Hände gegen die Stirn. »Hanoi« – das Worte hallte wie ein Echo in Lys Kopf. Konzentriere dich, sagte er sich. Denk nach. Mit aller Macht versuchte er, sich die Stimme zu vergegenwärtigen. Und mit einem Mal wusste er, weshalb sie ihm so vertraut erschienen war. Es war nicht aus Na Cai, woher er sie kannte. »*Ma quy*«, rief er. Geister und Dämonen. Es war so naheliegend, dass er es nicht glauben konnte.

»Ly, was ist?«, rief Lan durch den Hörer. »Ly?«

»Ich … du hast recht«, sagte er.

»Womit?«

»Mit Hanoi. Es ist nicht der Hmong-Schamane. Es ist …« Lys Worte überschlugen sich, als er ihr sagte, welcher Verdacht ihm gerade gekommen war.

»Das kann nicht sein«, sagte Lan.

»Doch, doch«, stammelte Ly und rieb sich die Hand über das Gesicht. Er konnte selbst nicht fassen, was er da eben gesagt hatte. »Und er weiß, dass ich an ihm dran bin. Sonst hätte er nicht diesen Anschlag verübt.«

»Und jetzt?«

»Morgen erwartet er eine Lieferung«, sagte Ly. »Da schnappen wir ihn uns.«

»Die nimmt er doch nicht mehr an. Er wird abhauen«, sagte Lan. »Jetzt, wo sein Plan, dich zu töten, nicht aufgegangen ist.«

»Vielleicht haben wir ja Glück. Er hat zur Baronin gesagt, in der Lieferung stecke viel Geld. Es ist doch möglich, dass er das Geld so dringend braucht, dass er das Risiko eingeht.«

»Aber doch nicht, wenn er weiß, dass du ihn bei der Baronin gesehen hast.«

»Vielleicht denkt er ja mittlerweile, dass ich ihn doch nicht erkannt habe. Sonst hätte ich doch längst etwas gegen ihn unternommen.«

»Ich weiß nicht.«

»Wir müssen es versuchen. Wenn wir ihn nicht auf frischer Tat ertappen, haben wir keine Beweise gegen ihn.«

»Okay«, sagte Lan. »Ich setze Tu darauf an. Er soll sich an ihn dranhängen.«

»Ich stoße später dazu, sobald ich hier weg kann«, sagte Ly.

»Nein«, sagte Lan in bestimmendem Tonfall. »Du bleibst bei deiner Familie. Sie brauchen dich jetzt.«

☆

Ly hielt es kaum aus, nichts zu tun. Aber Lan hatte natürlich recht. Er musste sich um Thuy und die Kinder kümmern.

Er nahm seine Tochter mit hinüber ins Krankenhaus, wo man ihnen sagte, der zuständige Arzt sei noch immer im Operationssaal. Ly glaubte langsam nicht mehr, dass das stimmte. Er gab der diensthabenden Schwester, diesmal war es eine andere Frau als am Vormittag, 200 000 Dong und bat sie, den Arzt noch einmal daran zu erinnern, dass er dringend mit ihm sprechen wolle. Er würde im Krankenzimmer warten.

Thuy lag in einem Mehrbettzimmer, in dem die Betten durch Vorhänge voneinander abgeschirmt waren. Sie hatte die Augen geschlossen. Ihr rechter Arm war geschient, und an mehreren Stellen stachen Schrauben aus dem Fleisch heraus. Ly konnte kaum hinschauen, so furchtbar sah es aus.

Er setzte sich auf den Stuhl neben ihrem Bett und nahm ihre gesunde Hand. Sie lag schlaff in seiner. Was war, wenn Thuy nicht mehr aufwachte? Die Angst schnürte ihm fast die Luft ab. Was sollte er ohne sie tun? Die Kinder brauchten sie. Er brauchte sie. Gerne hätte er Thuy jetzt gesagt, wie sehr er sie liebte. Und wie leid ihm das alles tat. Aber er brachte kein Wort über die Lippen.

Huong hatte sich auf die Bettkante gesetzt und streichelte den Arm ihrer Mutter. Auch sie sagte nichts.

Sie saßen beide einfach nur da und warteten. Warteten, dass Thuy aufwachte. Oder dass zumindest ein Arzt kam und endlich mit ihnen sprach. Außer ihnen war kein Besucher im Raum. Das Surren einer Maschine war zu hören, ansonsten war es still. Beängstigend still, wie Ly fand.

Umso mehr Zeit verging, desto unruhiger wurde er. Draußen wurde es schon dunkel.

Irgendwann stand er auf und ging auf den Gang hinaus. Ein Arzt war unauffindbar. Und die Schwester vertröstete ihn wieder auf später.

Als er zurück ins Krankenzimmer kam, war Huong eingeschlafen. Sie schnarchte leise. Ihr Kopf war auf die Decke ihrer Mutter gesackt. Ly setzte sich und fasste wieder nach Thuys Hand. Mehrmals flackerten ihre Augenlider, doch sie öffnete sie nicht.

Ly schreckte hoch. Er musste auch eingeschlafen sein. Am Fußende des Bettes stand ein Arzt.

»Ich komme jetzt erst aus dem OP«, sagte er. »Es war kein guter Tag, viele Unfälle.« Er zwinkerte mit den Augen, als sei er nervös oder übermüdet. Er sah jünger aus, als Ly es von einem Arzt erwartete, und es gefiel Ly nicht, dass so jemand für Thuys Leben verantwortlich sein sollte. »Wie geht es meiner Frau?«, fragte er.

»Sie hatte eine Milzruptur«, sagte der Arzt.

Ly schluckte, er wusste, wie schnell man an so etwas innerlich verbluten konnte.

»Wir haben die Milz entfernt. Gerade noch rechtzeitig.«

»Und ihr Arm?«, fragte Ly.

»Ein komplizierter Oberarmbruch. Außerdem sind zwei Rippen gebrochen.«

»Aber warum …« Ly wagte nicht, die Worte auszusprechen, zu große Angst hatte er vor der Antwort.

»Sie hat keinen Schädelbasisbruch, falls Sie das fragen wollten«, sagte der Arzt. »Sie hat zum Glück einen Helm getragen.«

»Aber warum ist sie immer noch nicht zu sich gekommen?«

»Wir haben sie ruhiggestellt. Morgen früh wird sie wieder bei vollem Bewusstsein sein.«

In einem ersten Impuls wollte Ly den Arzt beschimpfen, ihm sagen, wie unmöglich es war, ihm das erst jetzt zu sagen. Er hatte die ganze Zeit geglaubt, Thuy läge im Koma. Aber dann war er einfach nur erleichtert und sagte nichts.

Nachdem der Arzt gegangen war, stand Ly noch lange am Bett und sah Thuy an. Wenn er als Erster am Morgen mit der Vespa gefahren wäre, wäre er jetzt tot. Er trug in der Stadt nie einen Helm, und er fuhr um einiges schneller als Thuy. Sie hatte ihm das Leben gerettet.

☆

Ly brachte Huong nach Hause und ging noch einmal auf die Straße. Schlafen könnte er jetzt sowieso nicht. Die Gittertüren vor den Häusern waren zugezogen und die Lichter in den Fenstern erloschen. Nur in dem kleinen Eck-*bia hoi* ein Stück die Straße hinunter saßen ein paar junge Ausländer. Ly setzte sich etwas abseits und bestellte ein Bier und ein halbes Dutzend gekochter Wachteleier und rief Lan an. Er wusste, sie ging immer erst spät schlafen.

»Wie geht es Thuy?«, fragte sie besorgt.

»Nicht gut. Aber sie wird wieder. Hast du schon was von Tu gehört?«

»Noch nichts Neues. Er hat die Beschattung übernommen. Und ich habe noch eine Telefonabhörung eingeleitet.«

»Gut«, sagte er und fragte nicht, wie sie das ohne offizielle Anordnung durchgesetzt hatte. Sie fand immer irgendwie einen Weg, sogar bei den obrigkeitshörigen Technikern. Wenn sie wirklich mit nach Australien ginge, wäre er aufgeschmissen. So beiläufig wie möglich fragte er: »Hat Tu dir eigentlich erzählt, dass er kündigen will?«

»Das würde ich nicht so ernst nehmen«, sagte Lan.

»Na, hoffentlich hast du recht«, sagte er. »Weil – er hat einen Job in Australien in Aussicht.«

Einen Moment hörte Ly Lan nur leise atmen. Dann sagte sie: »Das hat er nicht erwähnt.« Sie klang verletzt, und es tat Ly sofort leid, dass er etwas gesagt hatte.

Ly bestellte ein zweites Bier. Sein Verdacht erschien ihm immer noch unglaublich.

Hatte er sich nicht vielleicht doch geirrt? Er war übermüdet. Und er war wütend wegen dem, was Thuy passiert war. Er trank sein Bier aus und stand auf. Er musste seine Unruhe loswerden. Und seine Zweifel. Er ging die paar Meter zur St.-Josephs-Kathedrale, wo auch um diese Uhrzeit noch *xe oms* standen, und ließ sich von einem der Motorradtaxen bis zur Auffahrt der Long-Bien-Brücke fahren. Von da aus ging er zu Fuß weiter. Auf der Deichstraße unterhalb der Brücke standen Lastwagen und Pick-ups, hoch beladen mit Kohl und Ananas. Dahinter, auf dem Großmarkt, leuchteten matte Lichter. Männer schleppten Kisten und Säcke über den Marktplatz. Dumpfe Zurufe und Stimmen drangen zu Ly hinauf.

Mit schnellen Schritten ging er weiter. Im Fenster eines Hauses, das dicht an die Brücke gebaut war, stand ein Mann und rauchte. Vom Fluss her stieg kühle Luft auf. Ein Bootsmotor tuckerte leise.

Ly nahm die Rampe, die zur Sandbank hinunterführte, und folgte dem Pfad durch die Felder. Der Mond schien so hell, dass er den Weg zu den Hausbooten gut fand. Leise rief er nach Cao, pfiff und rief wieder, bis die massige Gestalt des Grenzers in der offenen Tür des Hausbootes erschien. Ly schob das Styroporfloß, das am Ufer lag, ins Wasser, kniete sich darauf und stakte es mit einer Holzstange vorwärts, die er im Sand gefunden hatte. Das Floß schwankte bedenklich, aber Ly kam trocken am Ponton an.

»Sie schon wieder«, sagte Cao mit der ihm eigenen knarrenden Stimme, reichte Ly jedoch eine Hand und half ihm hoch. Das Floß befestigte er am Ponton, damit es nicht davonschwamm.

In der Hütte brannte eine Kerze. Sie setzten sich. Die Tür zu dem hinteren Raum war geschlossen. Ly vermutete, dass dort die Familie schlief, der das Hausboot gehörte. Bang lag wie neulich auch auf einer Matte im vorderen Raum.

Flüsternd erzählte Ly Cao von seinem Verdacht, und noch bevor er ganz geendet hatte, hörte er an Bangs schnellem Atem, dass der Junge wach war. »Bang? Geht's dir besser?«, fragte Ly.

Bang rollte sich auf die Seite und sah zu ihm hinüber. »Kommissar, was machen Sie denn hier?«

»Kennst du den Mann, von dem ich gerade geredet habe?«, fragte Ly.

»Nein«, sagte Bang.

»Hast du in Hanoi je irgendwelche Bekannten der Baronin getroffen? Du warst doch öfter mit in der Stadt, oder?«

»Hm. Da kam nur manchmal eine Freundin.«

»Jacky?«, fragte Ly.

Bang überlegte. »Nein. Sie hieß Thuy. Sie hatte so eine knallgrüne Tasche, die sie nie losließ. Und ihr Lippenstift war über die Haut gemalt wie bei einem Clown.«

Was für eine passende Beschreibung, dachte Ly. Das konnte nur Jacky sein. Nun hatte er auch noch den vietnamesischen Vornamen dieser Mittlerin. Obwohl ihm das kaum etwas nutzen würde. Jede dritte Frau hieß Thuy, es war der beliebteste Vorname.

»Nachts habe ich manchmal Männerstimmen gehört«, ergänzte Bang. »Aus dem Flur. Aber da kam nie jemand ins Zimmer.«

»Und du hast nicht nachgeschaut?« Ly sah Bang an. Das nahm er ihm jetzt nicht ab.

»Na ja, doch.« Bang grinste. »Aber es war dunkel. Ich weiß wirklich nicht, wer da war.«

»Die Baronin ist in Hanoi aufgewachsen«, sagte Ly. »Waren nicht mal Freunde von damals zu Besuch in Na Cai?«

Bang hustete. Schweißperlen standen auf seiner Stirn. Er griff nach dem Eimer neben sich und übergab sich. Ly musste bei dem Anblick seinen eigenen Würgereiz unterdrücken.

»Solche Besuche gab's nicht«, sagte der Grenzer.

»Aber sie hat doch sicher mal von ihrer Zeit in Hanoi erzählt?«, hakte Ly nach.

Der Grenzer gab einen Laut von sich, der tief aus seiner Kehle zu kommen schien, und sagte dann: »Die Baronin hat nie viel erzählt.«

»Sie hat …«, sagte Bang, hustete wieder und trank einen Schluck Wasser aus der *La-Vie*-Flasche, die neben seinem Bettlager stand. Dann setzte er noch einmal an: »Die Baronin hat manchmal von einem Mann erzählt. Ich glaube, er hat sie, als sie noch Kind war, mit ihren Eltern zusammen bei sich in Hanoi aufgenommen. Sie hat immer gesagt, sie sei ihm sehr dankbar.«

Ly schüttelte den Kopf. Wenn der Mann die Baronin als Kind aufgenommen hatte, musste er heute sehr alt sein. Der Mann, den er in der Nacht belauscht hatte, war jünger als die Baronin. Er hatte sie mit *chi* angesprochen. Andererseits, dachte Ly, jemanden, in dessen Schuld sie stand oder dem gegenüber sie sich zumindest verpflichtet fühlte, würde sie als Chef respektieren. Und das musste vielleicht nicht einmal diese Person selbst sein. Das konnte genauso gut deren Sohn sein.

»Dieser Mann – hieß der zufällig Hung?«, fragte Ly.

»Hung?«, fragte Bang. »Ja, ich glaube, das war sein Name.«

Ly saß noch einen Moment bei Bang und seinem Vater und lauschte der Stille, die in seinen Ohren zu rauschen schien. Er konnte das alles nicht glauben. Wie hatte er sich so täuschen lassen können?

Bevor er aufbrach, wandte er sich noch einmal an Bang.

Der Junge war schon fast wieder eingeschlafen. Aber eines musste Ly noch von ihm wissen. »Wieso bist du alleine in den Wald gegangen?«

Der Junge sah auf seine Finger und zog die Schultern hoch.

»Du musst doch einen Grund gehabt haben«, setzte Ly nach.

»Na ja. Erst habe ich diese Fotos von den Käfigen auf Ihrem Schreibtisch gefunden«, sagte Bang leise, ohne Ly dabei anzusehen. »Und dann haben Sie mir erzählt, Ihr Freund ist ermordet worden. Kurz nachdem er bei uns in Na Cai war.«

»Moment«, fuhr Ly dazwischen. »Ich habe nie gesagt, dass es Mord war.«

Bang verzog sein Gesicht. »So blöd bin ich auch nicht. Wenn es kein Mord war, wieso sollten Sie dann ermitteln?«

Ly seufzte. Ja, da war etwas dran. »Okay, du hast ja recht«, sagte er. »Du hast also die Käfige auf den Fotos gesehen. Und du wusstest, wo sie stehen. Und dann hast du das mit dem Tod meines Freundes in Zusammenhang gebracht.«

Bang nickte.

»Wusstest du auch, dass da oben bei euch Tiere geschmuggelt werden? Dachtest du, dein Vater ist darin verwickelt? Aber warum dann der Film?«

»Nein!«, rief Bang erschrocken auf. »Ich wusste nichts von Schmuggel. Und mein Vater war doch auch gar nicht in Hanoi. Er hätte niemals …«

»Schon gut. Dein Vater hat Truong nicht umgebracht, das weiß ich auch. Aber warum bist du in den Wald gegangen, um die Käfige zu filmen? Du hättest doch gleich mit mir reden können«, sagte Ly.

Bang sah Ly schuldbewusst an. »Ich wollte nicht, dass

Sie wissen, dass ich auf Ihrem Schreibtisch rumgewühlt habe.«

☆

Am nächsten Morgen war Ly früh im Krankenhaus. Thuy war schon wach und saß in ihrem Bett. Ihre Wangen hatten wieder etwas Farbe. Ly hatte ihr *banh cuon*, mit Hack und Pilzen gefüllte Reiscrêpes, mitgebracht. Im Krankenhaus wurde kein Essen verteilt, dafür mussten die Angehörigen sorgen. Er stellte den Teller auf den Nachttisch, gab Thuy einen Kuss und umarmte sie sacht. Er hatte Angst, ihr weh zu tun.

»Das riecht gut«, sagte sie und ließ sich von ihm die *banh cuon* reichen.

»Willst du auch etwas trinken? Ich kann Tee holen.«

»Später.«

»Du hast mir das Leben gerettet«, sagte Ly.

Thuy sah ihn stirnrunzelnd an. »Wieso das?«

Er strich ihr eine lange Haarsträhne hinter das Ohr und sah sie eine Weile schweigend an. Dann sagte er: »Ich liebe dich«. Es hörte sich seltsam an, er konnte sich nicht erinnern, wann er ihr das zuletzt gesagt hatte. Thuy lächelte. Er gab ihr einen Kuss und begann zu erzählen: von seiner Ermittlung, von den Todesfällen, die er für Mord hielt, von dem Anschlag auf Bang und dem angeschnittenen Bremsseil, das den Unfall verursacht hatte. Er redete sich diesen ganzen verfluchten Fall von der Seele, etwas, das er sonst nie tat. Einzig seinen Verdacht, wer hinter all dem stand, sprach er nicht aus. Als er fertig war, sah er Thuy unsicher an. Er hatte keine Ahnung, wie sie auf all das reagieren würde.

»Danke«, sagte sie.

»Danke?«, fragte er irritiert.

»Weil du mich mal mit einbeziehst.«

Er fuhr ihr mit den Fingerspitzen sacht über ihren verletzten Arm. »Ich hätte dich da lieber rausgehalten.«

»Aber so lebst du zumindest noch«, sagte sie. »Ist doch auch ganz gut.«

»Auch wahr«, sagte er mit einem Lachen.

»Und jetzt? Was hast du vor?«

»Tu ist an dem Hintermann dran. Für heute ist diese Lieferung geplant. Da greifen wir zu«, sagte Ly. »Tu und Lan übernehmen das.«

Ein Schmunzeln huschte um ihre Mundwinkel. »Ohne dich?«

»Die schaffen das schon.« Ly merkte selbst, wie unsicher er klang.

Thuy schlug ihm mit der Hand ihres gesunden Armes scherzhaft gegen die Stirn. »Du hältst es doch gar nicht aus, nicht selbst auf die Jagd zu gehen. Los, hau ab. Ich komme schon klar.«

☆

Zwanzig Minuten später rannte Ly die Stufen in den zweiten Stock des Präsidiums hinauf und riss vollkommen außer Atem die Tür zu Lans Büro auf. »Und? Gibt's schon was Neues?«

Lan schüttelte den Kopf. »Ly! Was machst du hier? Du solltest bei Thuy sein. Wir machen das schon.«

»Ist der Chef da?« Er musste endlich mit ihm sprechen. Er ging zwar davon aus, dass die Lieferung erst eintreffen würde, sobald es dunkel war. Aber trotzdem blieb ihnen nicht viel Zeit.

»In seinem Büro«, sagte Lan.

Ly war schon auf der Treppe, als sie hinter ihm her eilte. »Warte. Ich komme mit.«

Ly klopfte und öffnete die Tür des Chefbüros, ohne lange auf ein »Herein« zu warten. Lan zog schnell den kurzen Rock ihres kanariengelben Kostüms über die Knie und knöpfte die Bluse höher zu.

Der Parteikommissar saß auf einem der Kunstledersessel in der Sitzecke, auf seinem Schoß lag die Volkszeitung. Er sah zu ihnen auf.

»Parteikommissar Hung«, sagte Ly. »Wir müssen etwas Wichtiges mit Ihnen besprechen.«

»Genosse Ly, ich hatte Sie doch nach Hause geschickt«, sagte der Parteikommissar, während er Lan unverhohlen musterte.

Ly ärgerte sich. Alle schienen zu meinen, ihm sagen zu müssen, wo er zu sein hatte. »Es ist dringend«, sagte er.

»Na gut. Nehmen Sie Platz«, sagte Parteikommissar Hung und lächelte, was er nie tat, wenn Ly alleine zu ihm kam.

Das Sofa war so durchgesessen, dass Ly an die vorderste Kante rutschen musste, um nicht allzu tief einzusinken. Lan tat es ihm gleich. Mit kerzengeradem Rücken saß sie neben ihm.

Der Parteikommissar beugte sich zum Tisch vor und goss Tee aus einer Porzellankanne in drei kleine Tassen, schwenkte die Tässchen, um sie auszuspülen, und kippte den Inhalt in einen Spucknapf. Erst dann schenkte er den

Tee ein, den sie trinken sollten. Ly stieß Lan mit dem Ellenbogen in die Seite und machte ein Zeichen, dass sie anfangen sollte. Jetzt, wo sie schon mitgekommen war. Sie war geschickter, wenn es darum ging, mit dem Parteikommissar zu reden. Doch sie deutete nur ein Kopfschütteln an, hob ihre Teetasse mit zwei Händen und murmelte ein *moi uong* – »Lade zum Trinken« –, wie es die Höflichkeit vom Jüngsten am Tisch verlangte.

Der Tee war kalt und schmeckte schal wie der Sud gekochter Schnecken. Ly bemühte sich, sein Gesicht nicht zu verziehen, und begann, den Stand der Ermittlungen zusammenzufassen. Er sprach abgehackt. Er wusste selbst nicht so genau, wie er seine Gedanken formulieren sollte, versuchte aber so detailliert wie möglich zu berichten.

Er legte die Beziehung zwischen dem Tiger vom Literaturtempel und dem Haus an den Gleisen dar, das als Lager für den Tierhandel benutzt worden war. Er erwähnte die Mittelsfrau Jacky, ging über zu der Baronin und dem Grenzort Na Cai, wobei er die Tierkäfige im Wald erwähnte und Bangs Unfall. Er sagte, es füge sich alles zu einem einzigen Netzwerk zusammen, und Le Ngoc Truong, mit dem er befreundet gewesen war, müsse das herausgefunden haben. Er war in Na Cai gewesen, hatte die Tierkäfige im Wald fotografiert und war kurz darauf in Hanoi umgebracht worden.

Ly hielt kurz inne. Er erwartete, sein Chef würde jetzt erneut einwenden, Truongs Tod sei nur ein Unfall gewesen. Doch er sagte nichts, und Ly fuhr fort. »Für Truongs Stromtod können wir den Unfallfahrer vom Literaturtempel verantwortlich machen. Seine Fingerabdrücke haben wir in Truongs Wohnung sichergestellt.«

Dass Ly glaubte, dass der Tod von Le My Lien in der U-Haft kein Zufall war, ließ er aus. Er konnte es sowieso nicht beweisen. Auch den Tod des Unfallfahrers vom Literaturtempel erwähnte er hier nicht noch einmal. Vielmehr konzentrierte er sich bei seinen weiteren Ausführungen auf die Rolle der Baronin. So wie er es sah, hatte sie in der Provinz Son La beste Beziehungen in die Politik und zum Militär. Es dürfte deshalb schwer sein, gegen sie vorzugehen.

Der Parteikommissar hatte die Augen halb geschlossen. Nichts in seinem Gesicht wies darauf hin, dass er zuhörte; nicht einmal als Ly dazu überging, von dem Unfall seiner Frau zu berichten. Zumindest eine Nachfrage, wie es ihr ging, hätte Ly erwartet. Er war sich nicht einmal sicher, ob sein Chef überhaupt noch wach war. Wahrscheinlich würde er gleich noch anfangen zu schnarchen. Trotzdem zwang Ly sich weiterzureden.

Schließlich war er an dem Punkt angelangt, wo er auf den Mann, den er für den Drahtzieher hinter all dem vermutete, eingehen musste und zögerte. Wie sollte er erklären, dass er die Geldübergabe in der Hang-Trong beobachtet hatte? Er musste es so darstellen, dass sein nächtlicher Besuch bei der Baronin nicht als Einbruch erschien. Bevor ihm eine passende Formulierung einfiel, hob der Parteikommissar seinen Kopf und sah Ly durch seine dicken Brillengläser an, hinter denen seine Augen verschwammen. Er hatte also doch nicht geschlafen. »War's das?«, fragte er in scharfem Tonfall. »Sie wissen also nicht, wer hinter dem Ganzen steht?«

»Doch«, widersprach Ly schnell und nannte einfach nur den Namen des Mannes, den er aus seinem Versteck unter der Treppe gehört zu haben meinte.

Der Parteikommissar räusperte sich, die geballte Hand vor den Mund haltend. »Wer bitte?«

Ly wiederholte den Namen: »Doktor Song.«

Einen Moment lang herrschte peinliches Schweigen, bis Lan die Stille brach.

»Er ist Arzt für traditionelle Medizin«, sagte sie. »Er praktiziert in der Lan-Ong-Gasse.«

»Ich weiß, wer das ist.« Der Parteikommissar hustete, wobei er rot anlief. »Er ist mein Arzt.«

»Oh«, sagte Lan nur.

Ly schluckte. »Es tut mir leid«, sagte er und ärgerte sich sofort, dass er das gesagt hatte. Nichts tat ihm leid. Nicht in Bezug auf Doktor Song. Der Mann hatte seine Frau fast umgebracht und einen seiner besten Freunde hinterhältig mit einem Stromschlag töten lassen.

»Haben Sie ihn schon vernommen?«, fragte der Parteikommissar.

»Nein. Wir wollen ihn überführen, wenn er diese Tierlieferung annimmt, von der ich Ihnen eben erzählt habe. Der Kollege von der Umweltpolizei ist bereits an ihm dran«, sagte Ly. »Und für die Festnahme der Baronin in Na Cai brauchen wir noch Ihre Vollmacht und die Unterstützung der lokalen Polizei. Diese Mittelsfrau Jacky sollten wir dann auch gleich …«

»Stopp. Das reicht!« Der Parteikommissar hob die Hand. »Ich habe schon Doktor Songs Vater gekannt. Ein ehrenwerter Mann.«

Ja, dachte Ly. Doktor Songs Vater war derjenige, von dem Bang ihm gestern auf dem Hausboot erzählt hatte, er habe die Baronin damals in Hanoi aufgenommen. Ly hatte Doktor Hung auch noch gekannt. Er hatte ihn geschätzt, aber was hieß das schon? Er hatte auch Doktor Song geschätzt.

Der Parteikommissar schüttelte den Kopf. »Nein. Solche Geschäfte hat Doktor Song doch überhaupt nicht nötig.«

Was sollte Ly darauf sagen? Er verstand es ja selbst nicht. Hilfesuchend sah er zu Lan hinüber, die schon die ganze Zeit mit einem Zettel herumspielte, den sie in den Händen hielt. Es machte ihn ganz nervös.

»Nun, es kommt wohl auf den Lebensstil an«, sagte Lan, »ob man etwas nötig hat oder nicht.« Wieder zupfte sie an ihrem Rock. Diesmal meinte Ly, schob sie ihn höher statt runter. Um ihre Mundwinkel zuckte es. Er fragte sich, worüber sie sich so amüsierte.

»Doktor Songs Lebensstil wäre wohl mit seiner Ein-Mann-Praxis in der Altstadt kaum zu finanzieren gewesen«, fügte Lan an, strich das Blatt in ihrer Hand glatt und las vor, was sie über den Arzt herausgefunden hatte. Als sie fertig war, faltete sie den Zettel fein säuberlich zusammen, legte ihre Hände in den Schoß und sah mit einem Lächeln zwischen den beiden hin und her.

Ly war sprachlos.

Der Parteikommissar gab ein Ächzen von sich und stemmte sich hoch, ging zu seinem Schreibtisch und ließ sich schwerfällig auf seinen Stuhl sinken. Er sagte kein Wort. Mit einer Handbewegung, als wolle er Fliegen verscheuchen, bedeutete er ihnen, sie sollten den Raum verlassen.

☆

Ly verfluchte den Parteikommissar. Er hätte es sich eigentlich denken können, dass er mal wieder keinen Finger krumm machen würde. »Wir ziehen den Einsatz gegen Doktor Song durch, mit oder ohne sein Einverständnis«, sagte Ly, sobald Lan die Tür hinter ihnen zugezogen hatte. Er hoffte nur, der Parteikommissar würde Doktor Song nicht warnen.

»Wir haben aber nicht genug Leute«, sagte Lan. An ihrer schrillen Stimmlage erkannte er, wie wütend auch sie war.

»Ich frage Ngoc. Die sind bei der Sitte doch sowieso überbesetzt.«

Lan lachte auf. »Du glaubst doch nicht, dass dir dein Schwager helfen wird.«

Natürlich war auch Lan längst zu Ohren gekommen, dass er Ngoc geschlagen hatte. Seine Schwester Tam schien die Einzige zu sein, bei der der Tratsch nicht angekommen war. Zumindest hatte sie sich ihm gegenüber nichts anmerken lassen.

»Dann machen wir es eben alleine«, sagte Ly. »Wir haben ja noch Tu.«

»Klar«, sagte Lan. »Das Problem ist nur, seine Leute jagen sonst tote Tiere in Kühltruhen. Die sind nicht mal bewaffnet.«

»Was willst du? Den Mann, der Thuy und meinem Freund das angetan hat, entkommen lassen?«, fuhr Ly sie an. Ihr dauernder Widerspruch ärgerte ihn.

In Lans Büro ließ Ly sich auf das Sofa fallen. Er zündete sich eine *Thang Long* an und sah dem aufsteigenden Qualm hinterher. Wie viele Jahre hatte Doktor Song sie alle so hintergangen und den bescheidenen Heilpraktiker vorgetäuscht? Niemand hatte etwas geahnt. Und er hatte immer geglaubt, in Hanoi würde sich alles herumsprechen.

Doktor Song war regelmäßig nach Laos gereist. Da er immer geflogen war, hatte Lan die genauen Flugdaten über den Zentralcomputer des Grenzschutzes abrufen können. Wie sie an all die anderen Informationen, die sie innerhalb kürzester Zeit gesammelt hatte, gekommen war, war Ly wie sooft bei ihr ein Rätsel.

Bei seinen Aufenthalten in Laos hatte Doktor Song sich meistens im Hotelressort Nam Ngum in der Nähe von Vientiane eingebucht. Das Hotel hatte ein eigenes Casino, in dem er viel Geld verspielte – Dollarbeträge in sechsstelliger Höhe.

Seinen Tierhandel in Hanoi musste er über Jahre auf- und ausgebaut haben. Seine Ehefrau war als Inhaberin eines Fünf-Sterne-Golfressorts in Mui Ne in Südvietnam eingetragen, der perfekte Ort, um Gelder zu waschen, wie Lan angemerkt hatte. Darüber, woher das Geld für den Erwerb des Ressorts stammte, hatte sie keine Nachweise gefunden. Das Geld kam also höchstwahrscheinlich aus den illegalen Quellen des Handels.

Neben seiner Ehe schien Doktor Song noch eine weitere feste Beziehung mit einer wesentlich jüngeren Frau zu haben. Sie betrieb eine der Luxusboutiquen hinter dem Hanoier Metropole-Hotel.

Mit beiden Frauen hatte Doktor Song je zwei Kinder. Alle vier gingen auf die Internationale Schule oben in der Villenresidenz Ciputra. Pro Kind beliefen sich die Schulgebühren, je nach Jahrgangsstufe, auf bis zu 22 925 Dollar jährlich. Unfassbar, dachte Ly. Und er tat sich schon schwer, die insgesamt 235 Dollar Schulgeld monatlich für seine beiden Kinder aufzubringen.

Ly dachte weiter darüber nach, was Lan vorhin vorgelesen hatte. Doktor Song hatte seine Flucht, so wie es schien, bereits gut vorbereitet. Ins arme Laos wollte er nicht fliehen. Vor rund zwei Wochen, in etwa zeitgleich mit Truongs Tod, hatte er für seine vier Kinder, die Frau, die Freundin und sich selbst Visa für die USA beantragt. Normalerweise hatte man mit so einem Antrag kaum Aussicht auf Erfolg. Aber Doktor Song hatte seine Visa über einen Mitarbeiter der amerikanischen Botschaft in Ho-Chi-Minh-Stadt beantragt, der als hochgradig korrupt galt. Es ging das Gerücht, er verlange pro Visum zwischen 50 000 und 70 000 Dollar. Kein Wunder, dass der Arzt noch dringend Geld brauchte, bevor er aus Vietnam verschwand, dachte Ly und fand es in gewisser Weise beruhigend zu hören, dass auch amerikanische Staatsbedienstete und nicht nur seine eigenen Landsleute solche Gelder in die eigene Tasche steckten.

Das Telefon klingelte. Lan, die sich auf ihrem Schreibtischstuhl im Kreis gedreht hatte, seit sie vom Parteikommissar zurückgekommen waren, griff sofort zum Hörer und stellte auf laut. Aber es war nicht Tu, auf dessen Anruf sie warteten, sondern jemand vom Abhördienst. Der Anrufer teilte ihnen mit, dass sie leider noch kein Telefonat von Doktor Song hatten mitanhören können. Es gebe ein technisches Problem.

Lan knallte den Hörer auf. »Dumm wie die Hunde«, schimpfte sie. So etwas hörte Ly selten von ihr.

Wenig später klingelte wieder das Telefon. Diesmal war

es Tu. Er hatte Doktor Song in ein Haus hinter dem Bahnhof folgen können. Es sei ein anscheinend unbewohntes Gebäude, das direkt an das Gleisgelände angrenzte. Seit etwa einer halben Stunde befinde Doktor Song sich im Haus. Es sei eben auch schon ein Cyclo vorgefahren und habe Brennholz und zwei große Töpfe angeliefert. Das könnten Utensilien sein, um Knochen einzukochen.

»Ich fahre raus zu Tu«, sagte Ly. »Und du übernimmst diese Jacky.« Sobald die Mittlerin von einer Festnahme Doktor Songs erfahren würde, wäre sie weg – falls sie überhaupt noch lebte. Immerhin waren mittlerweile einige tot, die über Doktor Song Bescheid gewusst hatten.

»Fahr ins Quan Ruou No. 1«, sagte er zu Lan. »Der Gastwirt heißt Quynh. Sag ihm, du kommst von mir und dass er diese Jacky unter irgendeinem Vorwand zu sich bestellen soll. Vielleicht schuldet er ihr ja noch Geld, das er ihr zusagen kann.«

»Und du meinst, er macht da mit?«, fragte Lan. Ihre Stimme klang ungewöhnlich matt, ihr fehlte der Optimismus, den sie sonst versprühte. Ly ahnte, dass es nicht wirklich an dem Fall lag, sondern an Tu. Hätte er bloß nichts über dessen Australien-Pläne gesagt.

»Versprich Quynh, wir halten seinen Namen aus der Ermittlung heraus«, sagte Ly.

»Okay. Und was machen wir mit der Baronin?«

»Die Baronin?« Ly zog die Schultern hoch. »Keine Ahnung. Nichts vermutlich. Ohne den Parteikommissar kommen wir nicht an sie ran.« Um in der Provinz Son La zuzugreifen, brauchten sie seine Vollmacht. Und vor allem brauchten sie den Rückhalt des Parteikommissars, um eine Person mit ihren Beziehungen festzunehmen.

Sie wollten gerade aufbrechen, als Parteikommissar Hung vor der Tür stand. Jetzt würde er auch noch ihre Arbeit innerhalb Hanois unter fadenscheinigen Gründen stoppen, dachte Ly. Lans Blick nach zu urteilen, befürchtete sie dasselbe.

Mit gebeugtem Rücken blieb der Parteikommissar in der Tür stehen, wobei er sich mit einer Hand am Rahmen abstützte. »Was sitzen Sie hier rum? Ich denke, Sie arbeiten an den Festnahmen.«

»Wir dachten, Sie wollten das nicht«, sagte Ly etwas irritiert.

»Unsinn. Wir werden ein Exempel statuieren. Die internationale Gemeinschaft soll sehen, wie ernst es uns ist, die Gesetze für den Tierschutz umzusetzen.«

»Ja?«, fragte Lan vorsichtig.

»Natürlich«, versicherte der Parteikommissar. »Der Tierschutz ist doch unsere Verantwortung.«

Als ob ihn seine Verantwortung je interessiert hätte, dachte Ly.

Lan war aufgestanden, reichte dem Parteikommissar ihren Arm und half ihm in einen Sessel. Er atmete hörbar auf, als er endlich saß, und redete dann auch gleich weiter: »Für den Einsatz gegen diese Baronin in Na Cai bekommen wir Unterstützung vom Ministerium für Innere Sicherheit. Eine Spezialeinheit ist bereits angefordert. Und ich habe mit einigen Parteigenossen telefoniert. Diejenigen, die bislang ihre Hand über diese Baronin gehalten haben, werden sich zurückziehen. Und die Polizei vor Ort wird nicht informiert. Sie wissen ja, wie das läuft.«

Ly nickte, er war zu überrascht, um etwas zu sagen. Das

war ja ein Vorgehen wie bei dem Fall mit dem New Century vor ein paar Jahren. Der Hanoier Nachtclub war berüchtigt gewesen für Drogen und Prostitution. Die von der Inneren Sicherheit hatten den Laden hochgehen lassen, ohne dass die Polizei in Hanoi darüber informiert gewesen war. Zu viele der Polizisten hatten selbst auf der Lohnliste der Nachtclubbetreiber gestanden.

»Wir werden außerdem Hand in Hand mit unseren brüderlichen Freunden aus Laos gegen diese Tierschmuggler vorgehen. Internationale Kooperation, das sieht immer gut aus. Unseren Kritikern werden wir es zeigen«, sagte der Parteikommissar.

Ly musste sich ein Lachen verkneifen. Es war unglaublich. Es kam wirklich nicht oft vor, dass der Parteikommissar seine Beziehungen einsetzte, um ihn bei einer seiner Ermittlungen zu unterstützen. Meist verlief es doch wie bei der Zoodirektorin genau andersherum. Und ausnahmsweise ärgerte Ly sich nicht über den Hang seines Chefs, immer auf das Ansehen bedacht zu sein.

»Und Doktor Song?«, fragte Ly.

»Da bekommen Sie Männer von der mobilen Einsatztruppe. Seine Festnahme sollte ja wohl kein Problem sein. Beziehungen hat er ja, wie ich das sehe, keine.«

Der Parteikommissar ordnete an, Lan solle bei dem Einsatz gegen die Baronin dabei sein. Das passte natürlich perfekt, dachte Ly. Dieser großangelegte Einsatz in Na Cai würde Aufsehen erregen. Und gerade war ja erst die Verordnung herausgegeben worden, mehr hübsche Polizistinnen in den Außendienst zu schicken. Aber Ly war es nur recht. Er wollte sich mit Tu zusammen um Doktor

Song kümmern. Er war es, an dem er in erster Linie interessiert war.

Jackys Verhaftung würden zwei von Tus Leuten von der Umweltpolizei übernehmen.

☆

»Na, siehst du. Geht doch«, flüsterte Ly Lan zu, als sie gemeinsam das Präsidium verließen. »Vielleicht hat Tu ja so doch noch Lust, bei uns weiterzumachen.«

Lan schenkte ihm nur ein etwas trauriges Lächeln.

☆

Die Adresse, zu der Tu Doktor Song gefolgt war, war die Nummer 21 in der Tran-Quy-Cap. Die Straße lag hinter dem Hauptbahnhof und verlief parallel zu den Abstellgleisen. Das Haus war, genau wie Tu schon angenommen hatte, unbewohnt. Lan hatte, während sie schon auf dem Weg nach Na Cai war, noch einige Telefonate geführt und herausgefunden, dass der Eigentümer seit geraumer Zeit versuchte, es für über tausend Dollar pro Monat an Ausländer zu vermieten. Das war viel Geld für ein Haus mit nur drei Etagen und einem Grundriss von kaum vierzig Quadratmetern. Vor allem für dieses schmuddelige Viertel, das fast so dicht bebaut war wie die Altstadt. Die Anwohner hatten den Ruf, grob und ungebildet zu sein, so wie es in Bahnhofsgegenden wohl üblich war.

Ly und Tu lagen auf dem Flachdach des Hauses, das an das Haus Nummer 21 angrenzte. Bei ihnen war ein kaum volljähriger Polizist, uniformiert und ausgerüstet mit Waffe, Handschellen und Schlagstock. Er schaute grimmig drein, lächelte aber doch, als Tu ihm von seinen Kaugummis anbot.

Das Haus, in dem sich Doktor Song aufhielt, war etwa einen Meter niedriger als das, auf dem sie lagen. Und während sie von Tontöpfen mit Bougainvilleen umgeben waren, war das Dach nebenan bis auf einen großen Wassertank leer. Hinter dem Haus gab es einen kleinen Hof, der hoch eingemauert war. Es konnte unmöglich jemand von außen hineinkommen, Doktor Song aber auch nicht über den Hof fliehen. Direkt hinter der Hofmauer fing das Gleisgelände an. Ein Brachland über zweihundert Meter Breite. Mehrere Gleise lagen dicht nebeneinander. Zwischen dem Schotter wuchs hohes Gras. Auf einem der Gleise stand ein Zug, dessen Waggons mit Baumstämmen beladen waren. Ly zählte fünfzehn Waggons. Auf dem Bahnsteiggleis dahinter füllte sich der Abendzug Richtung Ho-Chi-Minh-Stadt.

Von der Gasse hallten die Rufe der Händlerinnen herauf, die dort unten alles verkauften, was es sonst nur noch im Supermarkt gab. In den meisten anderen Vierteln waren solche provisorischen Straßenmärkte längst abgeschafft worden. Sie passten nicht zum Bild des modernen Hanoi, wie die Stadtregierung sich das vorstellte.

Ein Beamter von der mobilen Einsatztruppe hatte das Kommando. Ly kannte ihn nicht und hatte ihn auch vorhin nur kurz getroffen. Sein erster Eindruck von ihm hatte ihn allerdings etwas misstrauisch gemacht. Er schien nervös und gleichzeitig viel zu überzeugt von seinem Können. Lieber hätte Ly ein paar Männer der Spezialeinheit hier gehabt, aber die hatte der Parteikommissar alle nach Na Cai geschickt. Und das, obwohl sie sich darauf geeinigt hatten, vorerst nur die Baronin festzunehmen und ihre Aussagen abzuwarten, bevor sie das halbe Dorf da oben verhafteten. Aber der Parteikommissar wollte nun einmal ein öffentlichkeitstaugliches Spektakel haben. Das war nicht zu ändern.

Ly hörte den Einsatzleiter leise die Positionen seiner Leute über Funk abfragen. Die Antworten kamen mit gedämpften Stimmen zurück.

Es wurde neun Uhr, zehn Uhr, elf Uhr. Unten in der Gasse war es still geworden. Der letzte Abendzug hatte den Bahnhof verlassen. Lan schickte eine SMS, dass sie jetzt mit der Einsatztruppe kurz vor Na Cai sei.

Tu, der bislang reglos neben ihm gelegen hatte, fing an, mit den Füßen zu wippen. »Hör auf, das nervt«, flüsterte Ly. Er war angespannt. Er ertrug diese Warterei nur schwer. Wenn er zumindest rauchen könnte. Aber das würde ihn verraten. Er beobachtete eine Kakerlake, die mit zitternden Fühlern in der Dachrinne hin und her lief. Ahnte Doktor Song doch etwas? Hatte er sie vielleicht längst entdeckt?

Ein Motorengeräusch ließ Ly aufhorchen. Er kroch näher an die Dachkante, um besser die Gasse einsehen zu können. Auch Tu rutschte weiter vor und schaute gebannt nach unten. Sehr langsam rollte ein Lieferwagen mit überdachter Ladefläche die Straße hinunter. Kurz darauf bog ein Geländemotorrad in die Gasse ein. Das Motorrad hielt in einiger Entfernung. Sein Motor lief aus. Dann wurden die Lichter ausgeschaltet.

Der Wagen fuhr weiter. Ly griff nach dem Fernglas. Vorne im Fahrerhäuschen saßen zwei Männer. So wie sie sich vorbeugten, schienen sie nach den Hausnummern Ausschau zu halten. Sie suchen das Lager, dachte Ly. Doch dann fuhren sie an der Nummer 21 vorbei.

Ly sah wieder hinüber zu dem Geländemotorrad. Der Motorradfahrer war mittlerweile abgestiegen und zu Fuß weitergegangen. Er hielt eine Kamera mit einem langen Teleobjektiv in den Händen.

Der Lieferwagen hatte angehalten. Einer der Männer war ausgestiegen. Er ging die Straße entlang und schaute an den Häusern hoch.

Wieder sah Ly zu dem Mann mit dem Fotoapparat. Jemand von der Presse, dachte er. Der Mann kam immer näher. Und dann erkannte Ly ihn. Es war Lam, der Tierschützer-Freund seiner Tochter. Was machte der hier? Hatte Huong vielleicht etwas über diese Lieferung mit angehört? Er hatte ihr ja auch gesagt, dass er heute einen Einsatz hatte. Lys Herz begann wild zu pochen. War sie auch hier? Mit den Augen suchte er die Gasse ab, konnte sie aber nirgends entdecken.

»Holt den Jungen da raus«, rief Ly ins Funkgerät. Lam ging jetzt mit seiner Kamera direkt auf das Haus Nummer 21 zu. Der Lieferwagen setzte zurück. Und Ly konnte hören, wie unten eine Tür aufgezogen wurde. Der Wagen rangierte vor und zurück und fuhr rückwärts in den Hauseingang. So konnten sie da unten die Ladefläche unbeobachtet leer räumen.

»Welchen Jungen?«, kam die Rückfrage aus dem Funkgerät, und bevor Ly noch etwas erwidern konnte, sah er, wie vier der uniformierten Polizisten aus ihren Verstecken zwischen den Häusern sprangen und losrannten. Sie waren so laut, dass Lam sich erschrocken umsah. Mit erhobenen Händen sprang er in einen Hauseingang, die Kamera mit einer Hand über den Kopf hebend. Er ist aus der Schusslinie, dachte Ly erleichtert und suchte noch einmal die Gasse nach Huong ab, aber sie schien wirklich nicht da zu sein.

Der Polizist, der neben Ly und Tu gewartet hatte, war auf das Nachbardach geklettert und drückte den Fuß auf den Metalldeckel der Luke, die ins Haus führte, so dass sie von innen nicht zu öffnen war.

»Auf den Boden! Hände über die Köpfe!«, hörte Ly die Männer in der Gasse brüllen. Er lehnte sich noch weiter über die Dachkante. Sowohl der Fahrer als auch der Beifahrer des Lieferwagens lagen mit den Bäuchen auf dem Boden.

»Liegen bleiben. Nicht bewegen!«, schrie einer der Polizisten. Gleichzeitig traten er und seine Kollegen auf die Männer ein und schlugen mit ihren Schlagstöcken zu. »Verflucht!« Die sollten da unten verdammt noch mal die Lieferung überprüfen und Doktor Song aus dem Haus holen. Diese Lieferanten waren doch vollkommen unwichtig. Ly sprang auf und wollte gerade über die schmale Stiege an der Hauswand nach unten klettern, als er Schritte hinter sich hörte. Er fuhr herum und sah eine Gestalt auf dem Dach zwei Häuser hinter sich. Es war Doktor Song.

Normalerweise gab es keine Verbindungen zwischen den Häusern und Höfen. Aber sie hatten das in der Hektik am Nachmittag auch nicht mehr überprüft.

»Tu! Komm!«, schrie Ly und rannte Doktor Song hinterher. Er bückte sich unter Wäscheleinen und wich im Weg stehenden Blumentöpfen aus. Tu war dicht hinter ihm. Sie sprangen von Dach zu Dach, die Abstände zwischen den Häusern waren kaum breiter als einen Meter. Aber auf einem Schrägdach rutschte Ly weg.

»Links«, rief Tu ihm zu.

Ly sah über seine Schulter und ließ sich seitlich auf das flache Dach eines angrenzenden, etwas niedrigeren Hauses fallen. Doktor Song sprang nur wenige Meter von ihm entfernt auf eine Hofmauer. Ly drückte sich vom Boden hoch und kletterte hinterher.

Der Arzt balancierte rennend, geschmeidig wie eine Katze. Ly war weniger geschickt, und der Abstand zwischen ihnen wurde immer größer. Als er das Gleichgewicht nicht mehr halten konnte, bückte er sich und ging auf allen vieren weiter. Er drehte sich nach Tu um, doch der hatte noch mehr Probleme, sich auf der Mauer zu halten. Lys Pistole, die er nur in seiner offenen Jackentasche verstaut hatte, fiel heraus. Er hörte sie unter sich auf den Boden aufschlagen. Zeit, sie zu holen, blieb ihm nicht. Doktor Song war am Ende der Mauer angelangt und sprang auf das Bahngelände.

Bis auch Ly sicher auf dem Schotter stand, hatte Doktor Song einen Vorsprung von rund hundert Metern. Ly rannte, seine Lunge pfiff. Die Verfolgung auf dem Dach hatte ihn vollkommen erschöpft. Er hörte Tu hinter sich, ließ ihn überholen und blieb stehen. Er rang nach Atem.

Doktor Song hielt auf die Waggons mit den Baumstämmen zu. Tu sprintete hinter ihm her. Er mochte kein guter Kletterer sein, aber er war schnell. Doch als er Doktor Song fast eingeholt hatte, blieb dieser abrupt stehen und warf sich mit voller Wucht gegen Tu. Tu strauchelte, fing sich jedoch wieder.

Mittlerweile waren die Männer vom Einsatztrupp auf dem Bahngelände angekommen. Ly sah sie vom anderen Ende des Brachlandes herüberkommen. Der Einsatzleiter schrie durch ein Megaphon: »Stehen bleiben! Wir schießen!«

Doktor Song rannte weiter, Tu war wieder dicht hinter ihm. Beide verschwanden zwischen den Waggons. Ein Schuss fiel und noch einer.

Was für Idioten!, dachte Ly. Diese Polizisten konnten Doktor Song doch gar nicht sehen.

Es dauerte. Dann tauchten Doktor Song und Tu vor der Lokomotive auf. Der Arzt schlug Haken, um seinen Verfolger abzuhängen. Aber Tu war schon zu nah. Er hatte seine Hand ausgestreckt, um ihn zu fassen. Gleich, dachte Ly. Gleich.

Wieder fiel ein Schuss. Er dröhnte in Lys Ohren. Für den Bruchteil einer Sekunde schien alles um ihn herum stehen zu bleiben. Als er begriff, was passiert war, rannte er los.

Tu war auf den Boden zwischen den Gleisen gesunken, eine Hand auf der Seite seines Bauches. Das T-Shirt rot von Blut. Er zitterte am ganzen Leib. Ly kniete sich neben ihn, berührte ihn an der Schulter.

Zwei der uniformierten Polizisten hetzten Doktor Song hinterher. Ihre schweren Schuhe donnerten über den Boden. Wieder fielen Schüsse, einer musste Doktor Song getroffen haben. Er rannte noch immer, zog aber sein Bein hinter sich her und wurde langsamer.

Kurz darauf zogen die beiden Männer von der Einsatztruppe Doktor Song zu Ly und Tu herüber. »Helfen Sie ihm. Sie sind Arzt. Los!«, brüllte einer der Männer. Doch Doktor Song fixierte nur Ly mit stechenden wütenden

Augen. Ly sprang auf und riss Doktor Song aus der Umklammerung der Uniformierten. »Hilf ihm!«, schrie er.

Doktor Song lachte. Es war dasselbe Lachen, das Ly schon einmal von ihm gehört hatte. Aus seinem Versteck unter der Treppe vor der Wohnung der Baronin. Wieder lief ihm eine Gänsehaut über den Rücken. Er drückte den Arzt zu Boden. »Mach schon!«, schrie er.

Doch Doktor Song lachte nur immer weiter. Unbändiger Zorn packte Ly. Er atmete tief durch, doch es half nichts. Er holte aus und schlug Doktor Song gegen die Schläfe, die Hand fest zur Faust gepresst. Er holte erneut aus und traf das Kinn. Als er sich wieder zu Tu hinunterbeugte, war Tu tot.

Langsam versammelten sich die ersten Schaulustigen. Die Leute sahen schweigend zu ihnen herüber. Ly zog sich eine *Thang Long* aus der Packung und setzte sich auf ein Gleis. Diesmal beruhigte ihn der Rauch in den Lungen nicht. Als sein Telefon klingelte, wagte er kaum ranzugehen. Es war Lan.

»Hallo«, sagte Ly leise.

»Wir haben sie!« Lan schrie in den Hörer. Sie klang euphorisch. Lys Magen zog sich zusammen. Wie zum Himmel sollte er ihr sagen, was mit Tu passiert war?

»Du hättest dabei sein sollen«, rief sie und ließ ihn gar nicht erst zu Wort kommen. Ausnahmsweise war er einmal froh darum. »Die haben von dieser Spezialeinheit fünfzig Mann mitgeschickt. Es war dunkel, als wir nach Na Cai rein sind. Ich hatte ein ideales Versteck auf einem Hügel oberhalb der Villa der Baronin. Ich konnte alles beobachten.« Die Männer in ihren schwarzen Kampfanzügen hätten das Haus der Baronin umzingelt. Als sie alle mit ihren Waffen im Anschlag in Position waren, blendeten transportable Scheinwerfer auf und leuchteten das gesamte Gelände aus. Es habe gespenstisch ausgesehen, das Haus und all die Bäume in dem grellen weißen Licht. Per Megaphon hätten sie der Baronin befohlen, mit erhobenen Händen aus dem Haus zu treten.

»Sie hat gar nicht erst versucht zu fliehen«, sagte Lan. »Es war überhaupt kein Problem, sie festzunehmen.«

Natürlich nicht, dachte Ly. Hätten sie nur ihm die Männer der Spezialeinheit zugeteilt. Männer, die zumindest annähernd wussten, was sie taten. Ly spürte, wie sich der Kloß in seinem Magen weiter zusammenzog. Jetzt, dachte er, jetzt sag es ihr. Aber ihm fehlte der Mut.

»Und dieser Dorfpolizist.« Lan lachte. »Er war bei der Baronin im Haus. Du glaubst nicht, wie der gerannt ist. Er wusste ja nicht, dass wir nur die Baronin holen wollten. Er ist an ihr vorbei zu seinem Wagen gestürzt …«

Ly hörte ihren Ausführungen nicht mehr zu. Er dachte nur daran, was er ihr gleich sagen musste. Er schloss die Augen.

»Ly?«, fragte Lan schließlich. »Wie ist es denn bei euch gelaufen?«

☆

Die Ware, die sie in dem Lieferwagen gefunden hatten, bewies Doktor Songs Verwicklung in den Tierhandel: Bärentatzen, getrocknete Gallenblasen, lebende Gibbons, Languren, Schuppentiere, Binturongs, ein Bärenjunges. Und einen toten Tiger.

Jacky, die sie im Quan Ruou No. 1 hatten festnehmen

können, brach sofort zusammen. Von Mord wollte sie nichts gewusst haben, aber sie erklärte, Doktor Song sei der Kopf des Tierhändler-Ringes gewesen. Auch gegen die Baronin sagte sie aus. Sie schien fast erleichtert, ihre Informationen loszuwerden. Sie wies es zwar weit von sich, aber Ly war sicher, dass sie Angst um ihr Leben gehabt hatte. Sie musste erkannt haben, dass andere, die ähnlich viel wie sie gewusst hatten, umgebracht worden waren. Und wäre sie nicht – wie sich beim Verhör herausstellte – eine Großcousine von Doktor Song gewesen, wäre sie vielleicht auch längst tot.

Innerhalb von nur einer Woche wurde die Anklage erhoben und die Hauptverhandlung vorbereitet und durchgeführt. Ly wurde an zwei Tagen als Zeuge der Anklage befragt. Er war gut vorbereitet, und Doktor Song und die Baronin wurden zu der Höchststrafe für illegalen Tierhandel von sieben Jahren verurteilt. Jacky bekam zwei Jahre. Einige der Handlanger aus Na Cai, darunter der Grenzer und der Hauptwachtmeister, wurden zu Geldstrafen verurteilt. Ihnen wurde allerdings nicht Tierhandel, sondern Korruption vorgeworfen.

Damit war der Fall um den Tiger vom Literaturtempel abgeschlossen, und Parteikommissar Hung gab seine Fernsehinterviews, die er immer so genoss. Er betonte, wie wichtig der Kampf gegen den illegalen Tierhandel sei, und lobte die gute Polizeiarbeit. Tus Tod erwähnte er mit keinem Wort. Er leitete auch keine interne Ermittlung gegen den Polizisten ein, der Tu auf dem Bahngelände erschossen hatte. Das Einzige, was er tat, war, Tu posthum einen Orden für Tapferkeit zu verleihen.

Des Mordes wurde Doktor Song nicht angeklagt. Ly sprach noch einmal mit Richter Cang, ob es nicht eine Möglichkeit gab, zumindest Truongs Fall vor Gericht zu bringen. Aber der Richter erklärte Ly, solange der Mann nicht dazu aussagte, sei die Beweislage ungenügend. Und Doktor Song verweigerte jegliche Aussage. Nur eines gab er zu Protokoll: Dass Kommissar Pham Van Ly während der laufenden Ermittlung Tigerknochenpaste im Wert von vierzig Millionen Dong von ihm angenommen habe.

Ly wurde daraufhin bis auf weiteres vom Polizeidienst suspendiert.

☆

Thuy war noch schwach, als sie nach zwei Wochen endlich aus dem Krankenhaus entlassen wurde. Trotzdem organisierte Ly eine kleine Willkommensfeier und lud die Familie und einige Freunde ins Quan Ruou No. 1 ein. Sogar Lys Mutter kam mit, obwohl sie sonst nie freiwillig das Haus verließ.

Minh brachte Lan mit, nachdem er sie mühsam überredet hatte, zumindest kurz vorbeizuschauen. Ly hatte sie seit der Trauerfeier für Tu nicht mehr gesehen. Sie hatte sich bei ihrer Großmutter auf dem Dorf verkrochen. Dorthin waren mittlerweile auch alle ihre Sachen aus Hanoi gebracht worden. Ihr Elternhaus war vor ein paar Tagen abgerissen worden. Die Entschädigungszahlung dafür hatte ihre Familie noch immer nicht erhalten. Ly nahm Lan in den Arm und drückte sie fest.

Quynh servierte Ingwerhuhn, Zimtkrabben und Tintenfischsalat mit grüner Mango, gebackenes Garnelenmousse auf Zuckerrohr und in Betelblättern gegrilltes

Rindfleisch. Dazu gab es geröstete Auberginen, eingelegte Lotuswurzeln und ein hausgemachtes Chili-Pickle.

Thuy saß am Kopfende. Ihr Gesicht war gerötet. Sie lachte. Es tat ihr sichtlich gut, wieder unter Menschen zu sein. Ly war froh, sie so zu sehen, und er versuchte, nicht an seine Suspendierung zu denken. Davon hatte er Thuy noch immer nicht erzählt.

Die Gäste aßen noch, als Ly aufstand, zwei Bier nahm und zu Quynh in die Küche ging. Er wollte sich für den schönen Abend bedanken und für die Hilfe bei der Festnahme von Jacky.

Der Gastwirt stand am Herd und warf Flusskrebse in einen Wok. Das Öl zischte, und die Flammen des Gasherdes schlugen hoch. Es war brütend heiß in dem kleinen Raum. Ly drückte die Tür zum Hof auf, um frische Luft einzulassen.

»Tür zu«, schrie Quynh. »Das zieht.«

Aber es war zu spät. Ly starrte in den kleinen Hof mit dem Hibiskusbaum, unter dem er neulich mit Quynh noch ein Bier getrunken hatte. Dann drehte er sich zu Quynh um.

Quynh hatte seine Arme zu einer entschuldigenden Geste ausgebreitet. »Ach komm. Ly! Ich brauche das Geld. Mein Sohn will in Australien studieren.«

»Quynh. Verflucht!«, fuhr er ihn an. Er trat in den Hof hinaus. Zwei Zibetkatzen saßen in einem der engen Käfige, die vor der Mauer gestapelt waren. Schöne Tiere mit dichtem Fell. In den anderen Käfigen waren Schlangen, darunter auch Königskobras, Bambusratten, Schildkröten, eine Wildkatze. Die Katze fauchte, wobei sie die Lippen hochzog und ihre kleinen spitzen Zähne zeigte.

Quynh trat hinter Ly und legte ihm eine Hand auf die Schulter. »Ein Stammkunde gibt morgen eine Party«, sagte er.

Ly schlug seine Hand weg. »Ich glaub das nicht! Wir haben dir zugesagt, deinen Namen aus der Ermittlung rauszuhalten. Aber das ist doch kein Freibrief, einfach weiterzumachen.«

»Was willst du? Mir morgen die Umweltpolizei auf den Hals hetzen?« Quynh klang trotzig, fast etwas beleidigt. »Ich denke, das würde deinem Parteikommissar nicht gefallen. Er ist auch auf der Gästeliste.«

Natürlich, dachte Ly, es war alles wie immer. Er lehnte sich mit dem Rücken gegen die Wand und ließ sich in die Hocke rutschen. Er setzte die Bierflasche an den Mund, trank und sah in den dunklen Himmel. Eine Wolke hatte sich vor den Mond geschoben. Es würde nie aufhören. Seine Tochter hatte recht gehabt. Solange die Nachfrage da war … Gerade erst hatte er Quynhs Lieferanten ausgeschaltet. Aber die nächsten hatten schon bereitgestanden.

☆ ☆ ☆

Nachwort und Dank

Käfige mit Zibetkatzen und Schuppentieren in Restaurants, in Schnapsflaschen eingelegte Bärenjunge und Kobras auf den Tresen, getrocknete Geckos und Hirschpenisse in den Auslagen der traditionellen Apotheken – in den 1990er war das in Hanoi alles irgendwie »normal«. Mittlerweile sieht man so etwas nur noch selten. Ich dachte deshalb, die Tierschützer, die es in Vietnam auch gibt, hätten sich durchgesetzt. Doch dem ist nicht so. Der Handel findet lediglich etwas versteckter statt – während er gleichzeitig mit der gestiegenen Kaufkraft im Land zugenommen hat. Fast jeder, den ich während meiner Recherchen auf das Thema angesprochen habe, holte vor meinen Augen das ein oder andere tierische – und illegale – Produkt aus dem Kühlschrank oder der Wohnzimmervitrine. Und jeder konnte mit Geschichten aus Wildrestaurants oder von Besuchen auf Bärenfarmen aufwarten.

Vietnam hat bereits 1994 das Washingtoner Artenschutzübereinkommen unterzeichnet, aber der Regierung mangelt es an Durchsetzungskraft – und vielleicht auch am guten Willen. Hohe Staatsbeamte sind kaufkräftige Kunden, wenn es um Statussymbole wie illegale tierische Produkte geht.

Es war eine Gratwanderung, »Der letzte Tiger« zu schreiben. Zu sehen, wie die Wälder in Vietnam und seinen Nachbarländern ausgebeutet werden, ist erschreckend. Zu gebratenen Bärentatzen einzuladen, um damit vor Geschäftsfreunden anzugeben, ist überflüssig, ja vollkommen absurd. Schwerer fällt es mir dagegen, Menschen zu verurteilen, die fest daran glauben, Tigerknochenpaste könne sie von ihren Schmerzen erlösen. Und diejenigen als Schuldige dastehen zu lassen, die sich etwas Geld zu ihrem spärlichen Auskommen dazuverdienen, indem sie ein Paar Stachelschweine im Hof halten, scheint mir fragwürdig.

Letztendlich muss sich das Bewusstsein ändern. Lys Tochter Huong hat recht, wenn sie ihrem Vater erklärt, dass es nicht das Angebot sei, sondern die Nachfrage, die das Geschäft anheizt. Leider jedoch wächst die Nachfrage stetig. Nicht nur seitens der Vietnamesen, sondern auch seitens der Touristen. So ist beispielsweise das nahe Hanoi gelegene Dorf Le Mat mit seinen Schlangen-Restaurants ein beliebter Ausflugsort für ausländische Besucher. Seit Generationen werden in Le Mat Schlangen gezüchtet. Um allerdings die vielen Gäste in den Restaurants vor Ort satt zu bekommen, liegt es auf der Hand, dass wilde Tiere illegal zugekauft werden.

All jenen, die mir einen Einblick in dieses komplexe Thema verschafft haben, möchte ich hier danken, vor allem Douglas Hendrie, Sulma Warne und Vu Thi Quyen, Gründerin von Education for Nature Vietnam, Tilo Nadler vom Endangered Primate Rescue Center im Cuc Phuong Nationalpark und Steve Jackson vom Bear Rescue Center in Tam Dao.

Außerdem standen mir die Vietnam-Experten Stefanie Wurm, Kirsten Endres und Bill Hayton auch bei diesem zweiten Kriminalroman wieder mit ihrem Wissen und guten Ideen zur Seite.

Zum Erscheinen des Buches haben Kritik und Ermutigungen gleichermaßen beigetragen. Hier gilt mein Dank André Lützen, Sebastian Elster, Eva-Maria Sütterlin, Nina Luttmer, Mark Schrörs, Regina Kieseler, Gerhard und Petra Luttmer, Chris Zander, Markus Madeja, Stefan Leistner und Didier Corlou, Pham Hang, Mai und Truong, Thuy, Ly, Tim Knight, Nicholas Booth, Sibylle Radtke und Gregor Szielasko.

Ich danke außerdem meinem Agenten Michael Gaeb und Eva Semitzidou von der Literarischen Agentur Michael Gaeb. Schließlich möchte ich mich sehr bei Reinhard Rohn und dem Aufbau Verlag für die gute Zusammenarbeit bedanken.

Und last but not least: Ohne Cuong von Cuong's Motorbike Adventure wäre die Recherche für das Buch nicht möglich gewesen. Schon Mitte der 1990er, als ich für drei Semester in Hanoi studierte, hat er immer wieder und unermüdlich meine russische Minsk repariert. Die Minsk ist längst verkauft, aber immer noch ist es Cuong, der dafür sorgt, dass ich ein fahrtüchtiges Motorrad habe, sobald ich vietnamesischen Boden betrete. Ohne ihn hätte ich die Straßen oben in den Bergen von Son La nicht so gut gemeistert. Und wenn ich manchmal doch langsamer als die Wasserbüffel war, lag das allein an meiner Fahrkunst – und am Regen, der die Trampelpfade in Schlammpisten verwandelt hatte.

Leseprobe aus:

NORA LUTTMER

SCHWARZE SCHIFFE

KOMMISSAR LY ERMITTELT IN HANOI

KRIMINALROMAN

Broschur
233 Seiten
ISBN 978-37466-2907-0

Am Tatort war nur die Kreidezeichnung geblieben. Daneben hatte jemand eine Vase mit weißen Lotusblumen und eine Keramikschale mit Räucherstäbchen gestellt. Es sah aus wie auf einem Opferaltar. Auch bei der Leiche hatten Lotusblumen gelegen. War der Mörder zurückgekehrt? Die Räucherstäbchen glimmten noch, und der Rauch kräuselte sich in der heißen Luft. Kommissar Ly schaute sich suchend um, sah aber unter den vielen Menschen niemanden, der ihm besonders ins Auge fiel.

Vom Wasser her hörte er ein Plätschern. Der Tempelhof grenzte direkt an den Westsee. Ly ging zu der niedrigen Mauer, die das Ufer säumte, und schaute, wo das Geräusch herkam. Er sah nichts als einen krummen Bambussteg, der einige Meter in den See hineinragte. Das Sonnenlicht blitzte auf dem Wasser. Über der Innenstadt am südlichen Ufer hing ein grauer Dunst. Ly setzte sich, den Blick wieder auf den Tatort gerichtet. Vor seinem inneren Auge spulten sich die Bilder der vergangenen Nacht noch einmal ab.

Es war etwa drei Uhr gewesen, als der Anruf bei ihm eingegangen war. Zwanzig Minuten später fuhr er durch das Tempeltor. Der beißende Geruch abgebrannter Räucherstäbchen hing in der Luft. Eine Ratte schrie.

Etwas am Rand, neben einem kleinen gemauerten Altar, standen mehrere Leute zusammen. Sie tuschelten, irgendjemand weinte leise. Dennoch lag eine seltsame, tödliche Ruhe wie eine Glocke über ihnen.

Ein uniformierter Beamter kam auf Ly zu. Seine Bewegungen wirkten wie in Zeitlupe. Die Schultern hatte er weit nach oben gezogen. Sein Gesicht war fahl, und er hatte noch die pickelige Haut eines Pubertierenden. Ein säuerlicher Geruch ging von ihm aus. Mit einer vagen Kinnbewegung wies er in Richtung Ufermauer, ohne Anstalten zu machen, Ly zum Tatort zu begleiten. Ly ließ ihn. Dieser Junge würde ihm sowieso keine Hilfe sein.

Ly ertastete sich seinen Weg zwischen den Luftwurzeln des uralten Banyans hindurch. Dick wie Baumstämme spannten sich die Luftwurzeln in einem dichten Netz über den Platz. Er stolperte über einen herumliegenden Gegenstand und spürte trockene Rinde unter seinen Fingern. Und dann etwas Weiches. Er zuckte zurück. Ihr Gesicht war genau vor ihm. Sie starrte ihn an, leblos und doch wütend, voller Verachtung. Ihm wurde schwindelig, er schloss die Augen, drückte die Handflächen fest gegen seine Schläfen, schüttelte heftig den Kopf und murmelte ein *»lay troi lay dat«*. Seine hilflose Beschwörungsformel, um die bösen Geister zu vertreiben.

Dann zwang er sich, die Tote genauer anzuschauen. Er ließ den winzigen Lichtstrahl seines Feuerzeugs über sie gleiten, sah diffuse Ausschnitte. Verzerrt und gelblich schimmernd. Ly ahnte die Kraft des Mörders und seine Gewalt. Überall war Blut. Die Tote war an die Luftwurzeln gefesselt, mit einem dünnen Seil, die Füße knapp über dem Boden. Unter ihren Füßen lagen rot verfärbte Lotusblumen. Abgebrannte Räucherstäbchen steckten im Boden. Ihr Gesicht war zertrümmert, die Kehle aufgeschlitzt. Ihr Körper war seltsam verbogen. Die lange, dunkle Stoffhose hing schief wie bei einer misshandelten Puppe an ihr herunter. Die Bluse war zerrissen und gab den Blick frei auf nackte Haut. Ihre Brust war klein, die Tote war fast noch ein Kind. Ly merkte, wie ihn seine professionelle Fassade verließ, seine Knie weich wurden. Schnell wandte er sich ab.

Der junge Beamte stand immer noch regungslos an derselben Stelle.

»Wer hat den Notruf geschaltet?«, fragte Ly ihn.

Der Polizist schüttelte den Kopf und schaute zu Boden. Ly verkniff sich einen Kommentar.

»Was ist passiert? Wir wohnen hier. Wir wollen wissen, was passiert ist«, hörte Ly eine Stimme hinter sich. Er drehte sich um. Etwa zwanzig Leute standen da. Er konnte nicht sagen, wer gesprochen hatte.

»Das hoffe ich von Ihnen zu erfahren«, sagte Ly. »Wer hat die Leiche gefunden? Wer von Ihnen hat die Polizei verständigt?«

»Ich war das.« Ein Teenager, mit zu langen Armen für den noch kindlichen Körper, trat aus dem Schutz des Banyans auf Ly zu. Er hatte etwas abseits gestanden. Ly war sich sicher, ihn schon einmal gesehen zu haben, konnte ihn allerdings nicht zuordnen. Vielleicht war er ein Freund seiner Tochter? Das Alter käme hin. 16, höchstens 18 Jahre alt. Die Anwohner sahen ihn aus dumpfen Augen an, fast feindlich.

»Ich war das«, wiederholte der Junge mit fester Stimme. Er machte ganz und gar nicht den Eindruck, unter Schock zu stehen.

»Was hast du hier am Tempel gemacht? Mitten in der Nacht.« Es klang wie ein Vorwurf, und sofort ärgerte Ly sich über sich selbst. Langsam sollte er doch gelernt haben, dass Maßregelungen ihn nicht weiterbrachten, schon gar nicht bei Jugendlichen. Der Junge schien ihm seine Ermahnung allerdings nicht weiter übelzunehmen.

»Ich komm oft hierher. Ist schön einsam. Zu Hause ist es eng. Nur ein Zimmer für alle. Sie wissen schon.«

Ly verstand genau, was er meinte.

»Wie heißt du?«

»Tran Van Cuong.«

»Ach, du bist der Sohn des Sargbauers.« Daher kannte er ihn also. »Erzähl bitte genau, was passiert ist. Lass dir ruhig Zeit.«

»Ich bin mit dem Roller gekommen. Es war so gegen drei. Oder früher.« Er stockte, setzte dann wieder an. »Sie war schon tot.«

»Wieso bist du dir da so sicher?«

»Keine Ahnung. Sie war warm. Aber auch kalt.«

»Du hast sie angefasst?«

»Sollte ich das nicht?«

Es irritierte Ly. Wer fasst eine Tote einfach so an? »Von wo hast du die Polizei angerufen?«

»Mit meinem Handy.«

»Ist dir was aufgefallen? Vielleicht hast du was gehört?«

Cuong schüttelte den Kopf und hielt Ly einen MP3 Player hin, nicht größer als ein Knopf.

Ly nahm die dazugehörigen Ohrhörer. Sie schlossen dicht mit dem Gehörgang ab. »Stell mal an. In der Lautstärke, in der du gehört hast.«

Cuong schaltete das Gerät ein. Sofort riss Ly sich die Stöpsel aus den Ohren. Der Junge hätte keinen Panzer anrollen gehört.

NORA LUTTMER
Schwarze Schiffe
Kommissar Ly ermittelt in Hanoi
239 Seiten
ISBN 978-3-7466-2907-0
Auch als E-Book erhältlich

Tödliches Hanoi

Hanoi ist geschäftig, ruhelos und eng. Auf den Straßen wird gehandelt und gefeilscht. Korruption ist allgegenwärtig, und auch die Polizei verlangt Schmiergelder, wo es geht. In diesem Umfeld ermittelt Kommissar Ly. Die junge Frau, die im Hof eines taoistischen Tempels ermordet aufgefunden wurde, ist kaum älter als Lys Tochter, weshalb der Fall ihm besonders nahegeht. Die Frau ist über mehrere Tage misshandelt worden. Der Rechtsmediziner notiert als auffallend: Brandwunden von Zigaretten, auf dem Rücken eine Tätowierung in Form des chinesischen Glückszeichens. Bald führen die Ermittlungen auf die Spur von Hai Au, einem Mann, von dem es heißt, er habe in allen möglichen illegalen Geschäften seine Finger im Spiel.

Kommissar Ly, Mitte vierzig, Einzelgänger und Vespa-Fahrer, im Kampf gegen Korruption und Verbrechen.

Mehr Informationen erhalten Sie unter www.aufbau-verlag.de oder in Ihrer Buchhandlung.

atb aufbau taschenbuch

KATHARINA HÖFTMANN
Die letzte Sünde
Kommissar Rosenthal ermittelt in Tel Aviv
288 Seiten
ISBN 978-3-7466-2854-7
Auch als E-Book erhältlich

Kein Frieden für Kommissar Rosenthal

Tel Aviv – die Metropole der Sünde im Heiligen Land. Hier ermittelt Kommissar Assaf Rosenthal, ein ehemaliger Armeeoffizier, der Menschenfreund, Zionist, Frauenheld und liebenswertes Muttersöhnchen zugleich ist. Als eine junge Frau an einer Sprachenschule erdrosselt aufgefunden wird, scheint der Täter schnell gefunden: Ein junger Afrikaner wurde zuletzt mit der Toten gesehen. Doch dann findet Rosenthal heraus, dass das Mädchen eine Prostituierte war und den Namen Sulamith trug – »die schönste aller Frauen«. Plötzlich scheinen andere verdächtig: Die Spur führt zu den Zuhältern und Drogenbossen der Stadt.

Spannend und unerwartet – ein Blick hinter die Fassaden des modernen Israels.
Von einer jungen deutschen Krimiautorin, die in Tel Aviv lebt.

Mehr Informationen erhalten Sie unter www.aufbau-verlag.de oder in Ihrer Buchhandlung.

atb aufbau taschenbuch

KATHARINA HÖFTMANN
Der Rabbi und das Böse
Kommissar Rosenthal ermittelt in Tel Aviv
304 Seiten
ISBN 978-3-7466-2963-6
Auch als E-Book erhältlich

Der Priester und der Tod

Hochsommer in Tel Aviv. Kommissar Assaf Rosenthal will nur eines: Urlaub machen. Doch dann wird auf einer Friedensdemo in Jaffa vor seinen Augen ein ehrwürdiger Rabbiner von einem Mann im Weihnachtskostüm angegriffen. Wenig später stirbt der Geistliche. Assaf lässt die Sache keine Ruhe, und er findet Ungeheuerliches heraus: Der Rabbi wäre ohnehin bald gestorben. Spuren von Arsen finden sich in seinem Körper. Und er war in dunkle Immobiliengeschäfte im arabischen Teil der Stadt verstrickt. Als dann auch noch Krieg in Israel ausbricht, drohen die Ermittlungen den Kommissar an seine Grenzen zu bringen …

Der zweite Fall von Kommissar Rosenstahl – ein packende Reise mitten in die Gesellschaft des modernen Israels. Von einer deutschen Autorin, die in Tel Aviv lebt.

Mehr Informationen erhalten Sie unter www.aufbau-verlag.de oder in Ihrer Buchhandlung.

atb aufbau taschenbuch